あけぼの紀

古代ロマン小説　黎明篇

半井肇

郁朋社

伊勢二見ヶ浦　夫婦岩の日の出

【目次】

口絵写真提供／竹田 武史
装丁／根本 比奈子

陽の巫女

（1）

突然、とどろきが津波のように寄せてきて周囲の空気を激しく揺さぶり、アサに衝撃を与えた。何事が起こったのか、その音は彼が驚愕している間にも増大し響き続けた。崖の下に沿うような路を歩いてきて数キロ、広い空の下に出た、と同時に彼を驚かす音が襲ってきたのだった。

骨格のたくましい、日に焼けた裸の男が二、三十人、或る者は立ち、或る者は座り、棒を持って太鼓を叩いていた。軍団の中に居るような厳しい雰囲気の中で懸命に太鼓を叩き、全力を尽くして何者かに仕えている感じであった。太鼓の音は大きな響きとなり周囲を圧倒していたが、断続的に大爆発を起こしては次々と新しい波を送り出していた。その波に乗って雷神やその手下どもが好き勝手に大気を震撼させている気配でもある。

その音の波に乗って踊っている若い女がいた。いや、ときにゆったりとしたうねりを作り、ときにけたたましく転がり廻る太鼓の音を先導しているのは、逆に、この女の激しい踊りではないかとさえ思われた。

陽が昇ろうとしている時刻、薄明はすでに木々や草の葉の露をもうっすらと浮かび上がらせてはいたが、太鼓の音と踊る女を除いては何者も存在していないかの如き雰囲気であった。が、そこには五百人近い人間がいたのだ。太鼓と女を中央に取り囲み、一段低い広場に胡坐をかき、自失したかのごとく息を飲み、女を仰いでいた。

アサが突っ立っていると、脇に三人の男が近寄ってきて身分の証を無言のうちに求めてきた。

彼はそや国の王の長子だった。やまたい国の女王の招待を受け、部族の代表として、山を越え野を横切り、海峡を渡ってやまたい国の半島に着いた。半島に着くまでは同じ部族の者十数名が同行していたが、半島に着いた後、それら同行者の内二人の従者を除いては海岸に留め置かれ、彼と二人の従者だけがやまたいの兵士に先導されてきたのだった。

今、彼はやまたい国からの招待状を取り出して三人の男に示した。そして、首から垂れている山形の小さな銅版を指した。

「そやの国、部族長アソの子アサである」

男たちはうなずいた。

太鼓が一段と強く鳴り響いていた。彼は男たちに先導され前方の場所に身をかがめて小走りに進んでいった。

踊るその女がやまたい国で陽の巫女、ヒノミコと呼ばれている女王であることは間違いのないところだった。夏至の日の祭りがヒノミコの踊りによって始まるとアサは聞いていた。だが、何という若さだろうか、二十代半ば、彼と同年輩ぐらいに思われた。

アサは好奇心の強い青年の一人だったと言える。

彼の国は未開に近い、阿蘇とも称されている山地だったが、九州の中央に位置する交通の要所ではあった。西の文明はそこを通り、九州の東側に出て、瀬戸内海や四国の部族たちの国々へと伝播されていっていた。そこは北九州の海沿いの道とは別に時代の動きを伝えていくルートの途中に在ったのである。

北九州地域の部族の国々の結束は以前そんなに強いものではなかった。有明海を支配するやまたい国を中心に何となく近所付き合いができている、といった程度であった。

いや、倭の大乱とアジア歴史上に記される部族間の激しい戦いを持った時期さえ在った。

しかし、ヒノミコがやまたいの女王になる頃から、互いの関係は強化され、最近では三十程の部族国がやまたい連盟という名の下でやまたい国を盟主として結束するようになっていた。

「やまたいは強いのか」

アサは父親に訊ねた。

「女王のヒノミコとはどのような女性であるのか」

父親は、以前、やまたいを訪れヒノミコにも会っていた。

「ヤマタイは有明の海を支配し、塩を握っている。魚介類が豊富で、米、穀物を生産する平野もある。つまりは、豊かなのだ。そして、やまたいは文明に近い。やまたいの仲間が大陸や半島との交易を握っているのだ。大陸の魏の王からも信頼されている。ヒノミコは、陽の巫女、と書く」

父親は、陽の巫女という字を地面に書いて見せたが、

「自分の眼で確かめてくるがいい」

とアサに言った。

行かねばなるまい、とアサも思っていた。実は、長年やまたい国と敵対しているくぬ国から、手を握り合って互いの利益や便宜を計ろうではないか、という秘密の申し入れがつい最近もあり、アサたちは迷うところがなくはなかったのである。

くぬ国は、九州の西南部、或いは更に西南端、そして南の島々にまで勢力を持っている部族であったが、九州の西北部のやまたいの仲間たちとは常に対立していた。だが、やまたいの仲間では一番遠方にあるそや国に対しては、友好の手を差し伸べてもきていた。というのは、くぬ国にとっては、九州の東側、すなわち瀬戸内海へ抜ける安全な近道が欲しいからであった。

そや国はやまたいの仲間であるという立場を取り続けてきたのだが、南の海の島々の延長線上にある中国の呉の領域と接触しているというくぬ国の国力が高まってきていることを肌で感じていた。そして、くぬ国の若い王のスサノという男は、稀代の野蛮人で乱暴者だという評判の一方、強い英傑だという噂もあり、アサは自分たちが盟主としているやまたい国の実情やその女王の人柄を直接知って

おきたいとの思いを強くしていたのであった。

（2）

ヒノミコ、彼女は踊っていた。狂うように踊っていた。いや、或る意味では狂っていたのかもしれない。そして、その狂が太鼓の音を雷鳴に似た轟きにまで高め、人間たちに宗教的感動と生命の活源を与えていたのだ。

彼女自身は無言であった。踊っていただけでもある。しかし、その無言の踊りだけが世界で価値ある唯一のもののようにさえ感じさせた。

彼女の髪は黒々としていて不思議な光沢を放ち、それが腰の辺りにまで長く伸びていた。張った乳房が盛り上がり、腕も細いとは言えないが、中背の体は極めてしなやかで如何様にも自由に曲がった。眼の輝きが南方人種を想わせないでもない。その大きく見開かれた黒い瞳は、彼女を取巻いて見上げている人々を見据えている感じでもあったが、或いは具体的に誰それを見ていた訳ではなく、彼女にとりついているとしか言いようのない神を虚空に見つめている感じでもあった。

アサが前の方の場所で胡坐をかきヒノミコを見上げたとき、ヒノミコの視線が一瞬アサの面に落ちた、とアサは感じた。それは生真面目な視線であった、と同時に激しく光る瞳であった。アサはへりくだった挨拶の意味をこめて思わず軽く頭を下げた。また、異性に対する感情から顔を心持ほてらせた。が、ヒノミコの視線はすぐにアサを離れていた。

彼女は太鼓の音の中に居た。いや、彼女の所作が太鼓の音そのものである。太鼓が単調に連打されるとき、彼女の腕は上下或いは左右に太鼓を叩く姿にも似て力強く振られたが、太鼓の音が突如として転がる水の玉のように弾けて走り出すとき、彼女のくねった体は天を向き、激しく震え、長い黒髪は彼女の顔をも覆って揺れた。

音はアサを圧倒していた。しかし、それにも増してアサを身動きできないほどに驚かしていたのはヒノミコだった。何故の必死の踊りか、その狂的な躍動はアサに強い衝動を与えていた。


朝の陽の一条が崖の彼方の煙立つ神の山、雲仙の麓から差し込んできて、ヒノミコの顔を照らしたとき、彼女は突如跪き、現れてきた眩しい火の塊に向かって恭しく手を差し伸ばし、面を伏せた。太鼓の音が止み、彼女を仰いでいた者たちも大地に手をつき、一斉に太陽に向かって頭を垂れた。それからしばらくの間、沈黙があった。小鳥の囀る声、虫の羽音、木々を揺する風の音、或いはとよみ続けていた海鳴りの音などが、人々の耳に新鮮に蘇ってきていた。

「神よ、恵みの光の神よ、我らの偉大なる神よ」

ゆっくりとした口調で、低く押し殺したような、しかし遠く響く声、それが伏しているヒノミコの口から洩れた。

「すべてをささげまする」

と、突如太鼓の音が再び鳴り始め、ヒノミコが前にも増してとりつかれたように激しく踊り始めた。

彼女の踊りはつま先立ちのものよりべた足の形のものが多く、ときには足の裏を地に付着させ、引き摺るように運んだりもしたが、上半身は柔らかくくねり、長い黒髪はまるで生き物のように宙を舞い続け、ときとしてその髪が顔の面にへばりつきもしたが、彼女はそれを払うことなく踊り続けた。

狂っている、いや、狂おうとしているのか、ともかくも、彼女の世界に在るものは、常人の領域を超えて神と触れあい、神に尽くそうとしている献身の姿だけであった。神との触れあいと献身、それが彼女の踊りに相違なかった。そして、それはまた、生きるということはこのようにあることだ、という表現に相違なかった。

それにしても何という努力か、汗が彼女の陽に焼けた全身で光り、ときとして飛び散り、呼吸は乱れかけてもきている、にもかかわらず、彼女の踊りはますます激しくなっていくのだった。

アサは何時か涙をにじませてヒノミコの踊りを見ていた。

美しい努力、その言葉に価するものが確かにこの世には在るのだ、と。

（3）

夏の海の波は静かにきらめきながら岸辺に寄せていた。アサは昼寝から目覚めた後も、椰子の葉の隙間から洩れてくる日の光を薄目で仰ぎながら、砂地で横になっていた。

ヒノミコの踊りはアサに強い興奮を与えて終わった。アサの眠りの中では、ずっとヒノミコの踊る姿と太鼓の音が絶えなかった。今、海面の光の瞬きの傍らで、彼は陶酔の余韻に浸りながら、夕方の会食までの時間を過ごしているのであった。

足音がした、と同時に声がした。

「そや国のアサ皇子ですね」

アサが体を起こして見上げると、背が非常に高く、細身で、鼻筋の通った面立ちの青年が立っていた。

「やまたいのヒマです。ヒノミコの弟です」

アサは、やっ、と言いながら立ち上がった。

「何処へ行かれたのかと思いましたよ。昼食はどうなさいましたか」

「昼食は取らず、ここで寝ていましてどうもすみません」

「いや、結構です。自由にしていてください。勝手なことをいたしましてどうもすみません」

お客さまたちは皆一緒にヒノミコの宮に行くことになりますから」

「分かりました」

二人は強い陽射しを避けて樹陰に立ち、互いを確かめ合うように向かい合った。

「贈り物の狐と猪と鹿の毛皮、有難く頂きましたよ」

とヒマが言った。

「いや、つまらないものを」

アサは反射的に答えた。実際、ヒノミコの踊りを見た後では恥ずかしいほどのつまらない贈り物に感じられた。しかし、ヒノミコの踊りに価する贈り物など在るだろうか。アサは口ごもりながら、

「まったくお恥ずかしい贈り物で……」

と繰り返し、

「女王の踊りは素晴らしいですね」

と言った。

「……」

「いつ頃から女王は踊りを習われたのですか」

「ずっと幼いときから。おそらく歩けるようになって間もなく。陽と海と山の国　やまたいの神に愛され、神を愛し……」

「陽と海と山の国、やまたいの神に愛され、神を愛し……」

アサは言葉を反復した。そんなアサに微笑を送りながら、ヒマは去っていった。

先ほどからアサとヒマの会話を眺めていた男がいる。ヒマが去ってしばらくすると、アサの方へ近寄ってきた。かなりの年配の男。愛想良く笑顔を作っている。が、何故かアサに警戒心を起こさせないでもない目つきだ。

「いと国のナムです」

と男は言った。

アサは一寸あわてた。と言うのは、いと国と言えば大国であったし、そのナム王は有名な男であったからで、アサは思わず貫禄負けを覚えたのであった。

いと国はやまたい国を盟主とするやまたい連盟の中の一国であったとは言え、九州の北端、現在の唐津湾に面し、朝鮮や大陸と通じること長く深い関係にあり、その実力はやまたい国に迫ると言われていた。特に、そのいと国のナム王は朝鮮や大陸との交易や外交を握っている実力者として知られていた。

ヒノミコの名代として大陸の魏を訪れ、魏の皇帝にも謁見している人物だったのである。

「そや国のアソ王の子のアサです。よろしくお願いします」

アサは丁寧に挨拶をしながらも、何となく反発心も感じていた。

「初めてですかな、やまたい国へは？」

ナムは人なつこく、しかし、やや馬鹿にしたような口調で聞いた。

「はい、父上は何度か来ております」

「お父上とは昨年ここでお会いしたよ」

ナムは言った。

「どうかね、やまたい国は？」

「今朝着いたばかりですが、海が在って良い所です。それに神の山が在り、陽は明るく、そして女王さまが……」

「そりゃあ、まあ」

ナムはアサの話を最後まで聞かずに言った。

「良い所さ。が、わしの所に比べれば、田舎さ」

そして、誰かを見かけたらしく、アサには軽く会釈をすると足早に立ち去っていってしまった。

アサは馬鹿にされた気持になったが、そのまま砂浜に残り、入江を眺めていた。数艘の帆船が光る海面に浮かんでいた。

（4）

高台に建つヒノミコの宮殿からは海原の彼方の長崎半島に落ちていく夕陽を眺望できた。夕映えの中の館に登ってきた者は、まずその景観に心を打たれ、足をしばらく止めて、雄壮で、華麗でもある空と海と陸の世界を眺めた後、広間に入っていき、女主人と挨拶を交わすことになった。

ヒノミコは広間の中央に立ち、訪問客に手を差し伸ばし、歓迎の挨拶をしていた。金の冠を頭に載せ、濃紅色の荒絹を身に巻き、緑色の翡翠の勾玉を首に掛けていた。そして肩から脇にかけては大陸の魏の皇帝から贈られたと伝えられる帯が懸けられ、「親魏倭王」の金印が垂れていた。

眉はややつり上げ気味に描いていた。

朝の踊りのときの荒々しくもある雰囲気とは異なり、優雅な感じであった。一言か二言、相手と握手をしながら言葉をかけるのであったが、口元に笑みを絶やさなかった。

アサはヒノミコに近づきながら、自分がぎこちなくこわばっているのを意識せざるをえなかった。

「そや国のアサです。お招き有難うございました」

声が上ずっていた。

ヒノミコはアサの緊張した態度にやや驚いた感じであったが、にこにこと微笑しながら、手を差し伸べてくれた。その腕はうっすらと日焼けし肉が締まり如何にも健康そうであった。握手をするとオリーブ油でもしみこませた大きな花弁を握りつぶしたようにじっとりと、それでいてはかない感触がした。

「狐と猪と鹿の毛皮をもらいました」

脇で弟のヒマが長身をかがめながらヒノミコに伝えた。

「有難う」

ヒノミコの声はその眼の輝きのように凛としていた。

広間の処々の大きな窓からは天然の大樹の枝が青い葉をつけて差し入り、水がめの幾つかにその影を映してもいたが、今宵はその水がめは水のほかにブドウ酒やバナナ酒や芋酒をも湛えるものとなり、その脇には種々の果物や魚や肉などの馳走が積まれてあった。ヒノミコが一つの椅子に座ると、皆も三々五々集まって腰掛け、談話を楽しみ始めたが、広間の隅では数人の従者たちが竹の筒と草の茎とほら貝と絹糸を使い静かな曲を奏でていた。

最初一人きりで酒を酌み、ほたての塩漬けや牛肉の燻製などをつまみながら、暮れていく海上の眺めを惜しむ顔をしていたアサは、しばらくするとヒノミコを取り巻く人々の後ろに座った。

ヒノミコはアサが贈った鹿の毛皮を木製の長椅子の敷物に使って座り、皆の話を聞いていたが、時折、鹿皮の毛のなめらかな感触を楽しむように撫でていた。その度にアサの眼はヒノミコの指の動きを追い、かつ彼女の顔の表情を窺った。或いは、絹衣から抜け出た彼女の脚の肌が毛皮の光沢を増すがごとくに蠢動するとき、アサは息づまる思いがした。そして、ヒノミコの深く澄んだ瞳がアサに向けられるときがあっても、アサは殆んどそれを正視できないほどに上気していた。

くぬ国と隣接するはおこと国を代表して来ているハギという男が、やまたい国やその仲間たちと敵対しているくぬ国の王スサノの話をしていた。

アサは耳をそばだてた。

「スサノは毎日のように大きな水牛にまたがって散歩をするのですよ。水牛の角を両手でつかみましてね。ときとしては、数里を突っ走り、遮るものは垣根であれ、柵であれ、踏み壊し、人間をもはね飛ばしていくという話です。気が狂っているとしか言いようがありませんよ」

「見たのですか」

「私はあの乱暴者が水牛に乗っているのを見ましたよ。私の国との境の大河にやって来たのです。水牛にまたがり、かなりの速度でした。そのまま河に乗り入れ、大声を上げて私どもに向かって何事か怒鳴っていましたが、しばらくすると水から上がり、水牛に乗ったまま、手下どもを連れて走り去っていきましたよ」

「スサノだったのですか」

「間違いないですよ。くぬ国の王の印の赤褌と気障な大鷲の刺青を背中にしていましたからね」

「……」

「被害が出て困っているのです。手下を連れて私どもの領内に侵入してきたのが今年になって三回ですよ。その度に米蔵から米が盗られ、男や女が連れ去られるのですからね」

その男は何時か真剣な顔になって皆に訴えていた。ヒノミコも顔を曇らせていた。

「明日の集まりで良く話し合いましょう」

ヒノミコの脇でヒマが言った。


皆が寛いだ頃、ヒノミコが立ち上がり挨拶をした。

「皆さま、本日は遠方よりやまたいに来ていただき誠に有難うございました。今年の集まりが去年にも増して有意義なものになることを願っております。

今宵はお疲れのところ有難うございました。私はこれにて失礼いたしますが、皆さまは続けて宴会をお楽しみください」

ヒノミコはにこやかに笑いながら広間を出て渡り廊下を歩いていった。渡り廊下は高さ二間程の岩場を利用してその上に連なっていたが、その先が別棟の御殿で、ヒノミコの私室もその奥に在ると思われた。

丁度、かがり火が一斉に燈され、渡り廊下を行くヒノミコの姿は、夕闇の中で揺れ動く紅い花のように幻想的だった。

ヒノミコが姿を消してしばらくすると下の広場で太鼓が鳴り始めた。ゆっくりと単調な打ち方であった。

数十人の女がその太鼓に合わせて輪となり踊り始めていた。それらの女は体の一部を隠しているだけで、全裸に近かった。そして、その踊りも腰と乳房の盛り上がりを強調するものであった。

アサは驚いてそれを眺めていたが、客の大半は心得ているが如くで、いと国のナムを中心に階段を降りていった。ナムはにこにこと嬉しそうな顔をして、酒盃を片手に持ったまま、女たちの間を歩き始めた。或る者は女たちについて一緒に踊り始めた。そして、しばらくの後には高殿の部屋に残っている貴人はヒマとアサだけになっていた。

「どうですか、やまたいの女は？」

ヒマが眼をやや異常に輝かせながら低い声で囁いた。

「一緒に踊って、それから後は貴方のものですよ。早く行きなさい」

アサがその言葉に抗うことは難しかった。ヒマに勧められなくても、女たちの露出した体はいつか汗に濡れ、火に照らされ、闇に潜んで妖しかった。

（5）

一夜に交わること幾たびかであった。やまたいの酒には強い媚薬でも混じっているのではないかと思われた。夜半まで女の体を放すことができなかった。それから突然前後不覚の眠りに陥った。眼を覚ましたとき、微かに太鼓の音が耳に入った。すでに明るくなりかけている。アサは体を起こすと耳をすまし、今一度はっきりと太鼓の音を確かめた。

（ヒノミコだ、ヒノミコが踊っているのだ）

女は未だアサの脇で眠っていた。

アサは外に飛び出した。昨日の朝のときと同じ広場の場所は高殿の館の横手に当たっていたのだが、朝霧の残っている小道をアサは走っていった。広場は崖と林と岩場に囲まれている。その入口で兵士が入ってくる者の整理をしているのだが、アサの胸にかけた来賓用の飾りを見ると前方の場所に導いてくれた。

ヒノミコが踊っていた。昨日の朝の踊りのときと同じように恐い表情であった。夕方での顔とは全く別人の雰囲気であり、眼差しであった。ちらりとアサを瞥見したようなその眼もアサを突き刺すような鋭いものであった。アサは昨日と同じく無意識のうちに頭を下げた。来賓の半数ぐらいが出席しているようだったが、ナムの姿は見えなかった。ヒマが石舞台の反対側からアサに会釈を送ってくれた。

ヒノミコは夏至の前後十日間の朝を人々の前で踊るのだった。ヒノミコの踊りは太陽神への奉仕であり、人々への啓示である。ヒノミコは太陽神のために感謝の意をこめて力一杯踊るのであったが、人々はヒノミコの踊りから生きる姿勢を学ぶのであった。ヒノミコの踊りに接し、ヒノミコと共に太陽を拝した者のみが太陽の恵みを得ることができると言われていた。ヒノミコは陽の巫女、そして陽の御子なのである。

ヒノミコの腕が左右に開かれると太鼓の音が高鳴る。その響きは、すさまじい勢いで寄せてくる津波のようでもあり、大地を揺する地震のようでもある。アサは昨日にも増して体中に戦慄を覚えた。ほのかに残っていた昨夜の女との情はたちまちの内に消し飛んでしまった。

厳しい顔のヒノミコが居る。その眼は狂信者の光りを放ち、虚空を睨んでいる……。ヒノミコが腕を上げていくと太鼓の音も次第に激しい連続音になっていくが、ヒノミコの腕が水平に止まると音も消える。それから、またしても太鼓のゆったりとした一打、二打、三打、ゆっくりと単調に始まるが、しばらくの後、突然音は走り出し、ヒノミコが飛び跳ねる、反り返る、裸足で地面を踏みつけて叩き、長い黒髪が宙を跳ねる……薄褐色に日焼けした肌が神秘的な黄金色を帯びてくる……

突然、アサの後方の林の中で悲鳴が起こった、と同時に、アサと向かい合っていた観衆が総立ちになり、そちらの方向を見た。十数人の兵士が、ヒノミコが立つ岩場の下に走り出て、ヒノミコを守る姿勢をとった。

「スサノだ」

昨日くぬ国の王スサノの話をしていたはおこと国の男が叫んだ。

「くぬ国のスサノだ」

人々の間でざわめきが起こった。

「くぬ国の鷲王だ」

その男は、人々の騒ぎの中で不敵な笑みを浮かべたまま林の前に出てきて突っ立っていた。右手に幅広い蛮刀を握り、左手に今しがた切り取ったであろう兵士の首をぶら下げていた。

身の丈七尺もあろうかと思われる体は筋肉で盛り上がり、赤褌の他には何も身にまとっておらず、肩から背中にかけては鷲王の異名のもとにもなっている紅色の大鷲の刺青がほどこされていた。

少しずつ距離を縮めて近寄っていく十数人の兵士たちに対して、スサノは極めてゆったりとした態度で殆んど動かなかったが、突然、左手を持ち上げると、首を空中に投げ飛ばした。首は血をしたたらしたまま飛んでいき、石舞台の上、ヒノミコの足元に気味悪い音を立てて落ちた。

「無礼者」

やまたいの長老が叫んだ。

「斬り倒せ」

数人が斬りかかった。が、それまで緩慢にも見えたスサノの体が素早く動いたかとみえると、斬りかかった兵士たちの半数以上が倒されていた。のみならず、彼は跳躍すると、前面に躍り出て、そのまま人波を圧し、ヒノミコの前面まで走り進んだ。が、ヒノミコの前まで来て槍襖に遮られると、それ以上には進み難くなり、ヒノミコを見上げたまま動かなくなった。

この男は決して醜い男ではなかった。いや、大造りの整った顔立ちは色男の青年とさえ言えるものであったかもしれない。秀でた眉、大きく切れた目尻、形の良い高い鼻、豊かな黒髪。難といえば大き過ぎる口であったかもしれぬが、むしろその大き過ぎる口は、整いすぎた顔に一種の愛嬌を与えていたかもしれない。彼はその憎らしい程に大きな体と顔でヒノミコと対峙していた。

男の顔の表情は、ふてぶてしい不敵な闘争心に満ち、口元に歪んだ笑みを浮かべていたのだが、ヒノミコの前に立ち続けるうちに、その表情は無念さを含んだものに変わっていった。やや大きな息をして肩の筋肉を震わせ始め、大きな唇を噛みしめた。

ヒノミコは騒ぎと共に踊りを中止し、石舞台の上に立ち続けていたが、血にまみれた首が足元に落ちて砕けたときも、眉をひそめたものの恐れた様子は見せなかった。のみならず、スサノが槍襖で動けなくなり、怒りの感情を露わにし、ヒノミコを睨みつけたのに対し、ヒノミコも激しく睨み返し、顔は次第に紅潮し、美しい光沢を帯びてきたのであった。そして、その眼には言い知れぬ喜びの色が輝き始め、唇には勝ち誇った笑みさえが浮かんできた。

「あー」

突然、スサノは奇怪な大声を発した。周囲を脅かすための声とも絶望の声とも思われたが、身の回りが隙間なく幾重にも槍で囲まれているのを見ると、そのまま仰向けにどたりと寝そべった。

「殺すな」

ヒノミコが兵士たちに命じた。

「捕らえておくが良い」

スサノは荒い太縄で手足を縛られ運ばれていった。

（6）

石室であった。

暗闇の上方にわずかな隙間があり、そこから外の明るい世界、樹木の緑が少し見えた。スサノは縄で縛られて転がったまま、喉をひくつかせていた。水が欲しかったからではない。ヒノミコのことを想っての悶えが続いているのだった。

（今に見ていろ、絶対に手に入れてやる）

ヒノミコの豊かな四股がスサノの眼孔から飛び出してくるばかりの幻影となって揺れていた。やや高い頬骨に浮かべられた男を魅了する謎めいた笑みと深く澄んだ瞳の光がスサノの頭を狂わさんばかりにしていた。

(俺は好きだ、あの女が好きだ)

喉が嗄れて破れそうであった。

「あー」

彼はまたしても奇怪な声を上げた。声を出せば出すほど恋しさは増した。

その途轍もない大声のために石室の天井の砂が崩れ落ち、蝮も腰を抜かしてスサノの顔の上に落ちてきたが、スサノには汗の一滴としか感じられなかった。

間違いは恐らく八年前の二人の邂逅に始まる。それもまた、夏の初めの一日、しかし、スサノもヒノミコも、くぬ国とやまたい国の王位を未だ継いではいなかった。

八年前のその日、スサノは自分の国の海辺から舟を漕いでヤマタイの領地の海岸にまでやって来ていた。朝から晴れていて、波も凪ぎ、遠出には丁度良かったので、敵対国ヤマタイに一寸足を踏み入れ、ヤマタイの国の様子を探るという遊びをしたのだ。それに、その年十八を迎えても未だ独身だったスサノは、精力があり余り、性の欲望が朝から晩まで静まることのない状態で、それを平和的に解決するには、激しい運動をして体力を消耗させるほかになかった。

実のところ、女を抱くのが一番の望みだったのだが、その女のすでに居る相手や父親などとのいさかいなしに済んだことがなく、つい最近も一人の男と大喧嘩して半殺しの目に合わせてしまったのである。

さて、太陽の照り輝く海原を休むことなく漕ぎ続け、やまたいの連中が神の山として敬っている雲仙岳を間近に仰ぐ麓の海岸に舟を寄せると、さすがに大量の汗がスサノの体を伝い流れ、彼は快い夏の疲れを覚えた。大きな岩の陰に身を横たえ潮風に吹かれているうちに、うとうとと寝入ってしまった。

大分時間が経ってから眼を覚まし、ふと見ると、眼前で揺れている青い水の向かいの岩場の上で半裸の少女が舞っているのであった。

スサノは次第に身を乗り出し、終には突っ立ってその少女を眺めることになったのだが、少女はスサノの存在に無頓着だった、と言うより、あらゆる外界の世界は眼中にないかの如く、太陽と海、そしてヤマタイの人間が神と敬っている雲仙の山に向かい踊り続けているのであった。背中にまで垂れた長い黒髪が体に巻きつき、跳ねる足が若々しく、強い陽射しの下で汗が褐色の肌で金色に光っていた。顔は真剣な表情で、しかし、時折喜びの微笑が口元に溢れた。

幾度目かの微笑が顔の表情に顕れたとき、スサノは嬉しさを抑えることができず、青い海面に身を躍らせていた。そして、少女の立つ岩場の下まで一気に泳いで突っ込んでいった。

岩に手をかけながら、眼に垂れる水滴の間から上を仰ぐと、踊りを中止した少女が、金色を溶かし込んだ青空を背景にスサノの顔を覗き込んでいた。

と、横合いから思わざる干からびた女の声が飛んできた。

「何者ぞ」

老婆であった。

スサノは横の岩陰でうずくまっている小さな醜い猿そっくりの老婆に対してふてくされた顔で一瞥をくれた。

「無礼じゃ」

と老婆は言った。

が、スサノは不敵な表情を浮かべたまま少女を仰いでいた。

最初、少女の表情は光線の加減で良く分からなかった。しかし、少女の内股が見えた。それから、乳房が見えた、と、スサノは異様な衝撃を受けた。体中に戦慄が走り、顎がわなないた。

少女の表情が光線の角度の具合ではっきりと見えてきた……

少女は微笑してスサノを見つめていた。ややふくらんだ少女の小鼻が笑いを含み、若々しい唇が弾力的で、頬骨には妖しい誇りの翳りが浮かび、黒い瞳が吸い込まれるように深かった。

スサノは水の中で喘ぎ、身悶えした。

老婆がしゃがれ声を張り上げていた。

「お前はこの方を知らないのか。王の姫子さまじゃぞ。そして、畏れ多くも、大いなる日天の御子、陽の巫女さまじゃ。不敬な若者、お前は何をしている？　お前の眼は野獣の欲望にぎらつき、体は野獣の匂いを放ち、心は欲望に飢えている。不潔な無礼者、下がれ！

待てよ……刺青から察するにお前は、この国の者ではないな。何者だ、お前は……」

スサノは水中で体を翻すとあわてて逃げ出した。


以後、スサノはヒノミコを忘れることができなかった。翌年から女王になったヒノミコが夏至の日の祭りを主催し、踊るようになると、その日が近づくにつれ彼は狂ったようになった。スサノは父親の死と共に王位を継承し、後宮の女も充分に持つことになったのだが、ヒノミコを忘れることができなかったのである。そして、夏至の日、彼は誰にも行方を告げず、姿をくらますようになった。海を渡り、やまたい国に上陸していたのである。


行動は闇の中でなされなければならなかった。彼は夜のうちに踊りの広場に入り込み、身を隠す場所を作り、朝を待ったのである。上手い具合に林の中の大樹に洞穴があり、そこを見物席として毎年忍んで見に来るようになった。ところが、殊更には足を踏み入れない林の中の風の動きに不審を抱いた眼の良い兵士が居て、近づいていき、スサノを見つけ出したのである。スサノを見つけたのとその兵士の首が斬りおとされたのと同時であった。

だが、その兵士に見つからずとも、スサノが早晩騒ぎを起こすのは避けられなかったかもしれない。というのも、スサノはヒノミコの踊りをじっと何もせずにただ眺めているのには最早限界を感じていたのであり、これで五度目の忍びの経験であったが、過去、彼はヒノミコを見て自分の国に帰ると、それこそ、一夜に七度交わっても止まらぬ欲求不満に陥るのであったし、その傾向はヒノミコが年と共に女らしさを増すにつれひどくなってきていたのであった。

「あー」

（俺を狂わせるのはあの女の肉体であり、瞳なのだ）

スサノは石室の中で、縛りつけられたまま幾度か体を大地に打ちつけ、叫び声をあげた。

（7）

やまたい連盟の会合が、その日、高殿の広間で行われた。ヒノミコは姿を見せず、その代わりにやまたいの代表として弟のヒマが議長格で出席していた。

暑い日であった。やや湿気を帯びた風が海に向かって開かれた広い窓から時折強く吹き込んだ。天候が崩れかけていて、季節としては早い熱帯性低気圧が近づいてきているようだった。細長い木製の机を囲んで、十数部族の代表が座っていたが、海鳴りと風の音のためにときとして会話が聞き取りにくくなっていた。

その日の議題はくぬ国に対する作戦とくぬ国の王スサノの処分についてであった。

即刻スサノを殺し、かつ、くぬ国に攻め入ろうというのがいと国ナムの意見で、大半はそれに同調していた。

だが、反対する者も居て、スサノに体罰を与える程度で如何だろうか、また、積極的にくぬ国に攻め入るのは疑問だ、という意見もあり、そや国のアサもその立場を取った。やまたい国のヒマは会合の主催者の代行者でもあり、中立の立場を取っていて、特に自分の意見を強く言うことはなかった。

「そや国の方」

ナムは、皆の意見が自分の思うようにまとまらないことで苛立っていたが、声が風によって吹き消されないように更の大声で怒鳴った。

「お主がスサノを殺すことに反対し、また、くぬ国への攻撃に反対するその理由は何なのか？　憐れみなのか、打算なのか」

「その両方ですよ」

アサも大声で言った。

「両方？」

「然り。殺すことは憐れみの心に反するし、国益にもなりますまい」

「憐れみ、などと言うが、現にスサノはやまたいの兵士を殺しているのだぞ。野蛮にして無惨にもだ。そのような者に対して、憐れみなど無用である。お主は、スサノの崇拝者ではないのか」

聴いて皆が失笑した。

ヒマがとりなすように言った。

「アサ皇子は別にスサノの崇拝者だという訳ではないでしょう」

アサはナムの皮肉に顔を赤らめていたが、半ば頭が逆上してきて言った。

「いや、崇拝者かもしれませんよ」

「ほれほれご覧、この若者はスサノの崇拝者なのだよ。一部の無知な若者たちが安っぽい大鷲の刺青をしたスサノに憧れ、愚者たちが鷲王などと持ち上げているように。指導者としての立場を忘れているのだ、話にならん」

ナムはそっぽを向いた。

アサは苛々として更に声を高くした。

「それではお聞きしますが、そもそも何故、我々はくぬ国と争わねばならないのですか。仲間としてやっていけないのですか。長年、無駄な血を流し」

「仲間？　くぬ国と仲間になる？　スサノと仲良くするのかね。あの野蛮人とお主は一緒に食事を楽しみ、会話をしたいのか？」

ナムは大仰に両手を広げ、呆れ顔をして皆の顔を見て、皆を笑わせようとした。

「誤魔化さないでください。私が言いたいことは、スサノと一緒に食事をしたりすることではなく、もっと根本的な問題なのです」

大声で話すにつれアサはますます興奮してきた。そして、ナムのずるそうな顔を見ているうちに、今まで口に出せなかった事柄、ずっと長い間腹に溜まっていた気持を思い切り怒鳴るように語った。

「貴方がくぬ国を敵国として留め置きたいのは、くぬ国が中国大陸の呉と強い仲にあるからではないですか。貴方が大陸の魏と強い関係にあるように。つまり、くぬ国が仲間に入ってくると、貴方は仲間の中で中国大陸と関係の強い競争相手を持ち、大陸との交易が貴方の独占では無くなる、それに、貴方は貴方自身を含めた我々がくぬ国と仲良くすると、魏に対する貴方の立場が悪くなる、それを恐れている訳なのですよ。

我々にとっては大陸の相手が魏であれ呉であれ、本来は一向に構わないのですよ」

「……」

一瞬ナムの顔は蒼白になった。それから、興奮の為、口をわななかせて叫んだ。

「お、お主は何を言いたいのだ？　呉だと？　分かった、お主はスサノの崇拝者であり、呉の仲間なのだ。我々に対する裏切りだ。わ、わしは確かに魏の命令に忠実だ、が、それはヒノミコ女王が認めていることだ。

いや、やまたい国も魏の同盟者なのだ。お主も、お主の部族も、同じ同盟者として、その恩恵を蒙っている。我々は、等しく、ヒノミコ女王を中心として魏の友人、と言うより魏への忠誠を誓った者たちなのだ。お主もそれくらいのことは分かっておろう。呉、呉だと？　裏切りだ、恐ろしい裏切りだ」

ナムは両手で卓上をばんばんと叩いた。

「何が裏切りですか。私はただ、私たちの置かれている立場を言っただけですよ」

アサも負けずに両手で卓上を叩いた。

「こんな小僧に嫌味を言われて不愉快だ、だから、わしは、この会に出席する者はすべからく王であるべきだ、と主張していたのだ。小僧の出席を認めた女王も女王だ」

「小僧とは何ですか、無礼ではないですか」

「世界を知らない無知な青二才だ」

「無礼だ！」


アサは席から跳び上がって腰の剣に手をかけていた。

アサ自身でも良く分からないが、元来慎重で余り逆上などはしないはずの自分が、昨夜の酒の所為か、今朝のスサノの出現の所為か、そして、海鳴りと風の音が何とも苛立たしく、落ち着く所まで突き進んでやれ、という自棄っぱちの神様に魅入られていた。

「よーし、来い、井の中の蛙の田舎者めが」

ナムも立ち上がった。

だが、ヒマが二人の喧嘩を押し止めた。

「やめてください。ここはヒノミコの国です。争いは認めません」

くぬ国とスサノに対する処置について話が続けられた。しかし、結論が出なかった。

最後に、ヒマが言った。

「皆さまの意見をヒノミコに伝えます。ヒノミコの指示を仰ぎ、ヒノミコの決定を以って、我々やまたい国同盟の最終方針とさせていただきたい。よろしいですか」

誰も反対する者はなく、ヒノミコの方針に従うことに決まった。

（8）

窓辺近くの高い木々の枝葉の間から洩れ射す陽の光が、金糸銀糸の編み込まれた敷物の上に斑模様を作り出し、揺れていた。

陽はヒノミコの部屋の東側の窓から昇り、西側の窓の彼方へ落ちていくのであったが、今、中天にあり、東南側の窓に見える煙を吐く神の山は光の霞の中に溶けこんでいた。山麓からここにかけては森林や田畑がくねって続いている。

壁に掛けられた中国の魏から贈られた銅製の鏡は先ほどからヒノミコの姿を映し出していたが、ヒノミコは部屋の中央の椅子に座ったり立ち上がったりしているのである。

ヒノミコの前で頭を低く垂れて胡坐をかいている男たちが三人いた。ヒマと二人の長老であったが、今日の話し合いの報告に来ていたのだった。

ヒノミコは報告を聞き終わると、いや、聞いている最中にも時折立ち上がり、ゆっくりと部屋の中を巡っていた。

あの男がくぬ国の王のスサノだったのか。その驚きは今も続いていた。あの男はまるで風のように自由に出没するではないか。怪物のように大きな図体でありながら何と身軽であることか。そして、そもそもあの男の目的は何なのか。幾百、いや千にも及ぶであろう軍兵を使い得る立場にありながら、何故の無鉄砲なのであろうか。単なる偵察なのか。八年前も、そう、あのときもたった一人だった。

そして、今度も一人である。本当にあの男がくぬ国の有名なスサノ王なのであろうか。


「ヒマ、あの男の今度の目的は何なのか」

ヒノミコはそう聞かざるをえなかった。

「乱暴、狼藉と解しております」

「乱暴、狼藉、それ自体が目的なのか。ヒマ、彼は一国の責任ある主であろう。その王がそんな目的のためにたった一人で殴り込んでくるのか。狂気の沙汰ではないか」

「そういう男です。自分の腕力を過信している男なのです」

ヒノミコは信じられないといった風に首をかしげて黙ってしまった。

そんな王が何処に居るであろうか、と思った。やまたい連盟の何処の王がその無鉄砲さを犯し得るであろうか。だが、それがスサノのスサノたるゆえんなのであろうか。


「手前は思いますに」

長老の一人が恐る恐る口を開いた。

「スサノの奴めは、女王さまの踊りを見たかったのではないか、と思います」

「それは考えられるな。奴めは木の祠から眺めていたようだからな」

とヒマ。

自分の踊りが見たかったのか。

ヒノミコは極く当然のこととして誇らしげな顔をした。誰でも私の踊りを見たがる。私の踊りは今や、やまたい国の一部、いや中心にすらなっているのだから、スサノが見たがっても不思議はない。

「しかし、それにしても常軌を失した無礼で、野蛮な行為です。それも神聖な場所に向かって生首を投げつけるとは！」

今一人の長老が拳を震わせて言った。

「姉上、如何いたしますか、あの男を」

ヒマの問いには即答せず、ヒノミコはまたしても部屋の中を歩き始め思案を続けた。

（乱暴が目的ではなく、もともとは私の踊りを見るのが目的だったのなら許してやっても良いのだ）

と彼女は思った。

（ただ、けじめということがある。それなりの処罰をスサノやくぬ国に与えねばなるまい。しかし、いと国のナムの主張する死刑とか攻撃とかいう行為は慎重に扱わなければならない。

実のところ、私にとって今怖いのは、くぬ国やスサよりもむしろ魏を後ろ盾にして野心を拡大してきているいと国とナムだとも言えるのだ。くぬ国の脅威が無くなったとき、或いは大陸の呉の勢力が全くこの地方から消えたとき、ナムは今以上に無遠慮にやまたいの仲間たちの間で振る舞い、自分が盟主にもなろうとするだろう。そういう意味では、そや国のアサのようにいと国のナムに対して敵意を抱く男の存在は頼もしいのだ。それに、彼が会合で言ったという、くぬ国とも友好国としてやっていけなくはない、という見解は、無視できないだけではなく、興味もある意見なのだ）

「ヒマ、お前はいかが思っているのか」

「難しい問題です。が、ナムは強硬なのですよね。一方、アサは平和的です」

「ナムは一寸危険ですよ」

「は、はい」

ヒマはヒノミコの言葉に感じるところがあったのか、ヒノミコの顔の表情を仰いで、ヒノミコの次の言葉を待った。

「いと国のナムは、何事によらず強すぎるであろう？」

ヒノミコは長老の一人に話しかけた。

長老は恐縮したように頭を下げたが、もそもそと口の中でつぶやくように言った。

「明日の会合でははっきりするでしょうが、いと国の今年の鉄器の値段はかなり高いようです。鍬一丁について朝鮮行きの生口《せいこう》の傭兵一人欲しいと言っております。そや国の者のように反発する者も出てくる訳です」

「鍬一つに対して生口の傭兵一人だと?!」

ヒノミコは体をのけぞらせた。

「何ということを！　昨年は鍬二つに傭兵一人であったではないか！」

ヒノミコは手にしていた榊《さかき》の枝葉で力を込めて玉座を叩き、顔に怒りの表情を浮かべた。榊の青く硬い葉が周囲に散った。

「魏の要求だとナム王は言っているようですが」

長老が言った。

「魏も魏だ。やまたいからの傭兵が無ければ朝鮮半島を治めきれないとは」

ヒノミコは忌々しそうに言った。

ヒマが、

「いくら高くてもやまたいの連中は鉄鍬を欲しがるだろう、鉄鍬があれば生産は二倍になる、鉄鍬一丁に傭兵一人は安いもの、とナムが魏の使者に洩らしたという噂もあります」

と言うと、ヒノミコは荒々しく立ち上がりつつ、

「ナムは魏の機嫌を取っているのだ。また、魏と我々の間に立って、こっそりと利を得ているのだ！」

と叫んだ。


南に面した戸口から外の楼上に出て、雲の仙人、仙女たちが集うという神の山の頂上に対して座った。手にした榊を激しく左右に振って平伏した後、山を仰いだ。

一筋の白い煙が山頂から持ち上がるように現れると、近くの切り立った崖を降り、緑の尾根を滑るように下っていったが、その煙と戯れるかのように、一羽の大鷲が天空を舞っていた。その様を見ながらヒノミコは、スサノの鷲の刺青と精悍な顔立ちを思い出し、ナムよりは余程愉快な人種だと思わ

ざるを得ず、卑しい豚の為に高貴な大鳥を射ち殺して与える必要はない、と思った。いや、むしろ、スサノの存在はヒノミコにとってはいと国やナム王の力を抑えるのに便利なもの、野を食い荒らす豚に脅威を与えるもの、或いは天秤の一方の錘のように中空に均衡を与える大切なものである、と感じざるをえなかった。


「スサノを殺すことはない」

ヒノミコは後ろを振り向いてヒマと長老におごそかに言い渡した。

「スサノを殺してはならぬ」

（9）

その夜から朝にかけて強い雨が降った。雨が小降りになった後も、曇天の下で海面は鉛色の波を荒立たせ、天に向かって吠えているかのごときであった。スサノはその荒海の中を島原半島の対岸、天草の地に泳いで戻っていかなければならなくなっていた。

「お前は今すぐこの半島を去るか、首を斬られなければならない。その何れを選ぶか」

ヒノミコの弟ヒマがやまたい連盟を代表してスサノに尋ねた。

スサノは恐ろしい眼をして周囲やヒマを睨んでいたが、

「帰る」

と答えた。

スサノは多数が居並ぶ岸壁の上で縄を解かれると、岩間を降っていき、波間に身を投げた。雨後で狂ったように荒れている海峡を渡りきれるはずもなかったが、スサノは岩に寄せる波をかいくぐりつつ、頭を低く水に沈め、海の中に出ていった。

海水は鉛色に濁り、波は天駆ける荒馬のようにいきり立ち、時折、五間ほどの高さにもなり、スサノを投げ上げ、それからスサノを波底に投げ落とし、その上に崩れ、かぶさった。

ナムはヒノミコの処置に不満だったが、現実に海を眺め、そこに投げ出されたスサノを見ると満足した。誰の眼にもスサノの溺死の運命は明らかだったのである。

その日、やまたい国連盟の話し合いが続けられた。くぬ国との問題は未解決のまま、やまたい国からの塩の分与の話が終わると、鉄器の購入の話になったが、いと国のナムが魏からの条件として言い出した〝鉄鍬一丁に対して朝鮮半島への傭兵一人〟という案は非難の的になり、結局鉄鍬三丁に対して傭兵二人という条件でナムが魏と再交渉することになった。

「良いでしょう」

とナムはしぶしぶ言った。

「今一度、魏との交渉に当たりましょうよ。もっとも、いと国に来ている特使と話をしても難しい問題で、結局私自身が朝鮮半島の魏の総督府にまで行かなければならないでしょうがね。しかし、この際、皆さまの肝に銘じて覚えておいていただきたいことは、魏は決して裏切り者への援助などはしない、ということですよ。

我々の中に、もし、魏と敵対する呉や蜀、そしてその手先の国々、たとえばくぬ国などと通じたりしようとする者が居るならば、魏は鉄鍬一丁に傭兵一人という条件に固執するどころか鉄器の供給自身すら中止するでしょう。

このことを良く覚えておいていただきたい」

それから、ナムは付け加えるように、アサの方を向いて言った。

「よろしいですかな、アサ国のお若い方」

その頃、ヒノミコは自分の居間で、雨上がりの西の空が明るくなり、夕刻のためにバラ色に燃え上がった後、ゆっくりと次第に暗くなっていく気配の中で、ヒマが会合の結果の報告を持ってくるのを待っていた。

その日の夜は、はおこと国を含めた数カ国の客人たちと一緒に夕食を取ることになっていたので、奴婢に腕輪入れの箱を持ってこさせ選択を楽しんでいた。象牙の腕輪がある。はおこと国からの贈り物ではなかったかと記憶しているそれは、バラの花弁を微細に彫塑してあるのだが、いずれは舶来品でルート的にいえば大陸の呉からの匂いがしないでもない。或いは翡翠の腕輪がある。青くしっとりとした石肌の一部に裂けたような花の紋があり、奥に大きな金剛石が奇跡的にも光っている。感触を楽しみ、眼の保養をしながら、しかし、ふと、スサノのことを考えた。

「スサノは岸から三百歩ほどの所で波間に姿を消し、二度とは浮かび上がってこなかった。スサノは死んだ」

先ほど、そんな報告があった。


スサノの生命を許したヒノミコではある。しかし、今朝になって、雨のために踊りは中止したものの、たとえ晴れていても、ヒノミコが石舞台で踊る気になったかというと疑問だった。雨が降り、係りの者たちが清掃をしたとしても、石舞台には未だ血の汚れと匂いが残っていよう。あそこでは私は踊れない。やはり、スサノは死刑に処するべきだったろうか……明日からの踊りを私は何処で行うのか？　あそこでは駄目だ……一年も経てば石舞台の汚れも消えてはいようが……。

その思いに浸っていたとき、スサノの死の報告を聞き、ヒノミコの怒りの気持が幾分和らがないでもなかった。

（それで良いのだ。政治のためにあの男を生かしておこう、などという気持が間違っていたのだ。私は踊ることができるかもしれない）


しかし、今スサノのことを想ったのは別の気持からでもあった。

スサノの顔が眼に浮かんでいた。その顔は石舞台の前で槍に囲まれて身動きが取れなくなったとき、ヒノミコを仰いで口惜しそうに喘いだそれであった。スサノの眼の表情の中にヒノミコに対する熱っぽい光があった。恋慕と言うには余りに動物的な、しかしひたむきな何かが。あのとき、ヒノミコがスサノに対して打ち勝った心の余裕を持つに到ったのは、スサノの眼にその光を見たからであった。多くの男たち、例えばそや国のアサがヒノミコを仰ぎながら示すひたむきさ。それに似通っていて、もっと強く、もっと直接的な情熱の光。

(私を恋慕する男の一人が死んだ。お前が馬鹿だったのだ)

海中で眼を永久に閉じようとする間際の男の顔が鮮明に浮かび出て、それから果てしなく深い闇に消えていく……。

だが、如何したことか、男の顔は消えず、真剣な眼差しは光を増し、ヒノミコを凝視し続けているではないか。ヒノミコは我が眼を疑った。ハッとした。壁に掛けられた大きな銅鏡の中でスサノがヒノミコを見ていたのだった。

「スサノ……」

振り向くといつの間にかスサノが立っていた。スサノは生真面目な顔をしていた。赤褌の他には何一つ身にまとっていなかったが、その振る舞いは物静かで、うやうやしくヒノミコの前に出ると、大きな身をかがめ、蛮刀を両手で捧げて置いた。

「私の愛刀です。大蛇を倒すこと八度、敵の首を刎ねること千度、いささかも鈍らず、曇らず、光り輝いております。末永く女王の手元に置かれ、悪霊悪鬼を退治ください」

それだけ言うと立ち上がり静かに去りかけたが、思い出したように振り向くと、今度は嬉しそうな顔になり、大きな口を半ば開けてにやりと笑うと、

「また来るよ、お前を嫁にもらいにね」
と言った。

ヒノミコは眼前で起こったことを殆んど夢心地の中で見ていたのだが、その言葉で我に返り、前に置かれたスサノの蛮刀に手をかけ、スサノを睨みつけた。

スサノは大らかな微笑を浮かべつつ、それを手で制し、五間ほどの高さの窓から外を窺い、飛び降りようとしたが、部屋の隅に居て恐ろしさに身をすくませつつも、震える手でスサノを指して何事かを叫ぼうとしている老婆、猿のような顔をした小さな老婆、八年前の海岸での出来事のときにヒノミコの脇にいてスサノを罵った老婆に気がつくと、歩み寄り、憎々しげに毒ついた。

「お前だな、いつもヒノミコの脇にいて意味ありげにも物事を語らい、嘘八百の呪いで国人の統治に口を出している鬼道の巫女の婆とは。ふん、お前の出番はもう終わったのだ。お前の故郷に帰れ！半島か、大陸か、南の島か知らぬが何処かへ失せろ！」

そして、彼女を掴み上げ、西に向いた窓の外に投げ落としてしまった。それから自身は、東側の窓から素早く姿を消した。すべては極く短い時間の出来事であった。老婆の小さな悲鳴と大地に落ちた音、その後には何の物音も騒ぎもなく、夕闇が静かに辺りを浸し始めていた。

（誰も気がつかなかったのか）

ヒノミコは不思議な静寂の中で、長い間身動きできずにいた。

くぬ国の王スサノは死んだ、波に呑まれて死んだ。その噂は、その日、そして翌日、最大の話題としてやまたい国内で語られていた。噂が否定され、スサノは無事くぬ国に戻っている、という話に変わるまでに十日以上かかった。

(10)

ヒノミコは終始黙っていた。それはヒノミコ自身にとっても不可解な沈黙だった。スサノの死を否定し、スサノが現れたことを言い出す機会が無かった訳ではない。現に、スサノが溺死したとされ実はヒノミコの部屋に無事現れた日の夜の会食の席で、はおこと国のハギなどは満足顔でスサノの死を祝し、喜びをヒノミコにも語っていたのであるが、ヒノミコはにこにこしているのみで、スサノの死を否定しなかったし、そもそも窓から逃げ出したスサノを追いかけさせ捕まえるという行為を最初から怠ってしまっているのである。

いや、ヒノミコは、長年彼女の影のようにも付き添い、ヒノミコをしてその名を高からしめていた祈祷師の老婆の死についてすら、

「わたしの力は衰えた、わたしの役目は終わった、と告げて、窓から飛び降り死んでしまった」

との虚言を周囲の者に語っていたのである。

それは一体どういうことだったのか。ヒノミコは半ば無意識にせよ、個人的な秘密、反国家、反連盟的な秘密を持ってしまったのではなかったのか。

「また来るよ、お前を嫁にもらいにね」

その言葉がヒノミコを驚かせ、同時にスサノを敵視する力を失わせたのか。生まれたときから太陽神の娘、神聖な女性として育てられ、結婚など考えもせず、また、考えてももらえなかったヒノミコにとり、実は魅力的な言葉だったのか。

或いは、スサノの狂気じみた強さと勇気、そして荒々しい活力あふれた異性の肉体がヒノミコに衝撃を与えていたのか。

それとも、人を食ったような、それでいて何処か憎みきれないところのある顔立ちや熱っぽい視線がヒノミコに快かったのか。

何れにせよ、ヒノミコはスサノが彼女の部屋に現れたことを弟のヒマにさえ話さなかったのである。

やまたいの祭りは、スサノの突然の出現と首投げ事件によってヒノミコの踊りを失った。ヒノミコは汚れた舞台で踊る訳にはいかない、一年間の浄化のときを必要とする、と弟のヒマが発表した。今年の夏至の祭典は打ち切る、と。そしてまた、ヒノミコは気分が勝れず、当分の間、公の場には姿を現さないと語った。

スサノの事件から五日後、やまたい連盟の会合も終わり、客人たちは各自の国へ帰っていくことになったが、ヒノミコと別れの挨拶を交わすこともなかったのである。

しかし、是非今一度会ってから帰りたい、その為にしばらくやまたい国に滞在し続けてヒノミコの病気が回復するまで待たせてもらいたい、重要な用件があるから、と言う者たちの申し入れも受け入れられた。それはいと国のナムが言い出したことで、それにはおこと国のハギが加わり、その話を聞いたアサも残ることに決めた。

アサはヒノミコと語るべき特別の重要な用件を持っている訳ではなかったが、ナムやハギがヒノミコと会ってから帰ると聞いて、ヒノミコと再会することなく帰るのを残念に思っていたアサは丁度良い機会であると便乗したのである。

（11）

石榴《ざくろ》の大木が窓辺近くにまで枝を伸ばしてきていて、沢山の青く硬い小さな葉が光の中で微かに揺れ、紅い花が処々瑞々しかった。ヒノミコは寝不足がちな眼でそれらを眺めながら、本格的な夏の到来を感じていたが、眼の前に座って長々と話をしているナムに疲れを覚えていた。

ナムら三人が居残って五日目、ようやくヒノミコが元気になったということで、その日は朝から一人ずつヒノミコの客間に招かれたのだが、最初に呼ばれたナムは長い間腰を据えて動かなかった。

ナムはまずやまたい国を取巻く国際情勢、特に大陸の魏と呉と蜀の三国の対立情況について述べた。そして、魏との友好関係の大切さについて強調した。

以前から語っていたことではあるが、朝鮮半島はすでに一部を除いては魏の支配下にあり、いと国も魏の被支配国の一員のようにして動かざるをえないこと、一年前ぐらいからは通常の外交官ではない情報関係の者もいと国に入ってきていて、その者は或いはやまたい国にも来ているかもしれない、というのは呉と手を握っているくぬ国の動きが気になるからである、などと言った。

やまたいは呉と手を握っているくぬ国に対してもっと強く当たるべきだ、と魏の者たちは言っている。事実、そもそも魏呉蜀の対立とはいっても、正統な漢の王朝を継いだのは魏だけで、他は国の乱に乗じた野心家たちが作り上げた地方国家に過ぎない。将来、大陸を統一するのは中原に拠る魏であることは間違いのないところで、呉などは台湾、海南島、インドシナ、琉球等の南方の僻地に力を伸ばしているだけだし、蜀は西の隅で騒いでいる小国に過ぎない、とナムは語り、

「そもそもヒノミコ女王は、魏から親魏倭王として金印紫綬を授けられている身ですぞ。三年前の私の苦労を思ってください」

と常々ナムの手柄にしたがる魏への朝貢の際の努力を口にし、

「魏から親魏倭王として封され、金印紫綬を賜っている身であるからには、魏への忠誠は義務だし、ヒノミコ女王にとっても大切なことでありましょうに」

と言った。

今回のスサノに対する罰の甘さは極めて遺憾だ、とも述べた。なるほど、スサノは死んだかもしれない、が、それは結果であって、海が荒れていなかったら、スサノは生きのびたかもしれないではな

いか。スサノを死刑にしなかったヒノミコの態度が残念である、と語った上、突然、ナムは声をひそめて聞いた。

「さきほど、一寸気になる噂を耳にしたのですが……スサノが生きてくぬ国に帰っているという……」

ナムは暗い不気味な眼の光でヒノミコを凝視めた。

「ご存知ですか」

「……」

ヒノミコは顔をこわばらせ首を横に振った。

ナムの次にははおこと国の王弟であるハギがヒノミコに招き入れられた。ハギはくぬ国に隣接する地として何時もくぬ国から被害を蒙っているはおこと国をやまたい国がもっと保護してくれるようにと頼んでいた。ハギは大きな地図を広げ、くぬ国との境界線や侵されやすい場所について説明していた。そして、会合では結論が得られなかったはおこと国への援軍として、女王国やまたいが単独でも百、二百の兵士をすぐ送ってくれるようにと頼んだ。

「女王、私は心配です」

最後に彼は、憐れみを請うような目つきでヒノミコを見上げながら、かぼそい声で言った。

「先ほど、ナム王から聞いたのですが、スサノが生きていたかもしれないという……。本当でしょうか」

ヒノミコは再び顔をこわばらせた。しかし、今度は冷然と突き放すように言った。

「あり得ますね」

「おうー」

ハギは泣き声を上げた。体をのけぞらせ、耐えられないといった表情で顔を幾度も横に振った。


アサが招き入れられたのはもう夏の太陽が高く晴れた空の中天に差しかかっているときであった。アサは気だるい午睡時を迎え、自分の部屋でうつらうつらとしていた。招きに応じてアサは、案内人の後ろについて広場を横切り宮殿に向かったが、すべての物音は遠くに去り、真昼の静寂が熱い空気の中で辺りを支配していた。宮殿の入口の守衛の者も日陰に腰を下ろしたまま、通り過ぎるアサを眠そうに眺めていた。しかし、石段を登った謁見の間の入口には鋭い目つきの兵士たちが詰めていて、石段を登っていったアサを待ち構えていた。

建物に入ると広い回廊があり、丸みを削って平らにした大木の床が継ぎ足され続いていたが、その回廊の所々の大きな窓からは眩しくきらめく海原が二方に見えた。片側にはヤマタイが支配する有明の海が、そして一方にはスサノが根城とする天草灘に続く海が。

広い部屋に入るとヒノミコとヒマが居た。アサは興奮している自分を感じると同時に殊更の面会を申し込んだことを後悔していた。

実際、自分は何の特別な用事をヒノミコに対して持っているというのだろう?　自分はヒノミコの踊りに感激し、かつその美しさに魅了され、やまたいを立ち去りかねているだけではないか。政治的な場であるべき世界に於いて自分は国の役目から逸脱してしまっているのではないか？　滞在中に受けた親切に対して礼を述べたらすぐに立ち去ろう、とアサはこの場におよんで思った。

だが、アサを認めたヒノミコとヒマの顔の表情は如何にも嬉しそうであった。

「やあ、やあ」

と言いながら、ヒマは立ち上がり、アサの手を握った後、友情の証のようにアサの肩をぽんぽんと叩いた。

アサは何故となく顔を赤らめたが気も楽になり、自然な口調で、

「長らくお世話になりました。ただ、一言お礼の言葉を述べたくて残っておりました」

と言うことができた。

「まあ、まあ、お座りなさい」

突っ立ったまま頭を下げ、そのまま去ろうとしたアサをヒマが引きとめた。

ヒノミコは涼やかな眼をやや物憂げに張り、アサを見ながら微笑していた。微笑するとヒノミコの口元は肉感的な魅力を増した。

「やまたいは気に入りましたか」

白い歯をこぼちながら言った。

「はい、大変に。女王さまの踊りには感激いたしました」

アサは自然に頭を下げていた。

ヒノミコは満足そうにうなずいた。

アサはそんなヒノミコの顔をそっと窺いながら病気の状態を知ろうとした。

「ご病気はもう大丈夫なのでしょうか」

アサは聞かざるをえなかった。ヒノミコは眼でうなずいた。


ふと、アサは突拍子もない思いつきを口にした。

「女王さまも一度私どもの国に遊びに来ていただけると嬉しいのですが」

「おー」

とヒマが声をあげた。

「そや国、阿蘇の山の国ですね」

「いつでもお出迎えに参上いたします」

アサは自分の思いつきに興奮して声をつまらせながら言った。

「万全のお守りをして、無事に帰国なされるように尽くします」

ヒノミコは嬉しそうにしかし驚いた顔をしていた。

アサは語り続けた。

「阿蘇の山は神々のあらせられる火の山です。丁度、やまたい国の神の山のように。あそこでは外輪山が幾重にも連なり、谷を作り、河を流し、野を育みます。我らはその外輪山の懐に抱かれ、豊作を楽しみます。もちろん、あそこは辺鄙な場所です。しかし、それだけに豊かな平和があります。魏も呉もありません。我らの神々があらせられるだけです。

　我らの神々、そうです。火の神、大地の神、水の神、風の神、草の神、その他、諸々の偉大な神々が、年に一度、若草が生え出る頃、火の山の頂上近くの草の浜に集まり、天地を寿ぐのです。我らも神々と一緒に草の浜で祝います」

「草の浜？」

「そうです、草原が大海原のように広く長く、千里と思うほどに続き、神聖な山頂に向かっていて、大きな池が諸所に在り、美しい鏡のように空や雲そして草原を映し出しているのです。女王さまが来られたとき、我らは池の面に浮かぶ舞台を作り、女王さまに舞っていただきます。女王さまの姿は神々のようでしょう。いや、きっと神そのものです」

「素晴らしい」

　とヒマが手を叩いた。

　アサは知らず知らずのうちに興奮して話を続けたことに一寸恥ずかしさを覚え面を伏せた。

　一方、ヒノミコの眼は生気を帯び輝いてきていた。

「あそこの山の神々は我らの火の山の神と兄弟であると長老から聞いていたが……」

「はい。日向の山の神々も兄弟と聞いております」

「ひゅうがの山？」

「はい。阿蘇の山の東側に当たります。高千穂の高地です。下れば、陽が昇る日向の海に出ます。そこから船出をして天の道をたどれば、日の本の地に着くとも聞いております。」

「陽が昇る日向の海……そこから天の道をたどれば、日の本の地に着くと言うのか」

「はい。そのように聞いております。その日向の海には小さな集落があるのですが、私めの親戚の者が長をしております」

「陽が昇る日向の海か……天の道……そして日の本の地」

「一度、是非、そや国に来てください。もしお望みなら、陽が昇る海、日向の海にもご案内いたします」


ヒノミコの白い指が彼女の頭の上の金の冠に触れていた。ヒノミコは悪戯っぽく眼を輝かせると、そっとその冠を持ち上げて頭から外し、そのままアサの前に差し出して言った。

「アサ皇子、貴方がこれをかぶってやまたい国とやまたい連盟を治めてください。私は貴方の国をもらいましょう」

アサはぎょっとした。

「ご冗談を」

ヒノミコはしばらくの間王冠を差し出したままアサを見つめていたが、アサの困惑した表情を見ると、今度はヒマの方を向いて言った。

「ヒマ、お前がこれをかぶりなさい。私は自由な身となって、あそやひゅうがの地を訪れたいのです。やまたい連盟にはうんざりしました」

ヒマは金の冠を受け取ったものの、脇の置き台に移してしまった。

そして、

「女王は疲れているのです」

と言った。

「私たちを困らせないでください」

ヒノミコは立ち上がった。そしてアサに別れの手を差し伸べつつ言った。

「アサ皇子、やまたいに来てくれて有難う。私も、機会を作って是非一度貴方の国を訪れたいと思います。さようなら」

横からヒマが反物をアサに渡した。

「ヒノミコからの特別の贈り物、魏の絹の反物です。お元気で」

(12)

その年の夏、やまたいでは日照りが続いた。畑は不毛の砂地と化し、水田は固い陶土となった。蝉は一声を発することもなく地に落ち、蛙は泥土となり、風化していった。

秋には超大型の台風が襲来し、山を崩し、河を曲げ、人家を木の葉のように飛び散らしていった。

冬には熱い雨が降り、桜の花びらが一月の空で舞っていた。

これ等の天変地異は夏至の日のヒノミコの踊りが中断された故だと語られた。

生きのびたスサノのもとでくぬ国が、その南方に位置する島々の部族を統合し、大軍を結集してやまたい国との戦闘を開始したのは、ようやく自然の秩序が回復し、明るく力強い陽射しの中で青葉の輝きも眩しさを増し始めた初夏のことであった。

一千の軍兵がはおこと国の領内に侵入し、はおこと国の王族を追い出し、その地をくぬ国の統治下に置いてしまった。前年やまたい連盟の会合に来ていた王弟のハギは、逃げ遅れて捕まり、丸坊主、丸裸にされた上、頑丈な首輪と鎖で犬のように繋がれ、路上で弄ばれた。

はおこと国を助けるために東方の阿蘇山地から出てきたそや国のアサの軍も、やまたい国との連絡を絶たれたまま如何することもできず、くぬ国の侵入軍と小競り合いを続けるのみであった。

陸から侵攻してはおこと国を占領したのと同時に、スサノは大船団を編成し、海からヒノミコの居る島原半島に迫り、半島を包囲した。そして、それ等数十艘の舟は、徐々に、ヒノミコの宮が建つ海岸に集結してきて、陸で守りを固めているやまたい側の軍と睨み合った。

やまたい国が簡単に落ちるとは思えなかったが、舟の大軍でヒノミコの宮の正面に寄せてきたという前代未聞のくぬ国軍の侵攻は、はおこと国陥落の情報と共に、やまたいの人々の度肝を抜くのに充分だったと言える。

ヒノミコもまた、ほとんど眠れぬまま三晩目を迎えていた。ヒノミコの部屋の窓から眺めると、陸も海上もかがり火が夥しかったが、不思議な静寂が辺りを支配し、波音だけが絶えることなく夜風に乗って聞こえてくるのであった。

（殺すべきであった。あのとき、スサノを殺すべきだった。私の失敗だった）

ヒノミコにも分かっていた。先ほどもヒマからそれを言われたのだが、ヒマに言われるまでもなかった。

（ナムは来ていない。しかし、いずれやって来て、私を詰るだろう。私の大きな誤算だった）

その反省はもちろんスサノに対する怒りを伴っていたのだが、しかし、その怒りは敵というものに対する怒りというより、仲間とか友人とか或いはその他の愛する者に裏切られたときに持つ感情に似ていた。ヒノミコは怒りの内に在るそんな性格に気がついてはいたが、それは他者に対して口に出せるものではなかった。

（スサノに裏切られた）

その苦い思いは陰に籠もった怒りとなってヒノミコを苦しめていた。

少し眠らなければいけない……と思いつつ夜空を仰ぐと、無数の星が湿気を帯びて艶やかに光っていた。海には、松明の火を燈すスサノの船団が大きな龍の横たわっている姿にも似て、ゆったりと、不気味な殺気を秘めつつ、波の上下動に合わせて揺れていた。

寝室に入っていき、内側から木の棒の閂をした。中央の寝台に身を投げ出そうとして、しかし足を停めた。涼しい夜風が入ってくる窓際の月の光の中に、一人の大きな体の男が胡坐をかいて黙想に似た姿で動かないのであった。

「スサノ……」

ヒノミコはかろうじて声を出すことができた。

スサノは俯いたままだったが、

「和解に来たのです」

と言った。

「和解!?」

ヒノミコは叫んだ。怒りが爆発した。

「馬鹿な！　侵略をしておいて何が和解か！」

腰にしていた鞘から剣を抜いて、スサノを睨みつけた。

「死ぬが良い」

声を震わせて言った。

スサノは座ったままだったが、やや言い渋った後、ヒノミコを仰ぎながら、

「結婚してください」

と熱っぽい眼差しで言った。

「……」

「ヒノミコ女王、私たちの結婚はこの倭の島に一大国家を創始する基礎になるのですぞ。すべての民

に平和と繁栄をもたらすのです」

スサノは大きな口を開けて吠えるように言った。

「平和と繁栄……」

ヒノミコは冷ややかな微笑を浮かべながら言った。

「乱暴者のお前がそれを言うのか。笑止だと思わぬか？」

スサノは言葉につまり、口惜しそうにヒノミコを仰いでいたが、立ち上がると、大きな声で怒鳴った。

「ヒノミコ、魏から封ぜられていて嬉しいか。金印紫綬が嬉しいか。お前は公式の場では何時もそれを肩懸けにしているそうだな。たかが、臣下の〈しるし〉を。聞けば膝を屈して得た〈しるし〉だという……恥ずかしくないいか」

ヒノミコは冷然と言い返した。

「呉の手先の、手先の、お前がそれを言うのか。お前は呉の手先の南方蛮族の手先だというではないか」

「ヒノミコ！」

「乱暴者で、呉の手先の手先の南方蛮族の手先のお前が、平和と繁栄を口にし、倭の統一国家を唱えるのか。百年早い。生まれ変わってくるがよい」

「ヒノミコ……」

スサノがヒノミコに近寄ると、ヒノミコは手にした剣を振り下ろした。その剣には力がこもっていたはずだが、スサノの肩に当たると弾き返されてしまった。ただ、スサノの皮膚からは血が滲み出てきて、筋となって垂れ落ちた。スサノはそんな傷を意に介する風もなく、ヒノミコの腕を取るとヒノミコをいたわるようにもして、寝台に腰掛けさせると、自分も脇に座り、真剣な眼差しでヒノミコを見つめながら、

「結婚してください」

と言った。


ヒノミコは自分が傷つけた肩口から数滴の血が滴り落ちのを驚きの目で見ていたのだが、スサノが今一度情のこもった口調で、

「結婚してください」

と言うと、ヒノミコは改めてスサノの顔に見入り、口を閉じた。それからしばらくして、張りつめた息を抜くように、

「お前は本当に私を愛しているのか」

と小さな声で、幾分わななきながら聞いた。

(13)

三日経った。

ヒノミコの宮殿の在る湾に集結していたくぬ国の船団が突然包囲を解き始めた。それは、そや国のアサが三百の兵を引き連れてくぬ国が占領したはおこと国に突入し、やまたいに渡る海岸に必死の思いで到達し、くぬ国の裏側に不安を与えたのと時を同じくしていたので、それこそがくぬ国の船団の撤退の原因にも思われた。

だが、スサノが死んだ、という噂が退却するくぬ国の動きと同時に敵味方の両陣営に流れ始め、四、五日するとその噂の確かさを裏づける如く、くぬ国の軍の全てが海でも陸でも非常な速さで自国領内に退却してしまった。

本当にスサノは死んだのであろうか。やまたいの人間は信じられない気持でいた。一年前にもスサノは死んだとされ、実は生きていたのだ。

話によると、三日間にわたり、毎夜、何処へともなく姿を消していたスサノは、四日目の明け方、海中から舟に戻り、立ったまま温かい湯を口に含んで一息ついたとき、突然体を硬直させ、苦しみ始め、そのまま海に転落し、沈み、二度とは浮かび上がってこなかったのだという。

仲間によって毒を盛られた、それもごく近い親族の手によってではないか、と伝えられた。

呉からの間者が関わっていた、との情報も流れていた。

やまたい側の人間が半信半疑でいる間に、しかし、まもなく、くぬ国ではスサノの葬式が実際に行われ、スサノの叔父が新王になったのである。人々はスサノの死を信じざるをえなかった。

くぬ国で新王即位の式が行われていた頃、そや国のアサはヒノミコに会うため、やまたいのヒノミコの宮の一隅に滞在していた。

くぬ国との戦いで奮戦したアサにヒノミコはすぐにでも会ってくれるだろうと思っていたのだが、ヒノミコは気分が勝れないために誰にも会わないとのことで、アサはなすこともなくやまたいに居た。ヒノミコに会わないまま立ち去るにしては、アサはヒノミコのことを想い過ぎていた。過去一年、そして戦いの最中、彼はヒノミコのことを強く想っていたのだ。

更にまた、彼が立ち去りかねていたのは、ヒノミコが女王の座を退くのではないか、という話を耳にしたからであった。その話をしたのはアサの世話をしてくれていたやまたいの幹部の一人だったが、一年前の別れの際に見せたヒノミコの様子にもそんな素振りがあったので気になった。

女王を辞めるかもしれないという噂の裏にヒノミコの対外政策についてのいと国ナム等の非難があり、魏の朝鮮府からの引退勧告の手紙も来ているとのことであった。アサは、そのような勧告は魏の内政干渉であると怒り、絶対にヒノミコを辞めさせないとやまたいの長老に息巻いたのだが、その内、重大な中傷が秘密裡に語られていることを知った。それは、ヒノミコとスサノとの関係なのであった。ヒノミコはスサノと特別の関係にあった、という話なのである。その噂の出所は分からなかったが、その関係はずっと昔からのもので、ごく最近まで続いていて、戦いの間にも密会していたとのことなのである。スサノが海上で異常な死に方をしたというのも、ヒノミコとの関係が原因らしい、というのである。

アサは暗澹とした、と同時に激しい焦燥にかられた。

緑の樹林に取り囲まれた石舞台の広場に佇み、かつは腰掛け、アサは一年前の感激と興奮を思い出し、日に日に強くなってくる初夏の光を浴びていた。

……太鼓が鳴っている、ヒノミコが踊っている……太鼓の音ははるか海の彼方から絶えることなく寄せてくる波の響きにも似た豊かな広がりを持ち、その潮の中でヒノミコは、太陽神に愛されて生きる喜びに感謝して、生命を捧げ尽くして踊っている。美しい努力……。だが、今、あのときのスサノはすでに亡く、ヒノミコは不吉な影の中にある……。

誠に時間とは、石を滑りいくとかげの尻尾よりも素早く流れゆくものではないか。人間はついにその美しい時間を留める場所を持たない……。

アサは戦慄した。背後に誰かが立ったのである。体を強張らせてぎこちなく後ろを向くと、そこにヒノミコが立って微笑んでいた。

「ああ」

驚きとも喜びともつかない声を発し、ヒノミコに軽く頭を下げた。

ヒノミコは濃紺の絹の単衣をまとい、つり上げ気味に眉を描いていた。元気そうであったが、やや痩せて、心なしか淋しげな翳りをその笑顔のうちに漂わせていた。

「貴方がここに居られるので館から下りてきました」

と言いつつ胸元でそっと手を組み、脇の石に腰かけ、アサと向かい合った。

「ご病気は大丈夫なのですか」

「……………」

ヒノミコは答えなかった。黒く深い瞳を静かな情熱の中に置きつつ、空の彼方を眺めている感じであった。

「貴女は……」

アサは弾けた声を出しかけて止めた。何を言おうとしたのだろうか？　スサノとの事、それを聞こうとしたのか、王位を去ろうとしているとの噂について聞こうとしたのか。その両方であったかもしれないが、何故かそれから先は口に出せなかった。

ヒノミコはアサの沈黙に微笑していた。だが、口を開いたとき、こう言っていた。

「私は新しい国を作ろうと思います。協力してください」

「新しい国？」

「そうです。貴方の国の東、高千穂の山の麓の日の昇る海、そこに移るのです。そして、そこから船出をして天の道をたどり秋津島の中央、日の本の地へと向かうのです。東へ遷る、東遷するのです」

「東遷……」

アサは瞬時、返事をすることができなかった。

「神々が私に命じています」

とヒノミコは言った。

「やまたい連合の中心地を東に移すということですか」

「やまたいは腐りました。いや、やまたいというより、やまたい連合は腐ってしまったのです。魏や呉の干渉で腐ってしまったのです。今のやまたいやその連合に未練はありません」

「なるほど、魏や呉の干渉には私も反対です。それは分かります。我々の中心となるべき国はもっとその干渉から遠く離れた場所に在るべきだと思っていました。東へ移る、東遷、分かります。しかし、現実にはなかなか難しいでしょう」

「私一人が移るのに何の難しいことがありましょうか。私は今日にでも王位を弟に譲れます。明日、貴方が私をこっそり貴方の国へ連れていってくれれば良いのです。一年前、貴方は私を招待してくれたではないですか」

ヒノミコはアサの躊躇や心配顔を責めるように言った。

「……」

ヒノミコは魏や呉の干渉について語り続けた。スサノの死にも呉の干渉があったかもしれず、自分も何時魏の指令で謀殺されるかもしれない、と。そして、指で手のひらをなぞりながら言った。

「そもそも、私のヒノミコという名前が、魏では、日の御子にあらず、陽の巫女にあらず、卑弥呼と卑称されていることを最近知ったが、そのような非礼に抗議するどころか、その卑屈な態度を最初に示したのは、こちら側、つまりは我々を代表して訪問したいと国のナムだというではないか。

王子、貴方はこの事実を知っていましたか」

四年前、ヒノミコはやまたい国連合を代表して魏に対して日の御子の名で朝貢の礼を取ったが、使者のナムはその際、ヒノミコの漢字名を日の御子とも陽の巫女ともせず、卑弥呼としたというのである。

――魏王は天子だ。天の子だ。こちらが日の御子や陽の巫女では天子と同等のようでまずい。魏王を怒らせては倭王として封じて貰えないし、鉄器も貰えない。ここは名を捨てて実を取るべきだ。卑称すべきだ――

とナムが主張し、卑弥呼の名で朝貢したというのである。

アサには初耳であり、胸を衝かれたように驚き、ナムを詰ったが、ヒノミコは続けて異常に興奮した甲高い声で言っていた。

「スサノの子を私はお腹に宿しています。その子のためにも私は、新しい国を創らなければならないのです。東の陽の昇る海の地へ行け、と神々が私に命じています。協力してください」

(14)

数日後、ヒノミコは十数名の従者と共にやまたいから姿を消した。

《神の山に行く。陽の巫女こと我が身をば火の山の神々に捧げるためなり。やまたいの新王は我が弟

ヒマたるべし》

その一枚の遺書ともとれる書置きと王冠を残し、更に一束の黒髪を添えた。

海峡を渡り、陸路を辿り、ヒノミコがアサと共にそや国に着いたのは二週間後のことであった。ヒノミコの逗留の館がなだらかな丘陵に建てられたが、遠からぬ阿蘇の山頂からは白い煙が立ち昇っていた。

一年近くそや国に留まり、ヒノミコが出産を終えてから阿蘇の山や高千穂の山を巡り、東の日向の海に出る。それまでにはその地の人々の受け入れの準備を進めておく、そんな話がヒノミコとアサの間でまとまり、ヒノミコは名を隠したまま西方の貴人としてそや国に滞在していた。このような処置は、アサの父親を交え、しかし極秘裏に決めたことであった。

アサは毎日のようにヒノミコの館に顔を出した。当初、アサはその西方の貴人と称される麗人との関係を周囲の人間に疑われたが、アサが訪れるのは昼間に限られていたし、けじめのある礼儀作法や対応からして、愛人同士の関係ではないことは人々にも明らかになっていった。

とはいえ、特別の関係にはないということとそれを望んではいないということとは別の問題であり、ときとしてアサはヒノミコに対する恋慕の情に苦しんだ。スサノに対するヒノミコの気持はどのようなものなのだろうか、と思うと嫉妬心にも駆られた。だが、それがどのようなものであるにせよ、ヒノミコがスサノの子を生み育てようとしているのは事実なのだった。アサをして今一歩の関係に踏み込むのを止めさせていたのは、そんなヒノミコのけなげさが何時も心を打つからであった。（今はいけない。ヒノミコを悲しませてはいけない。子供が無事生まれるまでは）
アサは幾度か自分に言い聞かせた。

しかし、或る日、アサはヒノミコに聞いた。ふとした思いが彼を落ち着かせなくさせたのである。

「スサノは本当に死んだのでしょうか」

スサノのことをアサが口に出したのは、そのとき気づいたのだが初めてのことであった。

アサの質問にヒノミコはびくりとした表情をした。そして、だが押し黙ったままだった。アサはばつが悪くなっていくのを感じたが、ヒノミコが黙っていればいるほどヒノミコが如何思っているか確認せざるをえない気持にもなった。スサノは本当に死んだのか、と。スサノの葬式もヒノミコの遺書のように本当ではないということがありえないだろうか？　スサノが突然ここに現れたり、日向の海に現れたりするということが起こりえないであろうか。そもそも二人が自分たちの行動を相談し合って演出したということも考えられるではないか。

「如何お思いですか。スサノは本当に死んだのでしょうか？」

アサは自分の言葉が押しつけがましい質問だと感じつつも繰り返した。

「生きていてくれればと思いますが」

ヒノミコは思いつめた低い声で、しかしはっきりと言った。

「死んだのだと思います。殺されたのだと思います」

(15)

その年の秋、ヒノミコの腹は小さな西瓜の半分程にふくらんだ。アサは、阿蘇の谷を巡り、高千穂の山地を越え、陽の昇る海辺日向の集落を訪れ、ヒノミコに従うべき人々を確認してきた。

十二月、アサは部下十数人と共に阿蘇の山に登り、大草原の中の池の面にヒノミコが踊るべき舞台を作り上げた。子供誕生祝いのときにはヒノミコが舞台の上で踊ることになっていたのである。そしてヒノミコが舞台で舞った後、その足で阿蘇の山や高千穂の高地を越え、東の日向の海に下るのであった。

山に入った一週間、アサは終始興奮していた。

だが、一月に入ってから流感が流行りだした。その猛威はそや国中に広がり、ヒノミコもその風邪に苦しみ始めた。出産の日が近づくのに風邪で苦しむヒノミコの姿は痛々しく見るに耐えないほどであった。アサは種々の薬をヒノミコのところに運んだが、その内アサ自身が風邪にかかり、高熱で倒れてしまった。

三日三晩、意識不明に近い状態の中をさまよい、ようやく自分を取り戻したとき、アサが知ったのは、ヒノミコの男子の出産とヒノミコ自身の死であった。アサは床の中で大きく眼を開き、声の出ない喉を鳴らしたが、よろよろと起き上がり、ヒノミコの館に運んでもらった。冷たい雨が降り、風の強い朝であった。

ヒノミコの館の中では不思議な平和の気配が辺りを支配していた。間延びした明るい感じさえ漂っていた。一瞬アサは、ヒノミコが生きているのではないか、という嬉しい感じを持ったのだが、それは誕生した赤子をあやす乳母たちが作り出している雰囲気であることを知らねばならなかった。

ヒノミコは別室でひっそりと動かなかった。

ここ一カ月近くの間見せなかった美しい顔をしていた。嬉しそうな微笑さえ口元に浮かべた顔は平和な安らぎに満ちたものであった。だが、神になってしまった人の顔であった。アサは頭を垂れ瞑目し、長い間動くことができなかった。

翌日、ヒノミコの遺体は木箱の中に収められ、館の立つ庭の中央に仮埋葬された。寒い風が吹きまくり、立ち会ったアサは再び床の中に崩れ倒れた。

春一番の生暖かい風が強く吹いた日、アサの病も去りかけていた。夜中、荒々しい風の音を聴いていたアサは、ふと戸の口に立ち、暗い庭の中央に盛り上がったヒノミコの墓を眺めていたが、突然、風の中をその方向に駆け出していった。ヒノミコの墓の裏側に誰かが居て、アサが見ている気配に気がつき、逃げ出した気がしたのである。

（スサノ?!）

アサはそんな思いにとらわれていた。

庭は傾斜して川の方へ続いているのだが、墓の裏側から逃げ出した人影がその大地に伏し、アサの様子を窺っているようだった。強い風が吹く闇の中で黒く突起した影が蹲り動かないのだった。

「スサノ、か」

アサは大声でその影に向かって呼びかけた。

「……」

応答は無く、風だけが周囲の木立を揺すっていた。

「スサノ」

アサはその黒い影に近寄っていった。

だが、それは土の隆起に過ぎなかった。しかし、耳をすますと、風で騒いでいる林の奥から一つの人声がこだまのように響いた。

「俺は最早スサノではない。スサノは死んだのだ。俺は今は風の神、あるいは風来坊というところか。俺に会いたければ長生きするがいい。何処かで俺の名前を聞くこともあるだろう。何処かで……たとえば、……」

「たとえば……？」

「この国内の、鉄の取れる何処かさ。何時までも余所の国から鉄を押し頂いていても始まるまいよ。

はっ、はっは。そんなことより、ヒノミコの子をよろしく頼んだぞ。お前さんがその子の親父、養父という訳だ。……それから、忠告しておくが、やまたい連盟は崩壊するぞ。戦乱だ、戦乱。再び、この島には長い大乱の時代が来るのだ！　気をつけろ」

「スサノ……お前は、無責任だ……一体、何処に行くのだ？」

アサは叫んだが、返事はなかった。

翌日、アサはヒノミコの館に出かけていった。ヒノミコを埋葬して一カ月近く経っていたが、それから初めての訪問であった。乳母たちが見守るなかで、アサはじっと赤子に眺めいった。ヒノミコの遺児も深く澄んだ瞳でアサを見返していた。あたかもアサの心を推し測るかのようでもあった。

「うむ」

とアサはうなずき、自分の決心を確かめるように言った。

「我々はヒノミコ女王の遺児を守っていかなければならない」

そして乳母たち、ヒノミコに従ってきていた兵士たち、参集したアソ国の兵士たちの全員を前にして大声で語った。

「亡くなられた貴人はかのやまたい国の偉大なヒノミコ女王であられた。新しい日の本の国を作るために、ここに来られていたのだ。彼女が亡くなられた今、この遺児を守り、立派に育てていくこと、それはわたしやお前たちの義務である。立派に育て、東の陽の昇る新しい国の首長にしなければならない」

五月、アサはヒノミコの遺体を立派な石の棺に移し、それを人々に曳かせ、かつは担がせ、阿蘇の山に登った。ヒノミコの遺児も一緒であった。山頂近くの草原でヒノミコの埋葬を行った後、山々を越え、東の海に下り、ヒノミコの遺児をそこの首長にするのであった。

明け方、ヒノミコが踊るために作っておいた池の面に浮かぶ木の舞台に、アサは遺児を抱いて立っていた。鏡を持った従者と太刀を持った従者が後方に控えていたが、鏡は昔ヒノミコが魏から贈られた三角縁神獣鏡で、太刀はスサノがヒノミコに献上した蛮刀であった。

遺児の赤ん坊は、アサの顔を見上げてじっと見つめていたが、心なしか安堵の色を浮かべているかのようでもあった。だがまた、小さすぎる手には亡き母ヒノミコが愛用していた北陸地方産と思われる緑色の翡翠の勾玉がしっかりと握られていた。

朝の陽が山頂から射し込み、銅鏡があかね色に燃え、キラリと光を放ったとき、池の岸辺を囲んだ人々は太鼓を叩き始め、声を上げた。

「陽の巫女よ、踊りたまえ」

麗らかに晴れ渡りそうな日の早朝であった。新緑の大草原は微風に波立ち、瑞々しい空に連なり、山頂に向かって広がっていた。直径百五十メートルもあろう目立って大きく盛り上がった円い丘陵があり、その中央にヒノミコの石棺は埋められていった。

絹真綿の布団で包んだヒノミコの遺児を抱いて立つアサの眼からは涙が滲み出てきていた。そしてふと、その眼にヒノミコの幻が陽の中で輝きつつ舞っていた。

「高千穂の高地を越えて日向へ下るぞ」

アサは大声で叫んだ。

「新しい日の本の国を創るのじゃ」

おう、おう、と人々も和した。

陽昇り、八雲立つ

（1）

陽巫女（中国での呼称は卑弥呼）が亡くなってから二十年ほども経った頃、後に大国主命と尊称されるようになった人物は、未だオホナムチと呼ばれている若い無名の青年であったが、大きな袋を肩にかけ、出雲からの遠路を東に向かって黙々と歩き続けていた。

というのも、鳥取砂丘の近くに住む因幡の大家の高名な美人娘、八上比売《やかみひめ》を迎えるべき婿候補の一人としてやって来ていたのである。

出雲の兄弟たちの誰かと一緒になっても良いという因幡側からの招待を受けていたからであるが、兄弟たちの誰と一緒になるかは、九人いる兄弟の皆と会って後、八上比売が決めるということなので、各自気取って着飾り、はるばると海岸沿いに歩いてきていたのである。

出雲一族の手土産の一つとして砂鉄の見本を持ってきたのは、自分たち一族も良質の砂鉄を持っていることを伝えたかったからである。

が、砂鉄は重い。皆、立派な体格の持ち主だったから、持てないことはなかったのだが、三日がかりの道程を歩いて汗臭くなるのは嫌であった。となると、兄弟の中で一番末の、大人しい、しかし力持であった大国主命がその荷物運びの役を受け持つことになったのは、やむを得ない成り行きであったろうか。

兄たちが身も軽々と談笑しながら歩いていくはるか後方を、大国主命は砂鉄の入った大きな袋を肩にかけ、一生懸命追っていったのであるが、鳥取砂丘の海岸に着く頃には、ひどく差をつけられてしまっていた。


晩夏の夕陽の照りつける浜辺に立つと、長い砂丘の彼方の一端で兄たちが群れているのが見えた。傍に漁師小屋らしいものがあるので、そこでの一泊を決めたのであろう。酒盛りの準備なども始めた様子である。

残念ながらもう足が動かない、と思いつつ、砂鉄の入った袋をどさりと投げ出し、さて自分はここらの松林の陰で一日を終えるほかあるまいと、辺りを見回すと、兄たちが一休みしていったのであろうか、食べ物などが散らばっていた。そして、林の中に動くものがあるので近寄って見ると、一匹の白兎が横たわり、脇に老婆がうずくまっていた。


「かわいそうなこと……」

と老婆は大国主命を仰ぎながら言った。

「それにしても、何と嘘つきで性悪の連中だろう。出雲の神などと威張って……」

横たわって苦しそうに息をし、時折体を激しく掻く兎は、皮がむけた上に赤くただれているのだったが、たぶん、鮫か何かに襲われたのであろう、足も傷ついている様子である。

老婆が語るには、老婆が他の動物が近寄らないようにと見守りつつ、何とかならないものかと思っていると、やって来た八人の出雲人たちは、大きな握り飯を頬張りながら、梅干しの種を吐きだし、

「俺たちは出雲の神だ。ふむ、兎の治療か、簡単なことよ。出雲の秘伝を教えてやっても良いが、まずは、そこもとの茶をのませてくれ」

というので、携えていた茶入れの筒を差し出すと、八人で喇叭《らっぱ》飲みをして空にしてしまった後、握り飯の梅干しの種を吐き出しながら、

「ふむ、兎の治療とな、簡単なことよ、この梅干しの種と海水を混ぜ、兎の体を洗ってやるがいい」

「そうだ、そうだ、出雲の秘伝よ」

と言うので、幾つかの梅干しの種をそこの海水に浸し、その潮水で兎の体を洗ってやったのだが、しかし、痛がるだけで、余計に足の爪で掻くので、皮や肉が爛れてしまったというのである。

困惑している老婆を後目に出雲の神たちは大声で笑い飛ばし去っていったという。

「うーん」

気の優しい大国主命は考え込んでいたが、

「潮水では駄目だ。何処ぞに真水はないか。それで体を洗い直し、がまの穂でくるんでやろう」

と言い、老婆の案内で近くの小川に行き、兎の体を洗ってやり、がまの穂でくるんでやったという話は、後代の童謡で歌われている通りである。

さて、翌朝、大国主命は砂鉄袋をかついでよっこらさと歩き出したのだが、鳥取砂丘のはるけきこ

と、今まで見たこともない広さで、青い海に沿ってどこまでも続いているのであった。そして、兄貴たちの姿はと見るに、昨夜散々酒でも飲んで楽しんだせいであろうか、陽が昇って久しいのに、漁師小屋の中で寝込んでいる様子であった。

砂丘を歩きながら考える。

（このような広大な砂が、もし、鉄を含んでいるならば……）

と。

もちろん、大国主命も若いとはいえ、製鉄に関する多少の知識もあり、その海岸の砂が鉄を少ししか含んでおらず、製鉄には不向きであろうことは知っていたのだが、このような莫大な砂を捨て置いて自分の手で調べてみないのは心残りであった。それに、そもそも、どうせ八上比売は兄貴たちの誰かのものになり、自分は貰えないであろうから、せめてもの土産に、帰りにはこの砂でも担いで出雲に持っていこう、と思った。

で、兄貴たちが寝込んでいる様子の小屋の手前で、帰りのみやげとして、予備の袋に砂を詰めていたのである。そして、ほぼ手頃の大きさにして、紐で口を結び、ひと息ついていると、小屋の中から長兄が現れ、

「遅いぞ、遅いぞ、何処で何をしていたのか」

と怒鳴りながら近づいてくるなり、詰め終わったばかりの袋を手に取り、担ぎ上げ、歩き出したのである。

「ああ、それは……」

と大国主命は止めようとしたのだが、長兄は、八上比売の家を近くにして、精気が漲ってきたのか、軽々と袋を担ぎ、逃れるようにもして歩き去り、他の兄弟たちも遅れじとばかりに先を争って追っていってしまった。

運んできていた砂鉄の袋には上着をひっかけて置いていたので、長兄たちの眼に入らなかったのであろう。致し方ないので、大国主命は再びそれを担いでいくことになった次第である。

因幡の兎が助かったのは大国主命のお蔭であったろうが、大国主命の運が開けたのも、実の所、このときを契機としてであったと言える。

老婆による巷でのおしゃべりは、八上比売の耳にも入り、八人の兄弟への心象を悪くした一方、大国主命への敬愛の念を生んだし、長兄らが息せき切って八上比売の館に持ち込んだ砂の袋は、それこそ彼女の軽蔑を買ってしまい、遅れて到着した大国主命が持ち来った袋の砂こそが彼女を満足させたのである。

大国主命は八上比売との婚約を果した上、近郷の砂金採掘の権利をも手にすることになったのである。

（2）

しかしながら、八人の兄たちの嫉妬や攻撃はすぐに始まり、大国主命は出雲に帰れなくなったのみならず、戦闘ともなり、遂には命からがら山の中に身を潜めるという状況になってしまったのである。

零落した一日、離れてしまった八上比売の身の上を案じていると、おっとりとしていた大国主命の顔の表情もさすがに暗く、険しくなっていくのであった。

何時の間にか、今まで来たこともない深い山の中の場所にいたのだが、そこ、村の入り口と言うか谷の戸とでも言おうかの道端で人待ち顔にぶらぶらしていたのは、噂に聞くタタラ（製鉄）の大親分が谷底に見える大きな館に住んでいて、その男を頼ったらいかがかと人に言われていたからである。

そのタタラの大親分の名はスサノオノミコト（須佐之男命）と言い、三代目だということであった。

少し離れた場所には、昔、初代スサノオノミコトが地元の娘、クシナダ媛と愛を営んだという池のある旧居が在って、そこには、そのときスサノオノミコトが詠んだという歌の札が垂れていた。

「八雲立つ　出雲八重垣　妻籠に　八重垣作るその八重垣を」

……

然し、谷の入り口で待っていても、三代目親分が現れる気配が一向にないので、三日目、大国主命は肩に砂袋をかけて、のそのそと谷底への道を降りていった。

スサノオノミコトと言われている親分が如何様な人物なのか、聞いていたのは、初代は九州からやまたい国やくぬ国などの勢力に追われて流れてきた人間だったとも、朝鮮半島の冶金の技術と共に海を渡ってきた一族の末だったとも語られている人物で、いずれ代々力自慢の家柄で、気性が荒いということであったが、タタラに関心を持つ人間には親切だということなので、自信のある砂鉄を選び、袋に詰めて出かけたのである。

谷底には大きな川が流れていて、上流は深い谷となり、山手へと続いていた。青黒い淵があり、大蛇でも棲んでいそうな感じであるが、そういえば、初代のスサノオノミコトという男は、ここで大木ほどもある蛇を退治して、一帯を拓いたと言われているのであった。

崖下の川沿いには砂場が広がっていたが、砂鉄採掘の跡なのであろう。そこに降り立った大国主命は、しばらくの間、周囲の様子を眺めていたが、やがて大きな岩場の上に丸太材を組んで作った立派な館へと近寄っていった。

どうやら、その館の上流がスサノオノミコトのヤマで、そこから上流へは勝手に入っていけないようなのである。現に、館の手前には番小屋みたいものが建っていて、さきほどから大国主命の様子を監視しているような者がいるのである。その男に声をかけ、訪問の趣旨を述べるのが礼儀なのであろうが、大国主命をしていささかためらわせているのは、

(自分はタタラのヤマで働くために来たのではなく、タタラを買い付けに来たのでもない。タタラとは関係のない個人的な頼みで、スサノオノミコトの助けを求めて、やって来たのだ)

という立場であったためだろうか。

大国主命は背を向けると、ぶらりぶらり下流へ向かって歩き出してしまった。

季節は四月の終わりである。春の遅い山間の土地にも花々が咲き競い、水辺に沿っては菖蒲の花々も見えた。紫、黄色、白など、見事だな、と思いつつ眺めていくと、それらの花々を摘んでいる女性が見えてきた。大国主命には気が付かず、四、五本の菖蒲を手にしているのだが、今、女性は水辺に体を乗り出して、川の中に生えている大きな水色の菖蒲を手にしようとしていた。

「おっと危ない」

大国主命は思わず口にすると同時に、背負っていた砂袋を岸に投げ置き、浅瀬にざぶざぶと入っていき、小刀を取り出し、女性のためにその花を切り取ってやった。

女性は突然の助っ人に驚いた様子であったが、大国主命も相手が妙齢の気品ある美しい女性であることに言葉を失っていた。これほどに好ましい女性も珍しい、と感じ、即座に惚れ惚れとしてしまったことである。すると相手も、大国主命の気持が伝わったのであろうか、嬉しそうな顔になり、

「有難う」

と言った。

女性は花を抱えるようにして、足早に館の方へと去っていったが、呆然として見送る大国主命を二度ばかり振り返り微笑した。一度目の微笑は何気ないそれであったが、二度目のがやや強張っていたのは、大国主命の切ない胸の内の高まりが女性にも伝わってしまったからであろうか。

「……」

「おめえが出雲のオホナムチ（大穴牟遅）けえ」

意を決して館の門番に名乗り出て、どうやらタタラの大親分三代目スサノオノミコトに目通りかなった大国主命の前に現れたごつい人相の男は、開口一番そう言いつつ、大木の切り株の腰かけに座り、床で胡座をかいて頭を低くしている大国主命を見下ろした。

「おめえの名前を知らねえではない。が、その用件も分かっているのよ。ふん、大方、兄弟喧嘩に負けて俺のところに逃げ込んだ、というところだべえ」

嘲笑気味にそう言われながらも、大国主命がにこにこ顔をしていたのは、その生来の恵比須顔であることもさることながら、応接間ともいうべきその部屋の隅で菖蒲を生けていた先ほどの女性が、好意的な挨拶の眼を大国主命に送ってくれていたからである。

大国主命の心を知ってか知らぬでか、スサノオノミコトはやおら立ち上がると、大国主命が持ってきていた砂袋にむんずと両手を突っ込み、砂をひと掬いして見入っていたが、

「こったら砂で何が作れるか」

と馬鹿にしたように言った。

「おめえら出雲衆の持っている武器なんぞ、武器の中にも入らないお粗末なものに違えねえ」

「……」

「どうだい、おめえがここに来た目的をさっさと自分の口からはっきりと言ったらどうだい？　だが、言っておくが、俺らあ、出雲村の内輪喧嘩に乗り出すほど暇じゃあねえし、ただで応援するほど馬鹿でもない。そもそもが南の吉備団子や安芸の海親分衆からの鍬や剣の注文で手がいっぱいだ。物好きな付き合いは真っ平ごめんだぜ」

不遜な口ぶりで、しかしながら、娘の須世理比売が清水を盛った綺麗な石の茶碗を大国主命に差し出す邪魔はしないで、スサノオノミコトがこう言ったとき、この人の良さそうな、そして気の弱そうな客人は、後で思い出すに自分でも呆れるばかりの厚かましい願い事を口にしていたのである。

「娘どのを嫁ごに頂きたく参りました」

「……?!」

な、何だと？　という言葉も出てこないほどにびっくりしたスサノオノミコトは、眼をむいて大国主命を眺めているほかなかったのだが、やがて、

「何と言った？　今、何と言った？」

と慌てて甲高く口走った。

すると、ごく冷静で美しい声音を須世理比売《すせりびめ》が発したのである。

「わたくしを娶りに参った、と申したのですよ、お父さま」

「馬鹿、馬鹿な！」

スサノオノミコトは憤激して怒鳴った。

「まあ、お父さまといったら、そんなに取り乱して、何が不思議なのですか」

須世理比売は落ち着いているのである。

「今までも、何人かの殿方が参ったではありませんか。お父さまご自身、吉備の何某さまだかをわたくしに引き合わせなされたではないですか」

「そ、それとこれとは話が違う」

「どう違うのですか」

「こんな物乞いみたいな境遇の男が、図々しくも、汚い風体で突然現れ、娘を寄こせとは前代未聞のことぞ。まあ良い。が、とにかく、オホナムチとやら、すぐ帰ってくれ。帰らぬものなら、骨を叩き折ってくれる」

スサノオノミコトは立ち上がり、大国主命を蹴飛ばさんばかりの形相で睨んだ。

「俺の一人娘、由緒ある須佐の家の跡継ぎを何と心得るか！」

すると凛とした須世理比売の声が響いたのである。

「お父さま！　お父さまがその方を害するのならわたくしも死にます。わたくしどもは、もう夫婦の契りを結んでしまったのですから」

スサノオノミコトの髭面がまるで血を失ったかのように白くなり、ひきつけを起こしてぴくぴくしたのを大国主命は何度も思い出すのだが、我を失って呆然としていたのは大国主命自身でもあったといえる。実のところ、厚かましい言葉を発した後は、自分としては一言も発することができない状態にいたのだが、その須世理比売の言葉ぐらい大国主命を驚かせたものはなかったのである。

その後の展開が須世理比売のペースだったのか、大国主命のそれだったのか、表面的には須世理比売のものだったが、どうも大国主命には、相手の女性をそのように持っていく資質が先天的に備わっていたと解するほかないのである。

そもそも、因幡の八上比売にしても、半ば母性愛をくすぐるようにして自分のものにしてしまったし、須世理比売をものにした後とて、それだけで終わったのではなく、さらには遠く離れた越後の国の沼河比売《ぬなかわひめ》という女性にまで愛されるようになるのであった。

いや、いや、その後にも、どうしてどうして、日本国中を動かすことになった取って置きの大結婚が待っていたのである……

稀代の女たらし？

今に伝わる彼の顔は丸顔で、眼が細く、やわらかい表情を湛えているが、別段特別のものとも思えないし、見方によっては、その恵比須顔の中に不気味な謎めいた微笑が一種の狡猾さと共に窺えるし、また彼の体はずんぐりしていていかにも力持そうであるが、力持などいくらでもいたであろう。いや、丸顔やずんぐりの容貌、体型は、今日ではあまり好かれないタイプと心得るが、当時はもてたのであろうか、などと考えてしまうのである。結局のところ、彼には、男性には分からない霊気のようなものが、発散、漂っていて、異性をひきつけ、艶福家になったのだと解するのが妥当というものであろうか。

さて、自分の跡取り娘の婿としての大国主命に不満だったスサノオノミコトは、大国主命に結婚を諦めさせようとして、(試し)と称する嫌がらせを幾度か行った。つまり、蛇のいる寝床を用意したり、百足や蜂の棲むそれを提供したり、野遊びに誘い火で囲ったり、虱取りを頼んでは髪の毛の間に毒蜘蛛を潜ませたりしていた。

が、日頃から父親の蛮行や奇行を見、それらへの対処の方法を父親から習っていた須世理比売がすべての対応の仕方を大国主命に教えておいたので、無事に切り抜けることができたのである。

そして、半年後、スサノオノミコトが昼寝をしている間に、彼の体を縄で柱に括り付け、長い髪の毛を八方に縛り、足にも重石をつなぎ、須世理比売と一緒に逃げ出したのである。

下男たちも二人の味方になっていたので、洞窟内に蓄えられていた鉄製の武器の殆ど全てを運び出すことができた。

谷の上まで逃げ上がってきたとき、後方で凄まじい音がした。

スサノオノミコトが暴れて綱を引っ張り、結びつけていた柱が倒れ、館が壊れ、大きな岩から崩れ落ちたからである。

スサノオノミコトは瓦礫の下敷きになり、身動きできなくなったのだが、断末魔の中で、二人への祝福とも思える遺言を大声で発し、息絶えた。

「その汝が持てる生太刀生弓矢を持ちて、汝が庶兄弟は坂の御尾に追ひ伏せ、また河の瀬に追ひはらいて、おれ大国主命となり、またうつし国の玉神となりて、その我が女須世理比売を嫡妻として、宇迦の山の山本に、底津石根に宮柱ふとしり、高天原に高しりて居れ、この奴！」

（お前が持った新しい刀や弓で、お前の異端の兄弟たちを山川にて屈服させ、追い払い、自分は大きな国の主となり、また国の神ともなり、俺の娘の須世理比売を正妻として、宇迦の山の麓に立派な宮を造り、天で千木を高くかかげて居れ、可愛い、こん畜生めが！）

（3）

今、かつての青年オオナムチは、何時の間にか、歳をとり、白髪混じりともなっていたが、その名は後代も名高い大国主命と尊称されるようになっていた。

というのは、説明するまでもなく、彼が須世理比売と一緒になり、生涯をかけて、タタラの事業に専念し、日本一の鉄の生産者になっていて、土地の面積だけでいえば、日本一ともなっていたからである。

もっとも、彼が有していた場所というのは、今様呼称で言えば、いわゆる山陰地帯ということで、山陽地帯の連中から言わせれば、山地以外には狭い農耕地があるばかりで、気候も悪いということで、土地の面積は豊かさの基準にはされていなかった。

その中国地帯の山地を彼は、年中東西に移動し、広く原料の砂鉄を追い、かつまた、燃料の材木の取得に余念がなかったのである。

「あれは、まあ、鉄の職人よ。だから取るに足らない山地は任せておけばいい」

というのが、山陽道の豪族たちの見方で、また、大国主自身もその役割に満足しているようであった。


七十歳を越えたとき彼は、妻の須世理比売を亡くしたこともあって、生涯の残りを隠居生活に踏み切り、タタラのことも、域内の行政のことも、息子たち、つまりは長子の事代主神《ことしろぬしのみこと》とその弟の建御名方《たてみなかた》に任せ、自身は温泉地で休養したり、気ままな域内散歩を楽しむようになっていた。


或る日、若かった彼の生涯を大きく変えた砂丘の海岸、今は白兎海岸と呼ばれている場所に足を踏み入れると……一人の若者に出会った。

正確には、出会ったというより、倒れている若者を見てしまったのである。

大国主命が不思議に感じたのは、若者を見つけた場所が五十年前に白兎を見つけた場所と同じであったこと、そのときのように晩夏の強い陽光が散っていたこと、そして何よりも、うつ伏せになっている男が、かつての兎のように衣類なしの背中を赤く腫らした上、潮水でもかけられたかのように濡れて痛々しかったことである。

ただ、白兎のときにいた老婆が居らず、傍らには自分の部下がいたのである。大国主命は、一瞬、時間が過去に戻ってしまったような錯覚を持つと同時に、それとの状況の違いをも認識した。

「大国主命さま、一体、何者でございましょうかな」

部下が口を切った。


「痛い、イテテテ……」

気を失っているかと思われた若者が意外にはっきりと口をきいたのは、そこに大国主命が立っていると分かったからであろうか。

「竹の鞭でひっぱたいた上に、潮水をぶっかけやがったんだ、あの漁師どもめは！」

とわめいた。

その声の荒さにはっとすると共に、男が大男で、筋肉もたくましいのに気がついたが、さらに、大国主命を振り仰いだ眼が尋常ではない強い光を放っているのに驚いた。これは兎ではない、虎の類だ、傷ついた虎、罠にはまって、痛めつけられて、動けなくなっている虎だ。

何としたものか？　兎を助けた自分、虎をも助けるのであろうか？　助けるべきなのであろうか？

そして、この虎は兎のときのように自分に幸運を持ち来ってくれるのであろうか？

「歩けないのか？」

と聞いてみた。

「歩ける、歩けないのって、こんなに腹が減っていては身動きもできんわい」

男の声は急にかすんだ。まるで、声が出ないほどにも空腹であるかのように。

「おまけに足を挫いて……」

「……」

「それに、背中のひりひりが痛くてどうにもならんのです。あああ……」

今度はびっくりするほどの大きな悲鳴をあげた。

芝居がかった虎だな、と大国主命は思ったが、鞭打ちに痛み、苦しみ、歩行もままならないのは本当のようであった。

昔、白兎を助けたときは、真水のある場所まで自らの手で運んでやったのだが、今度は付き人の手を借りても動かすのに困難な大男なので、付き人に真水を運んでこさせ、それを数回背中にかけてやる一方、近所から飯を運ばせ、食わせてやったのである。

話が昔の筋に似て、しかし、相手が口のきける人間であるということで、若者の身の上話を聞くことにもなった。


若者は隠岐の島から渡ってきたという。島に来ていた漁船に乗せてもらってやって来たのだが、漁船で働くという約束を破り、白兎海岸に着くと、隙を見て逃げ出したので、追い立てられた末捕まり、数人がかりで痛めつけられたのである。

「私は漁師になるつもりはありません」

と言った上、突然、

「あなたは、タタラの神、大国主命さまではありませんか」
と聞くので、そうだと答えると、
「タタラのヤマで働かせてほしい」
と言うのであった。

よくある話で、大国主命が一帯の製鉄を仕切るようになってからは、時折このような男が現れて、大国主命のヤマに入っていくのであった。

ヤマは秘密が守られるべき特殊な、神聖にして、閉鎖的でもある集落であったが、大国主命は、従来よりは開放的な場所にして、大体が寛大に志願者を受け入れていた。とはいえ、一度ヤマに入った後は、ヤマの掟に従わねばならず、掟を破り消されてしまった輩もいないではなかった。大国主命が直接指示せずとも、ヤマの現場の数人の組頭たちが規律を守らせていた。

今、タタラで働かせてほしいというその隠岐島からの若者の面構えを見ると、十中八、九、掟破りをして罰を受けそうな面相であったが、或いは、ヤマの現場の頭の一人ぐらいにはなれそうな器にも思われ、白兎の因縁も感じ、結局のところ、大国主命は自分の長子の事代主命と相談した末、事代主命の弟の建御名方のヤマで働かせることにしたのであった。

若者はそれからの四年間、建御名方の監視下、タタラで働くことになったのだが、その働きぶりは大層なもので、このような優れた働き手は滅多にない、との報告を大国主命は受けていた。体力がある上、頭脳も衆に優れているとの由で、また、砂鉄への勘が天才的だというのであった。

ただ、言動に傍若無人の傾向があり、組頭に取り立てるのは難しいのではないだろうか、との評であった。そして何よりも穏やかでないのは、彼が後生大事に隠岐島から隠し持ってきていた螺鈿を散りばめた化粧箱の中には、彼がこの秋津洲の国で長たるべきを示す神器、つまり天羽羽矢《あめのはばや》が入っていると吹聴することであった。

天羽羽矢に関する伝承の類は、各地で語られていたものの、そんな天地を揺るがすような神矢の所有を本気で信じているらしい様が建御名方や仲間にとっては、滑稽でもあり、癪の種でもあった。

その矢は、若者の意見によれば、持ち主が他の種族や階級の者とは異なる出自を示すものの証であるとのことで、その矢を持っている者こそが、かの先進国、大国、世界の中心たる中国、その中でも歴史上に燦たる光芒を放っている漢王朝の皇室の正統な末裔であり、かくも後進国、小国、東夷たる島国では、当然、統治者であるべきだとのことであった。

それは例えば、漢王朝の末であると名乗った三国時代の玄徳劉備が、大陸の西に行き蜀を建国したのにも似た正統性であり、大陸の東にあっても天羽羽矢は、これ以上の遅れなく、正当な位置を占めるべきだというのであった。

しかし、建御名方からすると、その矢の持ち主が漢王朝の直孫であるという証拠が何処にあるのか、噂や伝承は結局のところ当てにはならないとも言えるし、よしんばその話が真実であるとしても、出雲の国には従来から土着の人間や朝鮮半島からの移民が、多くは倭族として生活していた訳で、そのことは出雲に限らず、秋津洲全体に言えることだし、更には、北九州にはかつて陽の巫女と呼ばれた女帝が居て、近隣を支配したのみならず、秋津洲全体への号令をも考えていたのだ、と思い、今、そこへ一粒の漢民族の皇孫が来たからといって、統治者たる権利を持つことになろうか、ということになるのであった。

それは、貴種というより稀種というのに過ぎないのではないか？　それとも、稀種は貴種であるという政治的、歴史的、地理的力学がこの島では成り立つとでもいうのであろうか？　或いは、貴種は稀種であるべきだ、という原則がこの国にはあるのであろうか？

いや、いや、そんな難しいことを論ずるには及ばない事柄だと建御名方は結論した。要するに、この男はでたらめを言っているのだ、と。現に、自分の名前さえはっきりとは言わない。そして、肝心の矢を見た者とておらず、それを見せろと要求すると、

「滅多な者には見せられない」

などと高慢ちきで不愉快な返事をするだけなのだ。

「おい、このホラ吹き」

(何時の間にか、若者の呼び名はホラ吹きということになっていた)

建御名方は遂に命令を発した。

「そんなホラを吹いている暇があるのなら、タタラでも吹いていろというものだ。今度こそお前が持っているという天羽羽矢とやらを見せろ。見せないのなら、タタラから追放する。三日以内に持ってこい。さもなくば、追放だ。無責任なことを言い、人心を惑わせ、平和な集落の秩序を破壊する掟破りとはお前のような奴のことを言うのだ」

ところが、隠岐の島から突然やって来たこの若者は、建御名方から厳命されて三日後、またしても忽然と何処かへ姿を消してしまったのである。それはヤマの平和のためにはむしろ良かったのかもしれないが、騒ぎが起こったのは、それと前後して十本の鉄剣が大国主命の館の蔵から失せているのが発見されたからである。その十本の鉄剣は、建御名方がその若者、ホラ吹きを使って砂鉄から練り上げて作ったもので、大国主命の賞賛を得た後、大国主命の館の蔵に大切に保管されていたものだった。

ホラ吹きが疑われた。というのも、ホラ吹きは失踪する前日、ふらりとした感じで大国主命の館に現れ、

「近所に来たついでに、立ち寄ったが、以前自分が作って命に褒められた剣を見直したい。この次はあれ以上のものを作りたいからな」

と蔵の番人に言い、蔵の番人もそれを宜なりとして、本人を蔵の中に案内した経緯があったからである。

そのときは、小一時間の後、ホラ吹きは納得したような顔をして、静かに立ち去ったというのだが、翌日、鉄剣の紛失が明らかになったと同時に、窓の内鍵が一カ所外れているのが発見されたのだ。

その番人は職務怠慢の罪で、五年間の禁固刑になった次第である。

（4）

それから十年以上の年月が流れ、大国主命はその若者、ホラ吹きのことを忘れていた。というより、齢八十五を越え、一切の世事は彼の手を離れ、今は域内を移動すると言っても、ただ楽しむ湯場の場所を変えているだけの具合で、二人の息子たちは、

「爺さん、歳はいくつだっけな。俺たちがもう六十の坂を越えようとしているから八十五前後か。湯場でボケ死にするのも天授全うというものだな」

などと言い、さりとて往年の名声は一応尊敬するべくほどほどに対していた。

が、その年の初夏、桃の実が目立ち始めた季節、南吉備の方から「何だか訳の分からない騒がしい知らせ」が入ってきたとき、この半分忘れられていた感じの、ボケ老人扱いの仁が「命令書」なるものを山間の温泉場から息子代表の事代主神のもとに送ってきて、南吉備での情報を詳しく　報告せよ、というのであった。

何だか訳の分からない騒がしいこととは？

「九州の日向の一族が瀬戸内海を押し渡ってきて、吉備の島々や陸に上陸し、なにやら非常識なことを言っている」

と言うのであった。

訳の分からないこと？　非常識なこと？

その内容が当初は判然としなかったのであるが、どうやら、この一族は、《天命》と称して、前年の暮れから移動を始め、ひたすら東方へ進んでいこうとしている、のみならず、列島の中央のヤマトの地に到った上は、列島に散らばっている倭族や他部族を大同団結させ、大倭朝廷なる政府を作ろうというのであった。

瀬戸内海の吉備の海岸に寄せてきて、騒ぎを起こしている者たちの数は凡そ千人だった。その内の三分の一ぐらいが壮年の男どもで、兵士ともいえよう風体で、武器などを携えていたが、残りは彼らの家族と思しき女や子供、そして老人たちだった。

大小の舟数十隻に分乗してやって来た彼らは、難民の群かと思われていたのだが、上陸するや否や、周囲の木々を切り倒し、小屋を建てて住居となし、草地を掘り起こして畑とし、無数の魚を釣り上げ、小動物を殺傷して食らい、旺盛な生活者の匂いを発散し、その一帯にひしめき合うことになったのである。

日向を出たのが、その年の初めということで、当初、彼らの出立と移動の理由は、超大型台風による甚大な被害が数年続いたため、住む場所にも事欠くことになったゆえと吉備には伝えられていたのだが、なにやら様子が違うのであった。そして、しばらくして聞こえてきたのが、訳の分からないこと、いや《天命》なるものだったのである。

「カンカン照りの太陽さまが昇る以外には、狭い土地と荒海しかなかった日向の連中にとっては、ここ瀬戸内の世界は天国のはずぞ。ここに住めるだけでも、先住の我らに感謝すべきだろうに、何やら偉そうに、国家統一の天命とは笑わせる」

「いや、天命とか称しての食い詰め移住、実際にはそれだけのことじゃ。ずるい食い詰め者たちよな」

「それにしても、我らのごとく、ふくよかな気候と穏やかな海辺や平野に恵まれて生活してきた者の眼から見るに、奴らは飢えた狼のような目つきとこけた頬骨をしておる。隼人とか熊襲などの名を持っているらしいが、それは野蛮なる種族の象徴じゃ」

などと吉備の人々は語り、馬鹿にし、かつ腹も立てていた。

つまるところ、

「奴らはヤマトやらの地へ行き、秋津洲に分住している多くの倭族の大同団結を図り、天下統一の政府を創るなどと言っているらしいが、この動乱、分立の時代、部族たちの協力をえてヤマトの地にたどり着けるか否かさえ危ういことじゃ。

早いとこ、ホラは撤回し、本音を明らかにし、ヤマト行きは諦め、我ら先住の者に主従の礼を示し、仲間になることじゃ。そうすれば我らとて、もっと楽な生活が送れるように便宜を図ってやらないでもない」

と語っていた。

が、日向の物狂いの連中が、その物狂いを更に顕著にしたのは、南吉備に漂着して三カ月ほど経ってから、海の見晴らしのいい丘の上に、普通の人家の十倍もあるような大きな、立派な館を作り始めたことであった。

そこに入るべき人物、それが彼らの長であったろうが、その男の名は火出見《ホデミ》ということで、当年四十の由であった。身の丈六尺を越える大男で、筋骨隆々、沈思黙考しているかと思うと、時折火を吐くような大声で怒鳴り出し、一方では、疲れを知らないごとくにも肉体労働を厭わず、率先して館の為の太い柱を担ぎたて、朝から晩まで建築現場を離れず、皆を叱咤激励し、自身も汗まみれになって働くのであった。

食事はたまたま転がっていた大石の上に腰を下ろしてとり、政に関する事柄についても、そこに腰を据えて手下どもに下知するのであった。

それゆえ、暫らくするうち、建築現場の中で、館の表門に当たる場所に在ったその大石が火出見の玉座のようにもなってしまったのであるが、館が完成して間もなく、その石の正面に大きく《天道》という字を彫り込ませた。その石の正面が奇しくも日の昇る方向、即ち東方ヤマトの地を向いていたからであろうか、火出見はそれに腰かけ、らんらんとする瞳で先方を睨み、

「天の道を行くぞ」

と宣言し、東方を指したのである。

ところで、この天の道を行こうとしている使徒、火出見という男はいささか謎めいた人物であった。そもそも、この男は生粋の日向生まれ、日向育ちという訳ではなく、そのときから十年前に忽然として日向に現れた仁なのである。

突然現れた余所者が日向の部族長山彦の娘と結婚し、集落の中心になっていった所以は、集落の重鎮の一人であった人物が親戚の者として火出見を紹介したこと、当時三十歳だった火出見が人に優れた体力と腕力を持ち、隼人とか熊襲とかの名を冠し野生の生き様を誇りとしていた部族の者たち、特に若者たちの信頼を得たこと、そして一方、意味ありげで思慮深そうな顔を持ち、当時では貴重であった製鉄技術を身につけていたことであったが、何よりも、彼が伝説の（やんごとなきしるし）の天羽羽矢とそれを納めたきらびやかな化粧箱を携えていて、部族長の娘津媛の心を強く捉えたからであった。

というのも、火出見が天羽羽矢を携え、秋津洲を治めるべき血筋の者という伝承をちらつかせていたのに対して、この日向の娘は、家に伝わる陽巫女東遷の話を信じていて、つまり自分たちは陽巫女支配の中心地だった西九州の邪馬台国から火の山阿蘇と高千穂の高原を経て、日向の海に下りてきた陽巫女の直孫、つまり天孫族であり、時到れば、東へ進み、秋津洲の中心地で日の本の名において天下に号令すべき家柄であるという考えを父の山彦から教わり、また、自身その自負を抱いていたのであった。

火出見と津媛の互いに気に入った共通点、あるいは接点ともいうべきものは、正に、この（天孫による肇国）への情熱、物狂いであったのである。

「津媛や、台風は田畑や人家を皆ぶち壊してくれた。ここは、もう駄目だ。東へ出かけるぞ。うむ、国のまほらまへ、だ。より豊かで、台風も少なく、秋津洲全土を治めるのにも便利な地、ヤマトが在ると聞く。念願の偉業達成に向かって出発するのに良い機会ではないのか。天は天災を通じて、我らに奮起の使命を思い起こさせたのじゃ」

壊滅した集落の一隅で、腐りかけた山芋をかじりながら火出見が言うと、

「そうよ、わたしもそう思っていました。今こそ行きましょう。陽の昇る東、国のまほらまへ。そこで建国しましょう。それが天の道というものです」

と津媛も大いに和したのであった。

台風の被害による移住、いや天道に従っての東行き、その両方の性格を含んだような集団の様子が語られていたのだが、それにしても、何故、途上の地と称しながら、立派過ぎる御殿を建てたのか、そのことが話題になり、色々な憶測がなされた。

地元の豪族たちの中には警戒を深める者も出てきて、吉備にすんなりと上陸させたことを悔やみもしたのだが、しかし、領土的野心を示すような態度でもなく、やはり旅行きの集団としての様相を保っ

たままではあるのだった。

「お前たちの親方は何を考えているのだ？」

　それは先住の吉備の者たちが日向の連中に向かってしばしば発した問であった。


　館が完成してからまもなく、火出見は何やらものものしい雰囲気で着飾り、天道なる大石に腰かけていたが、その物狂いの意図を改めて発し、十数人の使者を八方の土地に飛ばした。つまりは、過ぎてきた土地のボス、たとえば宇佐の神、伊予の神、安芸の神と言われている面々や、これから行こうとしている、遠くは播磨や紀州をも含めたボスらへその意向を知らせるべく子分どもを送ったのだ。

　当然のこととして、地元吉備の神を名乗る吉備団子のところへもやって来て、使者が改めて語るには、

「我が王火出見は、皇后津媛と協力して、国のまほらまのヤマトの地に入り、そこで日の本の国を建て、この国に住む全ての種族に恭順を求めることになるが、よろしく協力のほどをお願いいたす」

　とのことなのであった。

　使者は恭しく頭を下げて立ち去ったが、その際、一振りの鉄剣を大地に突っ立って帰っていったのである。この剣は何の意ぞ、と吉備団子は重臣どもと語り合ったのであるが、

「この剣を持ち、馳せ参ぜよ、ということか」

　とか、

「鍛え上げられた刀身を見て、火出見の力を信用してもらいたい、ということではないか」

とか、

「他意ない土産物であろう」

とか、

「脅かしであろう。つまりは力の示威じゃ。余所でも刀を突っ立て去っていっているらしいが」

とかの憶測が為されるうち、その剣を撫でながらじっと刀身を見つめていた長老が、

「それはそうとして、これほどの鉄剣は、大国主命の所以外では調達不可能な高質の砂鉄が使われたと思わざるをえないし、鍛錬にしても相当の技術が使われている。大国主命に匹敵する製鉄や鍛冶の技術を火出見とやらは持っているのか？」

と言ったことから、吉備団子らは顔を見合わせ、大国主命を訪ねて意見を聞いてみることにしたのである。

（5）

彼らが大国主命の息子の事代主神と建御名方に先導され、大国主命が静養している山間の温泉場を訪れたとき、大国主命は風呂上がりの浴衣風情で、側女の一人に腰を揉ませながら、

「いよいよ、桃の収穫の季節じゃなあ。いい季節だ」

などと言いつつ、縁先で寝ころんでいたのだが、取り出された剣を見るなり、眠たそうだった眼は

厳しいものとなり、側女を突き飛ばし、剣に見入った。そして、

「やっぱり、そうか」

と一言洩らし、額に手をやり考え込んでしまった。

「父上、どうかしたのですか」

事代主神が聞くと、

「建御名方！　お前、この剣に見覚えがないか？」

剣を建御名方に差し出した。

「さて……」

建御名方は剣を手にしたものの、首をひねって眺めているばかりであった。

それを見て、大国主命は憎々しげに、

「このぼんやりめが！」

と罵った。

建御名方は、はっとしながら、親父殿はその雲突く年齢で、引退したはずなのだが、ボケてはいなかったのか、と思い直さざるをえなかった。というのも、往年、大体が柔和な笑顔が、ときとして突然厳しいものとなり、穏やかなはずの眼が意地悪い光を帯びてきて、丸顔が尖ったものとなり、ずる賢い表情ともなり、子供たちを驚かせたものだったが、未だそれは変わっていなかったのである。声からして張りのあるものなのである。

「な、何ですか」

建御名方は慌てて、しかし、ちょっと逆らう態度で身構えた。

「この手癖よ」

老人は忌々しげに建御名方を睨み続けながら、親指を剣の根本に押しつけて示した。そこには一か所、まるで偶然に出来上がったような模様がある。それは剣を叩き上げる際、手違いで汚してしまったようにもみえる微かな影だった。

「奴の紋だ」

大国主命は独り言のようにもつぶやいた。

「奴？」

建御名方は不可解げに聞いた。

「うむ」

眼を閉じて黙想しているような父親の顔を見ているうちに、やっと或ることに思い当たり、

「あのホラ吹きの？」

と恐る恐る聞いた。

「そうだろうが。ぼんやりめが」

大国主命は再度息子を震え上がらせる目つきをした。

建御名方、そして兄の事代主神とはキツネにつままれたような顔をした。

「ということは、……どういうことで？」

「それはわしがお前たちに聞きたいことだ。よく調べてこい。甲斐性なしどもめが」

大国主命はうんざりした顔をして、風呂場へと立ち去ってしまった。

(6)

長湯をした後、気に入りの側女の一人と軽く酒を飲みながら、晩飯をとり、寝床に就き、仰向けになって考える。

あり得る、と、まさか、の考えが交錯している。

あのホラ吹きが今評判の一党の頭である、ということ。

まあ、普通に考えれば、あの男が日向に流れていって、そこの豪族に仕え、例の鉄剣を献上した。

つまり、あの男と剣の関係はそれで切れていて、あの男は流れてきた群衆の中に混じっている輩の一人に過ぎない、ということになる。

だが、噂によれば、その一党の頭は何やら例の神がかり伝説の弓矢を携えているということでもある。

そして、何よりも、大男の流れ者であったという。

ホラ吹きではないという考えの方が不自然ではないのか?

そんなことを考えていたのだが、何時か眠りに誘われて眠ってしまった。眼を覚ましたのは、故スサノオノミコトの声が響いたからである。

「……宇迦の山の山本に、底つ石根に宮柱ふとしり、高天原に千木高しりて居れ、この奴!」

スサノオノミコトの声を聞くことは珍しいことではなかった。最近はあまり耳にしなくなっていたが、以前はしばしばそれが響き、大国主命を緊張させたものである。

今、久しぶりにその声を耳にして、のっそりと起き出し、考えに耽った。

何といっても、大国主命はその義父に感謝していた。地獄の〈試し〉はあったものの、最後には娘を武器付きでくれたようなものだったし、その試しにしても、娘の真心を測るつもりだったかもしれない感じが窺えた。

義父のお蔭で憎い兄たちを倒すことができたし、義父亡き後はタタラのヤマを引き継ぎ、遂には、出雲、因幡、伯耆の地に君臨する大国の名を人々から冠せられる身分とはなったのである。

そして一方、自分とて義父殿の遺言を果してきた親孝行の息子だと思っていた。

……生太刀、生弓矢で庶兄弟を倒し、大国主命を名乗り、また須世理比売を正妻とした……

ただ、立派な御殿については、いささか義父殿の言っている意味が明確でなく、今まで手をつけないでいたのである。というのも、

(高天原に千木高しりて居れ)

というのが分かるようで分からないのであった。

高天原とはこの世を離れた天界或いは神界と聞いていた訳で、とすると、

（宮柱ふとしり）と言ったところで、それはこの世の宮殿を意味はせず、神社的性格を持ったものであると思われるのであった。

親父殿は俺の世間的引退と天界への昇魂を示唆しているのであろうか？

そして、今この時期に、ということは妙な男の出現のとき、それを考えろ、という意味に自分はとるべきなのだろうか？

世間的引退……それは結構だ、しかし、俺の跡継ぎが凡なる息子たちとは、いささかお粗末にも感じられる……

大国主命は何時かむっくりと起き上がり、ニコニコ顔の恵比寿様ならぬ、怖い顔にもなって、長い思案に耽り始めたようである。

（7）

桃の実が収穫され、余ったそれがあちらこちらに捨て置かれ、ミツバチの群がその周りで飛び回る頃になると、日向の移住民の長の火出見とやらは、どうやら本気で秋津洲統一を考えているらしい、と言われ始め、それに同調する部族も出てきたのだが、その流れの大勢を決める人物の一人に中国地方の大地主つまり大国主命がいたのであった。なにしろ、この人物は、山側の田舎の鉄の職人よ、などと侮られながらも、山陰地方と中国山地の大半を握ってしまっている上に、中国地方の鉄の生産を担っているのであった。いや、当時、この地方に匹敵する製鉄技術も生産も秋津洲にはなかったので、この男の協力なくしては火出見の全国統一は困難に思われたし、また逆に言えば、この人物の協力があれば、火出見の（天道）を行く野望もあながち夢とは片付けられない様相を帯び始めていた。

が、火出見の使いの者が大国主命のところにやって来たのは、だいぶ遅れてであった。察するに、火出見としては慎重を期していたようで、おそらく、諸国の協力の約束をできるだけ多く取り付けた後に、その成果を強調しつつ大国主命に加わってもらおう、否応なしにも承諾させよう、との魂胆でもあったろうか。

一方、火出見が例の（ホラ吹き）であるか否か、という点についての事代主命、建御名方の調べは一向にはかどらず、判然としないまま時が経過していて、火出見の使いが大国主命の所にやって来たときも、分かっていなかったのである。

しかし、老獪な老人は、火出見の正体を明らかにする術を心得ていた。

「ちょっと待たれよ」

火出見の使いの者、タケミカヅチノ神（後代、常陸の鹿島神宮の祭神となる）が秋津洲統一への協力を依頼し、一本の鉄剣を地面に突き刺し、立ち去ろうとしたとき、大国主命は相手を呼び止め、

「これを火出見どのにお渡しくだされ」

と言って、掛け軸入れのような桐箱を与えたのである。

「約束の物だ、と伝えてくだされ」

と言った。

「ただし、貴方のヤマト進軍に協力するか、しないかの回答は、後日、一族郎党協議の上ということになる」


「約束の物？」

火出見が解せない顔をして、使者の持ち帰った蝋でとめた箱の蓋を開けてみると、中には一枚の墨絵が入っていたが、それは一振りの剣を描いたものであった。

最初戸惑っていた火出見は、じっと絵に見入るうち、眼を輝かし始め、

「約束の物と言っていたのだな、約束の物とな」

と叫び出し、手を打って喜び、最後には涙を流さんばかりになっていた。

「見よ、(譲渡書) と書かれ、大国主命の押印もある。約束の物をくれたのだ。さすがに大国主命だ。この剣は天からのものぞ。お主等には分からんだろうがな」

昔、火出見が大国主命のもとでタタラの仕事に精出していた頃、一代目のスサノオノミコトが遺していったという家宝の太刀を大国主命に見せてもらったことがあるのだが、集落を拓くに当たって、

大蛇を退治したときに使った刀とも、大蛇の腹から取り出したものとも言われていた。

後代、草薙の剣とも称され、皇室の神器になった刀だが、火出見はつくづくとその刀身を見やり、嘆息し、

「ああ、この剣が自分の物だったらなあ。右手にこの剣を持ち、左手には天羽羽矢を携え、天下を従え、統一して見せるのになあ」

と言ったものである。

その場に居合わせた建御名方や同輩はそんな火出見を嘲笑い、

「また、このホラ吹きが」

とこづいたものである。

が、大国主命は、意外にも真面目な顔で、

「ふむ、お前の持っているという天羽羽矢とが天下を動かすときが来たら、わしの国と一緒にこの剣も譲ってやろう」

と言った。

皆は再び哄笑したが、火出見は感激し、真剣な顔で地面に這いつくばり、

「有難うございます、有難うございます」

と言ったので、建御名方らは笑うのも止めて、ただ白けてしまった具合であった。

秋、大型の台風が九州を抜けて四国、中国地方を襲った或る夜のこと、大国主命が泊まっていた山間の秘湯も、雨と風、そして騒ぐ木立やがたつく雨戸以外には、起きている者とて無い世界だったが、寝ていた大国主命はついと身を起こし、先ほどからカタ、コトと鳴っていた戸口に近づき、そっと閂を外し、来訪者を招き入れた。

暗闇である。誰か？

しかし、大国主命は灯を灯そうともせず、入ってきた黒い影と会話を始めていた。

「うむ、よく来てくれたな」

「はい」

「今晩あたり、来るだろうと思っていたよ。雨と風の闇夜こそ都合がいいからな」

「はい」

「もそっと近くに寄ってくれ。顔も見えない闇夜だが、互いの匂いぐらいは確かめておきたいし、長い話があるからな」

「はい」

「それにしても、日向の物狂い女をたらしこむとは、良く考えたものじゃ」

「お口が過ぎますよ……」

「いや、天晴じゃ」

この闇夜の客は、次の朝、日が昇るまでには姿を消していたが、立ち去るとき、仰々しい二人だけの儀式の中で授けられた一本の太刀を携えていた。

闇夜での会議の客が誰であったかは述べるまでもあるまい。


一カ月後、火出見からの正式の使者タケミカヅチノ神が再度大国主命を訪れて、火出見への協力依頼を読み上げたとき、大国主命も読み上げるようにして淡々と答えた。

「分かり申した。出雲、因幡、石見の国のすべてを火出見どのに譲り申し上げる。ただ、わしが引退するに当たり、わしを神とする神社を出雲に造らせていただきたい」


その旨を使者が帰って火出見に述べたところ、天幕に囲まれ、天道と彫った大石の玉座に座った火出見は、尊大な様で頷き、

「良かろう」

と言った。

「国譲りの褒美として、神社造りを許そう。で、何の神になると申しておったか」

「縁結びの神と申しておりました」

「ふむ、あのおっさん、因幡の八上比売や鉄屋の娘須世理比売、越後の沼河比売らをたらしこんだ稀代の艶福家なので、縁結びの神にはぴったり、というやつだな。

よし、縁結びの神になってもらおう。毎年、十一月には全国の氏族の長やその連枝の者らをその社に招待することとする。そして、大いに、各氏族間の婚姻をとりまとめるべくの場を提供することとするのじゃ」

と言った。

それから、独り言のようにつぶやいていた。

（そうなのだ。諸氏族間の縁結びの成否こそが倭の大同団結、大倭朝廷成立の鍵を握っているとの大国主命の考え、良く読めた老人よ）

そして、吠えるように部下たちに言った。

「この機会に申し渡す。今年はもう遅い。が、来年には大倭朝廷創始に賛同の各氏族の長は、万障繰り合わせて、出雲に集い、大国主命の社殿にて縁結びの祈祷を受けるべし。集わぬ氏族は、この火出見と大国主命の敵と心得る。倭の大同団結を邪魔するものだ。

来年の今どきは、この秋津洲では、出雲を除いては神の居ない月といたそう。神無月といたす。出雲のみが神有り月となる」

建御名方が火出見への帰順を不服として、反旗をひるがえした。しかし、その軍勢は不思議なくらいに火出見や事代主神の軍との戦いを避け、ひたすら東方へと逃げていくのであった。

そして、海沿いに越前、越中を抜けていき、糸魚川に達すると、内陸の塩の道をたどり、信州の内海、諏訪湖に出たのだが、そこで進行を止め、全面降伏の意を表すると同時に、社殿建設の願いを火出見に出したのである。

「以後、抵抗はせず、引退してひたすら火出見命さまのご武運を祈らせていただきたく存じます。社殿にてその任務に専念いたす所存でございますので、諏訪神社なるものの建立の許可を賜りたく、また、小生をその神体となすことの了解を賜りたくお願い申し上げる次第です……」

するると、火出見は威厳をもって頷き、

「良かろう」

と言った。

「引退して、諏訪の軍神となり、諏訪神社を造り、大倭朝廷の発展のために祈祷三昧の境界に入ることを許す」


それから、つぶやいていた。

(そうなのだ。秋津洲統一にとって、東方への睨みも大切であるとの老人の言葉、まことにもっとものことなのだ。そのための演技の戦い、逃亡、降伏、神社の建立、感謝する。もっとも、山の中の盆地にある諏訪湖などわしは知らないし、はるけくも遠い所を選んだものだとも思うが、そんな所に行けば、建御名方の奴め、ホラ吹きの顔を見ないで心安らかだろうし、わしとてあの男の顔だけは見たくない。老人の心遣い、痛み入る)

（8）

大国主命が火出見への恭順を明らかにした、のみならず、その広い領地を譲ったという噂が広がると、諸部族は、いよいよ倭族大同団結の大倭政府とやらがヤマトの地にできるぞ、時代に遅れては百年の悔いを子孫に残す、との思いを強くし、火出見への訪問も活発なものになっていった。

日向から吉備に渡ってきて二度目の春が来て、桃の花が咲き始める頃になると、火出見は自信を深めたように、館の正門の天道の石に腰を下ろして、悠然と東方を眺めつつ、やって来る諸部族の長に対しても、自分の家臣に対する如くにもなっていったのであり、着々と組織固めをすると同時に、遠征に向けた武器兵糧の準備なども指示するようになっていったのである。

妻の津媛も傍らに座り、

「わたくしの曽祖母の陽の巫女、そして祖父の瓊瓊杵尊《ににぎのみこと》、父親の山彦らの念願が叶えられそうなので嬉しい」

と語り、遠征に権威を添えていたのだが、実のところ、津媛は最早五十の歳を超えた年上の女房で、もともと美形の範疇にはなかった上に、数年の苦労が重なり、いささか潤いを欠く女人になっていた。ただ、女の執念みたいものを強く感じさせ、人々を畏怖させていた。

沖に浮かぶ小島の一つの見晴しの良い場所に、神社と離宮を建て、時折、夫婦で出かけていったが、忙しい火出見が戻った後も、津媛は島に居残り、社殿での長々しい、大げさにも思える祈祷を続けるときが多かった。
その社のご神体は陽の巫女とのことであった。

一方、その頃、出雲の海岸近くの宇迦の地では、海風を凌ぐがごとく、小山の麓に大きな神殿が大国主命の指導のもとで造営されていた。
その神殿はスサノオノミコトが命じた通りの、屋根の上に千木を高々と掲げたものだったが、その高床式の神殿そのものが高天原に在るべく、高さ十六丈（約四十八メートル）の繋がれた太い柱の上に建つもので、そこに到るには、太い柱に支えられた階段を昇るという構造であった。

これらの建築技術は、長年タタラの工場建設に携わってきた大国主命の指導なくしては不可能なものであった。というのも、タタラの工場というものは、そこで雨を凌いで何日も火を燃やし続けなければならないものであったから、途方もなく高い天井を持ったものであったが、その館のための柱やつなぎや土台など、なまじの大工などには手におえない工夫や技術が要求されるのであった。
大きな社とは聞いていたものの、天にも登れそうな神社が出来上がっていくのを見て、人々は呆気にとられ、それを指導し、自らその社に鎮座するという大国主命への畏敬の念はますます高まっていったことである。

神無月、と言われるに到った、その年の陰暦十月、九州北部、中国地方、そして四国にかけての諸豪族の長たちが、火出見の押印がある大国主命の招待状を携え、秋津洲で唯一の神有月と呼称された出雲の地に陸続とやって来た。舟に乗り、或いは陸地を巡り。

そろそろ北風が裏日本の海を揺るがし始め、浜辺にも冷たい水しぶきが飛び散っているのであったが、伊那佐の浜に並べ建てられた、真新しい木の香りのする館には、神と称せられる諸豪族の長たちが次々に入ったのである。付き人は十人までという制限付きであったが、三十を越える氏族が来たものであるから、大変な活況であり、出雲の奉仕人たちを加えると大変な混雑でもあった。

浜辺では一日中火が焚かれ、太鼓が叩かれ、歌舞伎阿国の大先輩たちが舞台で舞い、魚が焼かれ、刺身が出され、粥が炊かれ、酒が振る舞われているのだが、いったい、郷土を空にして、ここに集結した部族長たち即ち神々が何をなすのかといえば、まずは、事代主命の案内で、眼のくらむような高さに肝を抜かれながら、大社に昇り、ひらひらと意味ありげに揺れる垂れた紙幣の奥の板に向かって、礼をして、柏手を打ち、引き下がるのであった。

奥の板の反対側には社の神、すなわち大国主命が鎮座していると告げられていたが、すでに天上の神となり、現世の人々の眼には映じない由であった。

晴れた日には、彼方に、火を噴く大山の神聖な姿をも拝むことになるその高殿から引き下がった首長たちは、それから、遠路ここまで来た所以、大社や大山に頭を下げた所以、すなわち縁談外交を展開することになるのだったが、東洋の小島の奥ゆかしい、或いは陰湿な精神の持ち主たちは、

「何処ぞの娘の見目が良い。縁を結ぶことにする」

とか、

「何処何処の息子は立派な青年になっている」

とか語るにしても、何やらひそやかな謎めいた静けさの内に事が進み、密約がなされていったのである。

それは、今日魚ふぐの売買取引の際に行われている手袋の中での交渉の形にも似ていた。いや、その形の原型であったかもしれない。


表面的には、一カ月の間、浜では朝から晩まで陽気に太鼓が叩かれ、料理が振る舞われ、歌が歌われ、踊りが披露されている。その間を時々、族長たちが付き人を連れて行き過ぎ、ふとした感じで、他人の館に足を踏み入れ、時間を費やし、また何気なく出てくるという情景が見られるのであった。ただ、浜の一隅に建つ、小ぶりの神社に吊るされるホンダワラとも神馬草とも称せられる海藻が増えていって、それはどうやら婚約の成功を示す証のようなのであった。

そして、何時の間にやら、三々五々、人々は浜を去っていき、遂には閉ざされた館のみとなり、それもやがて畳まれ、一連の噂のみが、波風に揺れる神社の海藻と共に残されるのであった。

（9）

そんな風景の中での或る夕べ、伊那佐の浜に建つ日向の館へふらりと現れた一人の老人がいたが、彼は長い間、奥の部屋に腰をすえたまま退出せず、酒を美味そうに飲み続けていた。眼を細めているのだが、その細め方というものは、後代の我々がその彫像を見ている内にふと覚えないでもない或る感触、単純ではないものを覚えさせるものであった。つまりは、優しさが漂っているようで、厳しく鋭いものを含み、人が良さそうでいて狡猾さを感じさせるのである。

老人の前に座って酒の相手をしているのは、老婆といって言いような歳を重ねた女性だったが、眼が釣りあがり、頬骨が張り、口が大きく、ごつい顔という形容がぴたりの面相であった。酒が強いようで、もう長い間老人と飲みあっているのであった。のみならず、

「大国主命さん、お酒というものは、どうして、こう水っぽく、ぴりっとしないのでしょうね」

と言ったものだ。

「いや、いや、そ、それは、もちろん、お国の麦酒や芋酒に比べれば、米の酒は、まろやかなものでで……」

老人の方は慌てて弁解したが、この酒の強い女性は、何を隠そう、日向の部族長火出見の夫人津媛であった。

出雲に招待されてやって来た部族の代表は、皆、男性であったが、日向からは火出見の代理として夫人の津媛が来ていたのである。というのは、火出見はもはや一部族を越えた存在になっていたからである。

「来年からは、日向の麦酒や芋酒も用意しておくことにしましょう」

と大国主命は言った。

「来年から？　ああ、そうでしたね、あなたの計画では、毎年この騒ぎを催すのでしたね」

「そうでしょう？　お忘れなく。今、説明したばかりではないですか。日の本に強い政府を作るためには、氏族たちの団結が大切で、そのためには互いの縁組が必要だと」

「そうだったわね。火出見も言っておりました。けれども、わたしが身を退いて社に祭られるなんて、どうもおかしいわね。わたくしは不満です」

「では、私はどうなのです？　もう身を退いて出雲の神になったのですよ」

「あなたはよろしいでしょうよ。お歳だから」

「あなたはお若いのですか」

「馬鹿にしないでちょうだい。あなたの半分くらいの歳でしょうよ」

「しかし、火出見どのは、了解なさった」

「私を裏切ったのです」

「いいえ、裏切っていませんよ。とんでもない。あなたの位が上がり、神となり、私と結婚するのがどうして裏切りですか？」

「ふん、屁理屈を作って！」

「出雲と日向の結婚ですよ。これこそが今回の祭典の最大の目玉です。青臭い人間同士の結婚は、若い奴ら、たとえば火出見どのと私の孫娘、つまりは事代主神の娘の五十鈴媛とに任せておいて、神として私とあなたが結婚するのです。神々の結婚ということになりますのじゃ！」

「つじつま合わせの大陰謀！　わたくしに無断の闇夜の闇取引！」


いったい、二人の間で何が語られているのか。いや、そもそも、前年の秋の台風の闇夜、火出見が大国主命のところにやって来て長い話をして以来の動きについて、火出見と大国主命との間で何が語られていったのか、読者諸氏にも大方のことは推測できているものと思われるが、ここで両者の了解事項の内容について確認しておこう。

一、大国主命は火出見に協力して、国創りを可能にする。
二、そのためには多くの氏族間での婚約が望ましいが、まず、第一に出雲と日向との縁組が重要であり、根本ともいえる。
三、火出見が出雲方の女性を貰い、正妃となし、皇緒たる子孫も作るべきである。
四、大国主命は身を退き、大黒と一体となり、出雲の社に籠る一方、津媛も現生からは身を退き、祖先の陽の巫女と一体となった天照大御神《アマテラスオオミカミ》となり、社をヤマトの地の皇居近くに建て、そこに隠棲することとなる。
この二身は神世界で夫婦となる。

最大の難関が正妃の問題と津媛の世俗引退の話であったことは言うまでもない。

実のところ、火出見はそれをぎりぎりまで言い出せず、津媛を出雲に送り出す間際になって初めて口にしたのである。

「怒るなよ、怒るなよ」

と言い、怒らない、という約束をとりつけた後で結婚問題について語ったのだが、やはり津媛は怒った。火出見を突き飛ばそうとしたのだが、大男の火出見が微動だにしないので、目茶目茶に手を振り下ろし、突っ立った火出見の厚い胸板を叩き続けたのである。

「この風来坊めが、この風来坊めが」

と叫んだ。

火出見は、嫁である津媛に従来からそのように風来坊などとからかわれるときが在ったのだが、その都度、火出見は後生大事にしまってある天羽羽矢を取り出してきて、

「無礼なことを言うな。良い加減なことを言うな。俺の希望で入り婿した訳ではない。お前の親父の山彦やおふくろの豊玉媛が俺を有難く押し頂いたのだぞ」

と重々しく語り、津媛の口を封じてきたのだが、今回ばかりは、その言葉を発することもできず、ただ、

「お前は祭られるのだぞ。かの偉大な陽の巫女と一体となり、偉い神になるのだぞ。アマテラスオオミカミの誕生だ。そして、大国主命のような大物、つまりは大黒さまと神界で夫婦になるのだぞ」

と繰り返すのみであった。

が、津媛も愚かな女性ではない。自分が世間的には引退するにしても、大社の神として朝廷で拝められる存在となり、先祖代々の悲願である国家統一の事業が完成されるならば、この筋書きも捨てたものではない、と思ったのである。それに、火出見より津媛がかなりの年上で、今や女としての魅力も失っているとき、火出見も若い女を持ちたいのではないか、いや、以前からその点については、異郷者の火出見は、自分に気兼ねして、側女については遠慮がちであったようだ、と思うにつけ、火出見に多少の（良い思い）をさせてやろうか、とも思わないでもなかった。

とはいえ、津媛が日向族――天孫族とも自負していたが――の代表としてやって来たからには、この点に関して大国主命の腹を今一度確認し、できれば〈津媛隠し〉の如き案を反故にして別の案を見つけたかった。

二人の酒席は、夜を徹して明け方までおよんだ。

その間の二人の話の詳細については、世に知られていないが、その間のやりとりが綱引きのようであったとは古書でも伝えられているところだ。

つまりは、酒の強い二人は、卓上に大徳利を据えて飲み続けていたのだが、最初は相手への酌で始まった座もすぐに手酌となり、その都度、大徳利を掴んで手前に引き寄せ、しかる後、小さからぬ自分のお椀に酒をたっぷりと満たすのであった。そして、そのタイミングというのが、何か一言、自分の意見を主張する度にという具合だったのである。

たとえば、津媛の話を微笑とも冷笑ともつかない表情を浮かべて聞いていた大国主命が、

「あなたはそのようにおっしゃるが、考えてもごらんなさいな」

と言いつつ、腕を伸ばして大徳利をつかみ、手前に持ってきて、自分の椀に酒を注ぎ足し、ひと舐めしながら、

「浮世の観点から言うなら、損をしているのは私めの方ですぞ。私の世間的引退は現在のもの、いや、もう引退しているのはご存じの通り。それに対して、あなたさまは十年以内に引退すれば良いという条件で、これはだれが見ても、あなたさまが得をしておられるのです」

と言うと、むんずと手を伸ばした津媛が、大徳利を引き寄せ、自分の椀に酒を足して、ぐいとひと飲み、

「ふん、ふんだ。そも、事代主神の娘の五十鈴媛とやら、あなたさまのお孫は、今は十歳にもならない小娘で、十年も経たないと人間にもならないでしょうよ。火出見との結婚などできません。十年とは自分側の都合でしょうよ。それに、そもそも、歳を取り過ぎたあなたさまには、男女間の、夫婦間の感情など分からなくなっているのですよ」

と言い返す案配であった。

その綱引き、正確には大徳利引きは、朝方まで続いていたのだが、最終的には大国主命の手元で止

まった。

「という訳で、この国土に住む人々に統一の平和をもたらすために、あなたは現在の夫君と別れ、私めと結婚するのです。これが天命というものではありませんか。

お互いに歳を食っているし、神でもありますから一緒に住むこともなく、あなたはヤマトに坐し、わたくしは出雲に坐すということで良いと思われますが、二人の並んだ銅像を互いの場所に加えて置くというのも一案ですな」

「火出見とわたくしとは、離婚ですか」

「さよう！」

大国主命が酒を津媛の椀にも注ぎ、津媛の乾杯を促した。津媛は大国主命を睨みつけたが、笑い出し、ポコンと椀を合わせてしまったのである。

「結婚乾杯！」

大国主命がすかさず言って、大椀の酒を急いで飲み干した。


「狸爺めが……」

朝の光が射し始めた戸口から千鳥足で出ていく大国主命を見送りながら、津媛は毒ついたが、さしてのこだわりもなくなったようで、寝室に入るなり、ごろりと寝転がり、大いびきをかいて寝てしまった。

一方、大国主命もさすがに酔ったのか、若い者の担ぐ神輿に倒れ込み、

「日向の物狂い女めが、ねばりおって……」

とつぶやいた後は前後不覚になり、大社に運ばれていった。

（10）

その後の歴史の展開は大体が大国主命の望んだとおりのものだったといえようか。

まずは、津媛が南吉備に戻った後、ほどなく離婚宣言を彼女の方から火出見に言い渡したことである。

最初は、火出見が東方ヤマトに出陣するに際して、以後の激戦が予想されるため、女、子供、年寄りらと一緒に吉備に居残り、火出見からの朗報を待つという体制の一環としての別居として発表されていて、それはそれで津媛も納得していたのだが、それとは別に、火出見が宴会で歌った久米歌が津媛に早期の離婚を決意させたのだった。

……我が待つや、鴫はさやらず、いすくはし、鷹らはさやり、前妻が、肴乞はさば、立そばの実の無けむを、幾多ひえね、後妻が、肴乞はさば、いちさかき、実の多けくを、幾多ひえね……

（わなを設けて待っていると、鴫がかからず鷹がかかった。古い女房がおかずをくれと言ったら、蕎麦の木の実の無いところを沢山削ってやれ。若い女房がおかずをくれと言ったら、榊の実の多いところを沢山削ってやれ）

火出見は酔ったふりをして大声で久米部衆を先導し、上機嫌で歌い、皆を笑わせていた。

「コナミが、ナ乞わさば、立そばの実無けくを、ウワナリがナ乞わさば　イチサカキ　実の多けくを……」

津媛は、酒席では皆に合わせて笑って手拍子を打っていたが、内心、怒りと寂寥感を強く抱き、翌日、火出見に向かって、

「わたくしは貴方と離婚し、あなたがヤマトを治めるのに成功し、天照大神の神殿をわたくしのために建ててくれるのをここで待つことにします。わたくしは、もはや、あなたのものではありません」

と言い渡したのである。

大国主命にとっての思いがけない僥倖は、火出見と津媛との間の三人の息子の内、二人までがヤマトの地に着くまでに戦死してしまったことである。これを僥倖と呼ぶことは人道にもとることかもしれないが、大国主命の孫である五十鈴媛と火出見との間にできた子供たちが皇位を継ぐのを容易ならしめたのである。

火出見の皇后になるべく育てられた五十鈴媛は、期待に違わず成長して美麗な女性となり、火出見がヤマトの地で、神日本磐余彦《カムヤマトイワレヒコ》すなわち神武天皇として秋津洲一代目の大王として皇位に就いたときには、触れなば落ちんばかりの魅力ある女性にもなっていて、火出見をして大国主命との約束を喜んで実行させることになり、皇后として迎えられたのであった。

彼女は三人の男子を産み、火出見の死後は、先の妃つまり津媛の生き残りの息子である手研耳命《たぎしみみのみこと》を

斃させ、自分の息子の一人神淳名川耳《かんぬなかわみみ》を二代目の大王（後称綏靖《すいぜい》天皇）として即位させることに成功したのである。

とはいえ、大国主命がこのような歴史の流れをどこまで見届けたかは判然としない。彼は老齢であった上、すでに社に祀られた天界の人になっていて、生臭い世界には一切姿を現さなくなっていたのである。


一方の津媛にとっての歴史がどのようなものであったかというと、火出見と別れてから死去するまでの二十年間近く、まことに不本意なものであったというより他ないのであった。

決定的に受けた不孝は、二人の息子の戦死であった。

（わたしは馬鹿げた情熱を持ったかもしれない）

と津媛は思わざるえなかった。

（秋津洲の統一者になろうなんて、そんな考えさえ持たなければ、あの子たちもつましいながら平和な日向の村で世を送ることができたろうに。

家に伝わる誇りなど無くもがな。昔、北九州で栄えた国の女王の末裔だとして、何故に陽の巫女の遺志など遂げようと思い立ってしまったのかしら。

そうだ、天羽羽矢を持ったあの火出見が現れて、わたしは引きずられたのだ。愚かしいことを！

いっそ、火出見も死んでしまえば、わたしの気持はすっきりするかもしれない）

津媛は前後して送られてきた二つのお棺を岡辺に埋葬しながら涙に暮れていた。

それから間もなくして、さらに嫌な話が伝わってきた。火出見が或る戦場で勝利を収め、祝賀会を開いたとき、例の久米歌を得意になって歌ったというのである。そして、その頃になると、火出見はどうやらヤマト朝廷の正式の皇后を新たに有力な氏族からもらおうとしている、津媛が吉備に居残ったのは、それが原因だ、すでに離婚もしている、ということが一般にも伝わり始め、津媛と一緒に吉備に留まっていた日向の連中が、故郷の残存勢力とも連携しつつ不穏な言動を示し始めた。

「そもそも、あの火出見という男は、我々を利用するだけして、後は自分のみが甘い汁を吸おうとする余所者だったのだ。養子に入れた山彦親父の間違いよ。家に年長の男子がいなかった訳ではない。女系家族の流れに抗せず、両親が津媛を可愛がり過ぎたのだ。タタラの技術を有難がってな」

などと、親族たちも言い始めていたのだが、ここで述べておくならば、津媛の家は既述のように陽巫女以来の誇り高い伝説の中にあったとはいえ、内実はただただ南北に長い海沿いの狭い土地を耕し貧しい収穫を得るか、魚を食するほかは、山の中で獣や鳥を追いかけて生活するよりほかない種族だった訳で、熊襲や隼人という勇ましい名前は蛮性と裏腹の関係にあり、それゆえにこそ、先進文明圏から現れたタタラの職人の火出見が期待を以って家族に迎えられた所以でもあったのである。

しかしながら、歴史的に考察すると、この蛮性こそがタタラの技術と一体となり、日本を統一していくのに必須なものであったのだ。

蛮性と鉄の力。そして後は、この結合を人間社会的徳を以って納得させるものがあればよかったのであり、それが火出見の天羽羽矢であり、津媛の陽巫女伝説であったといえる。

そのことを知り、実行していったのが、大国主命と火出見であったと言えようか。


狂人に凶器だったか？　天人に助けだったか？

それは、何れ、天や歴史が判断することであろうが、諸族の幅広い支持、および大国主命の圧倒的な協力を得た後、身内の部族にはとかく距離を置き始めている風にも見える火出見の態度を吉備や故郷日向に残った身内の勢力は公然と批判し始めた。津媛が火出見を弁護し、皆をなだめようとしても、彼らは津媛自身の不満を見透かしているかのように火出見の態度をけなし、一部の者は、ヤマト朝廷ができたとて、無条件には帰属できないなどと言いだした。

「俺たちは、山と海の中で、自由に生きていけば良いのであって、もともとクニとかヤマト朝廷とかには興味がなかったのだ。ましてや、津媛さまと火出見との関係がはっきりしなくなってしまっているとき、何の協力の義務もない」

と言い残し、津媛のもとを去っていく者もあった。

そして、津媛や火出見の東征に最初から消極的で遠征に参加しなかった連中は、常々の火出見に対する反感を増大させていたのである。その連中にとっては、偉大な祖先陽巫女と津媛の合体神、天照大神の話など荒唐無稽なものに過ぎなかった。

後々、大和朝廷を苦しめることになった九州の隼人、熊襲の抵抗や不服従の先駆け、中核ともなっていったのである。

事実、津媛にとっても、今や唯一の希望ともなっていたその大社建立の話は極めて頼りないものになっていくばかりであったのである。

火出見の話では、ヤマトの地を手に入れ、新政府大和朝廷を樹立したならば、ヤマトの地から遠くない場所に、陽巫女と津媛の合体神、つまり天照大神を祀る神社を造り、津媛を招いて盛大な式典を催した後、神社の奥に坐してもらう、とのことだったのだが、火出見がヤマトの地にヤマト朝廷なるものを発足し、

「諸侯に宣言す。

我、ここにヤマト朝廷を発足す、と。

彼の女王ヒミコ逝去以後、半世紀近く、混乱し、他国をして、倭の大乱再度か、として危ぶられた秋津洲に恒久の平和をもたらすものなり。

クニの成立なり。

諸侯、人民、こぞりてこの日を祝し、新たなる諸令に従うべし」

なる文書を配布したその脇に、

(津媛よ、長年の協力深謝す)の一行が添えられて書かれてあったものの、大社については何も述べてこなかったのである。

〈わたしの大社は何時できるのか？〉

と聞いてやったのだが、梨の礫であった。

そして、仰々しい公文書で、いかにもそらぞらしく知らせてきたのは、出雲の五十鈴姫が妃となり、しかも国の皇后になったというお達しの如きものだったのである。

「こん畜生め！」

津媛は、昔、結婚の折に火出見が記念にくれた夫婦姿の土偶を傍らの壁に投げつけ割ってしまった。

（11）

火出見とて天照大神を祭る大社の建立を忘れていた訳ではない。身を退かせるに当たっての津媛との約束であったし、長年連れ添い、三人の男子までもうけた女への愛情が薄かろうはずはない。しかしながら、戦争で二人の子供を失い、ただ手研耳命のみを残すことになったとき、彼は伝えるべき皇緒を若い妻やその子供たちにも期待せざるをえなかったし、その新妻は女性的魅力において、火出見が五十の齢にして初めて知った相手であり、何故と言うこともなく、津媛のために急いで大社を建てる情熱が冷めてしまったのである。

さらには、彼は念願の皇位に就くと、津媛が常に口にしていた陽巫女女王の話などは二義的なものにも思えてきたのである。天下統一のために使った感じのその女王の活用は、かつて大国主命が（日向の物狂い女津媛をうまくたらしこんだ）などと言って火出見をからかったほどには意識的で、悪質なものではなかったにせよ、要は天下統一のための一つのきっかけに過ぎなかったのではないか、と思い始めていたのである。津媛にとっては大切な存在であろうとも、自分は陽巫女にとらわれる存在でもあるまい、と。

見方のよっては、その女王は、結局のところ、天下統一を望みながらも、失敗した一人だったのだ、と。

……そもそも、私こと火出見とは何者ぞや？

ヤマタイの陽の巫女の直系であるのか？　否。それはただ津媛の側においてのみ言えることであった。自分は、天羽羽矢を遺していった先進文明国隠岐の島の集落の長の長子であった。では、その長たる父親は何処から来たのか？　父親はやはり隠岐の島で生まれた。祖父も然り。曽祖父が天から降りてきたと謂われている。

その証拠の一つが天羽羽矢にも彫られた金の紋章だということになる。その紋章が中国の昔の漢王朝の皇室のものだとは父親が語り、島の有識が保障していたものである。天子は地に降りて、偉大な漢王朝を出現させ、その末の一つに西の国の蜀を創らせ、もう一つの末として東の島に徳を布くべく火出見の曽祖父を下したのだ。

この点から論ずるならば、自分は天照大神などという女神を祀るより、自分により近い神の大社を造るべきかもしれないのである。

なるほど、日向一族の貢献は確かだし、特に、陽巫女の存在と津媛の発奮は全国統一の大きな力とはなった。が、今となって第一に祀られるべきは、古の漢帝か自分自身ではないのか？

それに、日向一族の中に自分に対して忠実ではない者も出てきている様子のとき、そいつらが津媛の存在で特権的な振る舞いをできたばかりのヤマト朝廷内で行うようになっては困る。

そもそも、日向一族は中央で政を行うには蛮性が勝り過ぎていて、不適当ではあるまいか？　今や、和が第一、そして教養が求められつつあるのだ。

とはいえ、倭族を中心とするこの島で、漢帝が祀られるのには問題が有り過ぎるし、自分自身を大社に祀る訳にはいかない。自分は未だ現役の皇帝であるべきだし、津媛の手前もある……

思うに、国を代表する大社は、もっと生臭いものを越えたもの、理想的なものであるべきではないのか？

それが如何にしてできるか？

まあ、もう少し、世の中が治まるまで様子を見、検討を加えるべきだ……

火出見はそんなことを考えつつ、目下のところは、部族たちの統一、調整などの仕事を緊急の公務とし、私的には新妻を愛するのに忙しかった。

大社建立のための準備委員会のようなものを発足させ、検討をさせてはいたが、火出見は、

「拙速はいかんぞ、拙速はいかんぞ。理想と現実の行き交わったところのものを造るのだ」

と皆を罵るばかりであった。

役に就かされた連中は、一部の武官の他は、大体が学者的、知識人的人材、あるいは神官など有職者の類であったのだが、物事をどのようにすすめていったらいいのか、分からないままであった。

そして、火出見が、

「理想と現実の行き交わったところのものを造れ」

といった趣旨について論じ合っているのみであった。

遂に、数カ月後、皆は火出見に申し出て、
その（理想と現実の行き交わったところのもの）の例を訊ねることとになった。

「ふん」

と火出見は答えた。自身、色々と考えていたのではあろう。


「難しいことではない」

と言った。

「そもそもが、国の大社たるものは、大なる倭、つまり大和にふさわしくあるべきで、一部の者であってはならない。倭の字は消えて和の字が取られた大和政権じゃによって、神話もそれにふさわしいものでなければならない。とはいえ、歴史の現実を無視していいというものではない。理想と現実の交

わった所とは、たとえば、日向を強調しすぎてもいけないし、日向の努力を消していいということでもない。理想は理想、現実は現実、その双方、つまり、理想と現実の行き交わったところものを神界のものとするのだ。分かったか？」

皆が半分分かったような分からない顔をしているのを見て、火出見は教えた。

「たとえば、ヒミコの子が阿蘇から下って日向に降りた、などというのは生臭い上にも狭量じゃ。阿蘇の地名は不要。高天原と称するべし。天界じゃ。天界から高千穂や日向の地に下ったのじゃ。また、ヒミコの名も津媛のことも不要。天照大神と称するべし。

当然、ヤマタイの名などもご法度じゃ。

これこそが、広く人々を納得させるのに大切な心構えだ。

すべからくかくあるべきじゃ。

今後、かく理解し、案を建てよ」

有識者の一人が恐る恐る呟くように言った。

「阿蘇が高天原？　ちと大げさにも思われますが……」

それを聞いて、火出見は大声で怒鳴りつけた。

「たわけ！　神話、つまり神社の物語とは、すべからく大げさであるべきものじゃ。そんなことが分からぬで、神社を造れるか！」

有職どもはその線で大社の由来などを創り始め、半年後には火出見に提出する案が出来上がりつつあったのだが、人の命があっという間に死に向かってしまうのは古今東西を問わない人間の宿命である。

火出見は、国を象徴する大社を創立する前に、そして皇位の後継者をはっきりと指名する前に、或る日、心臓発作によって倒れ、六十五歳を限りとして帰らぬ人となったのである。

火出見の死を知った津媛は、半狂乱のようになって島の高島宮に籠って三日後、脳血栓で倒れ、そのまま没した。

皇位は誰が継ぐべきであったろうか。

日向を出立したときからの成り行きからいえば、古妻の津媛の子、東征に命をかけてきた生き残りの手研耳命であるべきであろう。しかしながら、正妃となった五十鈴姫には三人の息子ができていて、幼いとはいえ、青春の盛りでもあり、周囲の追従や持ち上げも強いものであった。さらに、そのときの政治情勢といえば、日向派は宮廷内で勢力を失い、というより、国許の離反傾向もあり、白眼視される立場にすらなっていた一方、出雲派は、実家の後押しもあり、氏族融和を象徴する神有り月の行事なども取り仕切り、宮廷政治の中枢を担っていたとも言える訳で、新大王として立てられるべきが正妃五十鈴姫の皇子たちに有利な雰囲気にすらなっていたのである。

そして、そのような流れの中で、手研耳命は五十鈴姫の三人の息子たちによってあっさりと暗殺されてしまい、三人のうちの一人が大和朝廷第二代目の皇位に就き、政府内での大きな反対は出なかったのである。

天照大神を祭る話はといえば、その後も進まなかったが、三十年も経ってから、出雲派の突出を嫌った地元のヤマト派らが、不満分子九州勢鎮撫の意味からも、大和朝廷のあるべき筋として、天照大神の話を復活させ、神を敬うことに熱心な崇神天皇のとき、ヤマトの地、三輪山の麓に、ささやかながらの女神を祭る社殿を建てた。そして、次の垂仁天皇の代に到り、垂仁天皇の皇女倭姫が、神託にも似た巡礼の末、伊勢の海から遠からぬ、五十鈴姫が侍るがごとくにも美しいせせらぎを見せている五十鈴川のほとりの杉林の奥に、伊勢神宮として立派な大社を建立したのである。

倭姫は、九州の熊襲や隼人と称された昔の津媛の係累を征伐した天皇として有名な、大足彦つまり景行天皇の妹に当たる。倭姫の神社建立への努力は、一面、九州の不満分子勢鎮撫の意味合いを持っていたのでもある。

そしてその頃から、九州の高千穂峰、高千穂峡、つまりは宮崎県の南北の場所で、ヤマトの伊勢神宮を裏付けし、大和朝廷の権威を高め、同時に九州勢を満足させるべくの天孫降臨の伝説を披露する神社が作られ始めた。降臨の場所が二つに分かれたのは、地元部族間での（おらが村こそ）の競争意識が原因だが、大和政府にとっては、その競争は歓迎こそすれ、敢えて一つにしぼる筋のものでもなかった。というより、朝廷への不満分子たる九州の隼人、熊襲らを広く抑えこむにはその方が有効だったとも言える。

つまるところ、最初から今のような高千穂伝説があった訳ではなく、まず火出見の大方針（理想と現実の行き交わった所、そして大げさな表現）が示されたのち、伊勢神宮の権威づけやら応援団としてやらの天孫降臨説が地元での従来の伝説も取り入れながら、陽巫女史話とも合体し、定着していったということになる。

そして、高千穂伝説による天照大神、瓊瓊杵尊らの神話や系譜伝説の定着と共に、生々しい実在の陽巫女と津媛の姿、形は、変形或いは削除され、その影のみが神話の外側でちらつくこととなったのである。

実在の陽巫女と津媛の魂がその神話の影の存在で満足しているか否か、は知る由もない。

天の子　地の子

（1）

青の父親は、古代の九州で熊襲や隼人と呼ばれていた人々が住む場所の一角を治める集落の長であったが、大河の上流の五里四方に君臨し、農耕を営み、合戦をなす強壮ぶりから川上たけると尊称されていた。

その年の五月下旬、青が二十四歳の誕生日を迎えた日、伸び始めた田の稲を梅雨の走りが濡らしている中、隣集落の長、耳垂《みみた》れが重大な相談事でやって来た。

耳垂れの集落は川上たけるの集落より川下の地域に点在した四つばかりある川中と呼ばれている小規模な集落の一つであったが、彼は川上たけると懇意だった。

耳垂れが来てまもなく、青も呼ばれて同席したところ、

「ヤマトの大足彦が来ているそうな」

と父親のたけるは嘲りの笑みを浮かべながら青に言った。

「大和のオオタラシヒコが？」

青も反射的に口にし、しかし、やはり馬鹿にしたような表情をした。

「ご苦労なこった」

耳垂れが大きな耳たぶを撫でながら言った。

「三年ぶりのお出ましで、今度は土産つきじゃ」

赤い反物を転がして見せた。


三年前、大和の大足彦つまりは後称景行天皇が九州のその地に兵を連れてやって来たとき、河口の集落の磯姫という女部族長のところまで来て、使者を川沿いの各集落に送ったのだが、交渉に失敗して立ち去っていた。

それは真夏のことであった。大足彦の命を受け、川沿いの道を登ってきて、最後に川上たけるの集落にたどり着いた二人の使者は、汗まみれで疲労しきった様子で川上たけるの館の前に立ったのだが、たけるの館の前の広場に集まった百人ほどの精悍な男たちに睨まれ、口もきけないほどにびくついていた。

川上たけるが家の中に招き入れ、冷たい麦茶を出し、握り飯を出してやると、おそるおそる、しかしがつがつ飲み食らい、無言で大足彦からの親書を差し出した。

「天に秋津洲統一の意思あり」

とその文書は始まっていた。

「ヤマトつまりは大和の朝廷、天意に従い、国家、つまりは大いなるクニを肇めて既に久しいが、遺憾なるは、一部の者、未だに朝廷への帰順を明らかにせず我らのクニに加わらざること。

今、大和の大足彦、尊祖諸帝の志を継ぎ、諸氏にすみやかなる帰順を求めるものなり。帰順せざる者は、天および国家、大いなるクニにとっての反逆者なり。我らが武の制裁を受けん。諸賢、帰順を明らかにすべし」

「帰順、帰順って、偉そうに言うがお前ら何のつもりだ？　帰順しない人間は反逆者だの、武の制裁を受けるだの、何の権利が有ってそんなことを言うのだ？　俺たちは大足彦の命令なんぞに従う義務などない。俺たちは、昔からここで自由だったし、今も自由だ。

そもそも、ヤマトを漢字で書いて、こうやって大、和睦の和を使ってよ、倭人の烏合の衆ではない顔をしているのが気に食わない。最初は大倭、と書いていたはずだぞ。せいぜい倭人の集合体だったはずだ。

それに、そもそもヤマトの政府なんぞ、もともとは、日向の俺の親戚に転がり込んだ流れ者が実家の娘をたぶらかした上、一族を引っ張り出し、天下統一なんぞと偉そうに、お前たちのクニを創っていっただけのものだ。つまり、実家に伝わる陽巫女王の話などを利用した上、俺たちの屈強な一族を引き込んだのだ。腹が立つ。

ようするにお前らの政府は、そもそもが流れ者の倭人の集合体だということだ。昔からの住民だった俺たちに対する挨拶を知らねえ。

何故、俺たち土着の人間が流れ者の作った政府に頭を下げたり、お前たちの大いなるクニとやらに入らなくてはならねえのだ？　馬鹿者が！」

一読すると川上たけるは、その書状を脇に居た仲間に投げ渡しながら怒鳴り、六尺を越す体で床を荒々しく踏み鳴らした。

二人の使者は体を小さくして面を伏せ、押し黙ったままだった。

たけるの子分の一人が聞いた。

「条件は何だ？　条件は？」

「条件？」

「条件だよ、条件。ヤマト政府に帰順とやらをしたら何をくれるのだ？　川上たけるをお前のところの政府の大臣とかにしてくれるのか？」

「……」

「にやにやと笑うなよ、この野郎」

「条件は……ありません」

使者の一人がかぼそい声で答えた。

座が静まったが、やがて川上たけるが忌々しげに言った。

「条件はありません、だとよ。これだ、これだ、聞いたかい、皆の衆。無条件降伏を求めているのだ、大足彦ののぼせ上がり奴は」

無条件降伏を求めてきたにしては、大足彦の使者はお粗末だった。彼らは追い立てられるようにして川上たけるの館を出たのだが、そこに居並ぶ大勢の男たちの鋭い視線を浴びると足がすくんで動けなくなってしまったのだった。

青が狼の遠吠えをした。

「うおーん」

すると男たちも一斉に声をあげた。

「うおーん」

そして、槍棒を持ち上げ、

「おう！」

と掛け声を発した。

二人の使者は口をわなわなかせて、のめり転びながら逃げ去った。

結局、三年前のそのときは、川中の集落でも相手にされず、ただ川下の磯姫が三年間考える時間が欲しいと答えただけで、大足彦は国東半島の北方へと去ったのだった。

（2）

「今度は土産物を持ってのご登場かい。少しは大人になったか、大足彦も」

川上たけるはそう言いつつ、耳垂れが転がした反物を手にとって眺めた。今まで手にしたことのない感触、そして艶やかな光沢があった。

「ふーん」

たけるは少しばかり驚いた。

「どこの産の絹かな。大陸、半島、それともこの島のものか？」

「分からん。明後日に、磯姫のところで会ってみれば分かろう」

「明後日？　磯姫のところで会うのか？」

大足彦は、磯姫を通じて、川中の耳垂れたち四集落の長四人に面談を申し込んできていたのだった。耳垂れが川上たけるに相談に来ていたのは、その申込みに応じるべきか否かということだったのである。

「で、そもそも、磯姫の婆さんはどうしたのだい？　降参したのかな」

「降参……したかもしれないね。仲良くやっていくことが大切だと思う、などと手紙に書いてあったからね」

「あの婆さん、何を考えているか分からないぞ。お主らを招いておいて、大足彦と組んで、バッサリやる気じゃないのか。そして、後は川中のお主らの領地頂きという訳だ」

川下、つまり大河河口に在る磯姫の集落に来ている大足彦の兵士たちの数はおよそ五百人だとのことだった。それは三年前とほとんど変わらない数だったが、その力が以前に比べて充実したものであることを磯姫は強調していた。大足彦は三年前にこの地から撤退したものの九州に留まり、川上たける等の手強い地帯を避けながら九州地方を広く制圧していったという。小碓王という名の自分の息子まで投入していて、その息子がなかなかの腕の若者だとも語っていた。

指定された明後日に磯姫の家に行くべきか否かについて、耳垂れは、その日夜遅くまで、川上たけると相談していた。

耳垂れは反物の贈り物をもらったこともあって、何はともあれ、大足彦に一度会ってみようという気持が強いようであった。十人ぐらいの強い者たちを連れ、武装していけば、大事には至るまいとの見方であった。

川上たけるは耳垂れがこの時点で面会に出かけていくのに反対だった。和睦の条件についての相互の了解が先決だという意見であった。つまり、部族長同士が会うのは時期尚早であって、まずは使者同士の往来を通じた意見の交換がなされるべきだ、との考えだった。

青は面会そのものには反対でなかったが、仲介者が磯姫で、面会場所も磯姫のところであることに危惧を抱き、大足彦自身が川中まで出向いてくるべきだと発言した。その大河流域で一番勢力が強いのが川上たけるで、次が磯姫だと言われていたが、両者は互いに相手を信用していなかった。いや、敵対意識が強かった。磯姫の婆さん、と川上たけるは呼んでいたが、三十歳を過ぎたばかりの女ざかりでもあって、その野心の強さと非情な性格は良く知られていた。

「彼女に気を許してはいけないのではないですか」

一度夏の祭りで見かけた磯姫の巫女ぶり、そして社交性を思い出しながら青は言った。

「自分だけこっそりと、大足彦と密約でも交わしているかもしれないですからね」

（3）

青の心配は当たった。磯姫の集落に出かけていった耳垂れたち四人の川中の部族長および警護の者らは、磯姫の集落に着くや否や、大足彦と磯姫の軍兵によって皆殺しにされてしまったのである。そして、大足彦と磯姫の兵はそのまま川中の四集落に侵入してきて、部族長らの館を占拠してしまった。

抵抗する者はたちどころに殺された。

部族長の親戚の者の殆どは逃げ去り、川上たけるを頼ってくる者も多かったのだが、逃げ遅れた男は殺されるか、手足を折られたり、去勢されたりした。女は玩具にされた末、ついには自殺したり、発狂したりして終わった。

磯姫が耳垂れの館に入り、耳垂れの表札に代わって、磯姫の大きなそれが門に掲げられた。そこに陣取った磯姫は、四集落の住民合わせて五百人余りを順番に呼び出し、服従を誓わせた。

「わたしは、恐れ多くも、ヤマトの朝廷の大王の代理人なのだよ。ヤマトの大君はお前たちも知っているだろうが、この集落の数千、数万倍の大きな世界を治めていらっしゃる。

ヤマトは漢字では、大きな和、と書く。覚えておくがいい。この島に住む者たちを、皆、仲良くたばねるという意味の有難い国名だ。神様の思し召しだから、お前たちが反対してもどうにもならない。そのヤマトの大君からわたしがお前たちの集落を治めるように言いつかったのだから、お前たちはわたしの言うことを聞かなければならない。

分かったかい？」

磯姫はこんな風に言い、たとえば相手が夫婦で子供連れなら、その一人一人を睨み回し、まずは、

「お前」

と言って代表格の男を指した。

男が慌ててうなずくと、指先を連れ添いに移し、同意を求めた。最後には子供にも確認した。子供は親の指導に従い、訳の分からないまま頭を下げるのだった。

大抵はひと言の反論もなく片づいたが、もし相手が面倒なことを言い出すと、たちどころに兵士に連行させ、別の場所で尋問した。

そこでは人相が人一倍悪く、荒々しい試し官なる人物が待っていて、乱暴な言葉で脅かしたり、こづいたりして納得させ、忠誠を誓わせる。そして、再度磯姫の前に突き出されるのだが、今度は、手を地面についた上、頭を大地に三度つけ、

「お手数をおかけしました。仰せに従いますので、お許しください」

と述べることを強いられる。だが、磯姫はすぐには返事をせず、同じことを幾度も誓わせ、その都度、地面に頭をつけさせ、相手が泣き出すまで、苛め抜くのだった。

不良分子と見なされた者は、不出の地下牢に入れられてしまった。

耳垂れたちが殺され、川中の集落を磯姫の兵が支配するようになってすぐ、川上たけるは青に百人ばかりの兵をつけ、自分の集落の入り口の川沿いの谷間で守りに当たらせた。磯姫や大足彦の軍がたけるの集落に入ってくるためには、その川岸の狭い道を通るか、川上たけるの盟友八十《やそ》たけるという男の集落を抜き、山越えをして遠回りに入ってくるより他なかったのである。

青が川沿いの配備について二週間、大足彦の軍の攻撃はなかった。大足彦はまず川中の集落の統治を完全なものにしようとしているようであった。

軍兵は現れず、その代わりに逃亡者たちがやって来て、川上たけるに保護を求めた。青は彼らを温かく迎えてやったが、氏名、そして川上集落での知人等を確認し、磯姫側の間者が入り込まないように注意を払った。

大足彦の軍が来ないので、逆に青の方から少人数の精鋭部隊を幾度か送り込み、大足彦や磯姫の軍を急襲し、いくらかの打撃も与えたが、にもかかわらず、大局的には磯姫が着々と住民たちを屈服させていっているのを知り、怒りと焦りが募るのであった。

毎日雨が降り続き、川は水嵩を増し、泥を大量に含み、泡立って流れていた。

「憂鬱な雨だ」

青はそれを口に出すまいと思っていたのだが、遂に口にしてしまった。耳垂れらの集落の現状を聞いていると、気分が悪くなるばかりなのであった。不良分子と定められた住民が入れられている地下牢は、今や、墓場と呼ばれている由で、そこに入れられたら最後、死ぬより他なかったのである。ごく僅かな食べ物と水しか与えられず、衰弱か病気で死ぬか、死人の肉骨などを口にして、狂い死にか自殺して果てるのであった。

「磯姫の阿魔め」

青は吐き捨てるように、或る朝、言った。

「俺が行く。行ってあの女の首を叩き斬ってきてやる」

そして、川沿いの細い道を川下に降っていった。

崖からせり出した竹林が雨で濡れて低く垂れさがっている下をくぐるようにして歩いていった。

(4)

川沿いの道からやがて山の中の林に入り込み、山の中を抜けて、点在する田や畑の中の小道を幾つか通ったり、横切ったりして進んでいくと、夕暮れが迫り始めた頃には、磯姫が陣取っている昔の耳垂れの館を見下ろす丘の上の林に出ることができた。

人と全く出会わなかったのは、雨天だった上、青の方でも人影を認めると遠方で姿を隠したからである。

夕方、雨は上がっていた。青は林の中に腰を据え、夜のとばりが辺りを支配するのを待ちながら、館の様子を窺っていたが、番兵が十数人いるようだった。門に松明の火が点され、同時に館内の一か所が明るくなった。青は眼を光らせつつ、あそこだな、磯姫が居るのは、と思い、以前に一度訪れたことのある耳垂れの家の内部について記憶をたどっていた。

青が館に忍び込んだのは、そろそろ就寝かと思われる時刻であった。小雨が再び降り始めた闇の中を、風のように音もなく素早く動き、石垣を軽々と越えて庭に入り、たちまちにして磯姫が寝起きしていると思われる家屋の戸口脇に身を潜めた。その家屋の窓には暖簾がかかっていたが、奥の部屋の方で薄明るい灯火が揺れていた。

寝室だな、と青は思うと同時に、そこに人の気配も感じたのだが、突然、別の方向から一人の女が飛び石を踏んで現れた。もう少しで青は、その女の視界に身をさらすところであった。

風呂上がりの顔を火照らせ、長い髪を肩越しに垂らし、腰巻ひとつを身につけ、夜目にも肉づきのいい肌を浮き立たせた磯姫だった。顔はやや下膨れで、眉がはね上がり、一重の眼が大きく見開かれていた。

「磯姫」

青は押し殺した声で言い、にじり寄った。

磯姫は青を見た。驚きながらも、片手で戸を引き開けていた。

「川上の青だ。くたばれ！」

青が叩きつけるように言い、剣に力を込めたとき、磯姫は中に逃げ込んだ。

「きゃあー」

と磯姫は叫び、奥の部屋に向かって走ったが、躓き倒れた。

這い逃げようとする磯姫を追い詰め、青は剣を振り上げたが、そのとき、横合いから枕が青の顔を目がけて飛んできた。

「……」

青が一瞬戸惑い、動作を止めて見ると、灯火の中に男が立っていた。

青と同年配くらいの若い男で、全裸に近い姿であった。磯姫の情夫？　しかし、剣を握り、青に近寄ってきた。

ふん、と青は思った。腰抜けの色男めが。磯姫と一緒に殺されたいか？　が、つぎの瞬間、男は青に一刀浴びせてきた。凄まじい剣の早さであった。青が思わずよろめくと、間髪を入れず、突いてきた。青は一間ほど飛びのき、かろうじて防御した。

誰だ？

長身の丈で、青より高かったかもしれない。

驚きながらも、青は飛び込み、剣を振り下ろした。

男はその剣をしっかりと受け止めた、のみならず逆に突いてきた。

その突きの鋭さに押されて、青が戸口から外に出そうになったほどである。

（やるか……小癪な）

青は磯姫のことを忘れ、男に対して本格的に身構え、叫んだ。

「来い！　勝負してやる」

男も青白い顔を紅潮させ、にやりとしつつ、剣を握りなおした。

が、磯姫が大声で呼ばわった。

「お前たち、敵が忍び込んでいるのだよ。こちらに早く！　川上の青だ！　川上の青い狼だ！」

青は闇の中を逃げ去らざるをえなかった。

（5）

川上たけるや耳垂れの集落からひと山越えた南側には、八十《やそ》たけるの集落が在ったのだが、青が磯姫のところに忍び込んできてから五日目、青が父親の館に顔を出すと、その八十たけるの集落にも大足彦の使者が来た、という話を聞かされた。

「で、どうしたか、八十たけるは？」

と青は眼を光らせて聞いた。

「決まっておる、八十たけるがヤマトに降るか」

父親のたけるは吐き捨てるように言った。

青は、そうだろうな、当然だ、という顔をしてうなずき、納得したのだが、それは八十たけるが長年に渡っての川上たけるの盟友であったと同時に、その娘の市鹿文《いちかや》と自分との関係によるのだ、と思い、幸福な気持になり、しばらく逢っていない市鹿文の面影を眼に浮かべていた。川上たけると八十たけるは、一年前に青と市鹿文との婚約を決めていたのである。二人の結婚は来春ということになっていて、本人同士も三カ月毎ぐらいには逢っていた。


が、父親の川上たけるは、青のそんな甘い感傷に冷水をかけるようなことを口にした。

「しかし、娘どもが大足彦をひいきにしているらしい。大足彦と手を結んだ方が良い、とな。女というものは分からんなあ」

たけるはそう言いつつ、横眼で青を一瞥した。

「市鹿文がか？」

青は顔から火が出るほどの屈辱感を覚えながら、赤くなり、乱暴に聞いた。

「……」

川上たけるは黙っていた。周囲が急に静かになり、やり切れない沈黙が座を支配した。

「市鹿文より姉の市乾鹿文《いちふかや》がそう言っているらしい」

脇から青の母親が助け船を出すようなことを口にした。

「姉ごの市乾鹿文めか……あの売女めが」

青はいきり立って口走った。

「あのおなごは、われと市鹿文との仲を裂こうとしておるんじゃ。妬いておるのだ。しこめの市乾鹿文は！」

青はそう言うことで市鹿文を弁護し、かつ自分自身も救われたかったのである。

しかし、川上たけるは冷たく言った。

「いんや。市鹿文と市乾鹿文とで、大足彦の息子を争っているという噂がある。オウスオウとかいう餓鬼をだ」

青は立ち上がった。川上たけるの言葉を聞き続けることは耐え難かったのである。

顔を蒼白にして、無言で出ていこうとした。市鹿文の所へ行かなければならないと思ったのである。

「どこへ行くのだ？　青」

川上たけるが呼びかけた。

「八十たけるや市鹿文のところに行くのなら明後日でもいいだろう。明日はここで宴会を開く。広間の新築祝いだ、青」

青は一寸足を止めたが、すぐ、決心をしたように外へ出てしまった。


夕暮れであった。

西の空の残照に雄姿を残している彼方の由布岳を除いては、周囲の山々はすでに黒い背を見せて闇に沈んでいたが、青は夜を突いて山道を行こうとしていた。

オウスオウ、小碓王……大足彦の息子！　不安が青を捉えていた。その不安は、五日前、磯姫の所で剣を交えた相手へのかすかな怖れと一緒になっていた。小碓王とはあの若者ではないのか？　剣の腕前とその持ち物の剣の質の高さ……

青の剣も鉄製ではある。が、古くて拙い仕上がりとも言えた。

一方、相手の振るった剣は、鍛え上げた強い鋼鉄の重みを感じさせ、鋭い切れ味をも約束していた。青はその剣の質を思い、知らず知らずのうちに一切の動作を中止して剣の手ごたえに感じ入っているのであった。

市鹿文が自分を裏切ったか。

青は生まれて初めて自分の強敵の出現を覚えていた。剣の腕は互角に思えた。腕力なら青の方が上であろう。全体的な骨格からの直観であったが。が、容姿は……？　青も良い男だと言われてきて、自身もそう思わないでもなかったが、あの男の端正さ、冷徹で整った顔立ちは出自の違いを感じさせる。……そして、女子は、その色白な面立ちに魅かれる？

市鹿文よ……青は息苦しくなった。お前は外見に騙されてはならない。男の心をこそ見なければならない……

一里歩くと、真っ黒な山の中であった。一旦止んでいた雨が再び降り始め、熱っぽい風のざわめきが高まり、空気の湿りが急で、大雨が来そうな気配であった。青は瞬時足を止めて躊躇したが、それから足の速度を速め、沢へと入っていった。

市鹿文や市乾鹿文がどうして小碓王を知ったのだろうか？　小碓王が使者としてでも来たのだろう

か？　そんなことがあり得るだろうか。磯姫の所で剣を交えた相手の顔が、闇を行く青の頭の中で、何度も浮かんでは消えていった。

雨がひどくなり、青は沢の瀬を渡ったところで歩き続けるのを諦め、小高い林の中に避難した。大きな岩陰に、濡れの少ない枯葉や木の枝を掻き集め、火打石で焚きつけた。長い時間の後、煙が漂い、やがて赤い炎がちらつくと、青はそこに座り込み、火を保ちつつ夜を過ごすこととした。

夜が明け始めてから、彼は眠りに落ちた。疲れが出たせいか、眠りは意外に深く、また長かった。その夢の中で、林の下の道を、かなりの人々の群が青が歩いていく方向とは逆の方へ進んでいったのを感じていたが、定かには青の意識に残らなかった。

山を越え、八十たけるの集落を見下ろす場所に立ったのは、昼近くのことであった。雨上がりの後の白い靄が一面を包む中、下方に平地が広がり、人家が点在していた。見慣れた風景の中に、しかし青は、何か異変のようなものを感じていた。それは彼の視線が川端の大きな一軒の家を捉えたときに起こった。その館は市鹿文も住む八十たけるの家だったのだが、そこの雰囲気が常日頃とは異なる殺気立ったものに感じられたし、館の周囲には多すぎる程の番兵が屯し、しかも彼らは八十たけるの集落の者たちとは思えない風体に見えたのである。

そして、はっとして眼を凝らすと、門の脇の楠の大木には、太い縄がくくられ、細く切られた幾条かの白い紙が結びつけられ、ひらひらと揺れているのであった。それは、数日前、青が磯姫の館に忍び込んだときにも、門の脇の木に見たものであった。

遅かったか、と感じた。この集落も大足彦の手に落ちたのであろうか？　はっきりした訳ではないが、そう解釈して用心した方が良さそうだった。

身を隠すようにして、そろそろと山の斜面を横伝いに進み、ほど遠からぬ一つの民家に近づいた。そこには中年の夫婦が住んでいて、八十たけるの館で一緒に食事をしたこともある相手だったが、庭に出ていたその男は、青を認めると、緊張した面持ちで身を物陰に寄せつつ手招きした。そして、事の成り行きをあわただしくも語った。

（6）

大足彦の使者が八十たけるの集落に姿を現したのは、一カ月ほど前のことであった。一行は二十人ぐらいの人数であったが、集落の入り口まで来ると、そこに仮の宿泊所を作り、それから使者はわずか二人の従者を連れ、集落に入ってきた。

使者は大足彦の息子を名乗る小碓王という青年であった。

一行が集落の入り口に着いたときから八十たけるは腹を立て、すぐにも追い散らそうと思っていたのだが、まずは土産物を沢山運んできているとのことなので、不承不承にも会ってみることにした。使者が三人だけだという勇気に感心しないでもなかったのだ。そして、八十たけるの前に現れた使者は、ヤマトに憎しみ以外の感情を抱いたことのなかった八十たけるの眼にも凛々しい感じの若者であった。

「私は大足彦の息子の小碓王と申します。この度は、私どもの政府に加わっていただきたく、父に代わってお願いに参りました。何とぞ、ご同意願います」

小碓王は丁寧に頭を下げた。

「……」

八十たけるは小碓王を睨みながら、しかし、何とも気勢をそがれた感じになった。

大足彦の皇子、小碓王！

そこに居並んだ八十たけるの部族の者たちも、言葉を発せず、小碓王をただ眺めていた。

大足彦の軍には小碓王という皇子が参加していて、それがなかなかに強いらしい、という噂は耳にしていたのであるが、想像していたような猛々しい人相や態度ではなく、見れば見るほど色白な面相で、腰も低いのであった。

小碓王の二人の従者が進み出て、背負ってきた箱から贈り物を取り出し、八十たけるの前に積んでいった。それらの殆どが絹の反物であったが、色鮮やかで光沢のある、そして風味もある感触のそれは、八十たけるが娘たちのために手に入れたいと日頃思っていても、なかなかに持ちがたい貴重品であった。

八十たけるの妻は大分前に病死していて、市乾鹿文と市鹿文の姉妹が八十たけるの後方に控えていたのだが、その眼は次第に熱っぽく小碓王と土産品とに注がれていった。


「うむ」

八十たけるは使者たちを一喝して追い返そうとしていたのだが、その機会を失した感じになった。そして、大儀気に言った。

「お主らの言う、政府に加わるとはどういうことかい？」

「一緒に国を治めるということです」

「ふむ。が、大足彦とわしとではどちらが大将だい？　ふん？」

「はばかりながら……」

小碓王は胡坐をかき、背筋をすっと伸ばしたまま、物静かに、しかし、はっきりと言った。

「父の大足彦は日の本の国全体の大王であり、あなたさまはこの地を治める者として、父とは主従関係になっていただきたく、お願いする次第です」

八十たけるの顔が歪んだ。憎々しげに小碓王を睨みつけ、大声を発した。

「馬鹿者！　ここの首長をつとめるのに何でお前らの許可や子分になることが必要か！　国の半分でも土産に持ってこい！　こんなオナゴだましの切れ端の土産が何になる！」

足元にあった反物を蹴飛ばした。

二人の従者は驚いて跳び下がり、逃げださんばかりの態であった。

小碓王の顔も蒼白になり、しかし、やや顔を下向きにしたまま動かず、背筋を張っていた。

「少なくとも、俺と川上たけるに国の大臣の席ぐらい用意してから来るのが礼儀だ！」

八十たけるが今一度罵った。

「……」

二人の従者は部屋の外に這い出てしまったのだが、小碓王はじっと動かなかった。しかも、驚くべき粘り強さというか、勇気というか、静かに語ったのである。

「全国には千を越す部族長がおりますゆえに、そうはいかないのであります。何とぞ、のちのちの父からの指示を待っていただきたく、今はただ、無条件の帰順をご容認ください」

八十たけるは大きな剣を手に取ると、小碓王を見下ろしながら言った。

「無礼極まりない。かわいそうだが、死んでもらおう」

座は静まり、その沈黙の中で、小碓王の脇に立った八十たけるは剣を振り上げた。

小碓王は動かなかった。諦めたのか、あるいは何かの計算や秘策があったのか。たとえば、剣が振り下ろされる瞬間に逃げる技でも持っているのか。とはいえ、首を静かに動かし、彼を取り囲んでいる人々を見ながら、誰かが八十たけるの蛮行を止めてくれまいか、いや、止めて欲しいのだが、といった風でもあった。

熊蜂の羽音が窓辺に寄り、皆の耳を打ち、明るい陽射しが入ってきて、その光の中で八十たけるの剣がきらめいた。

「お父さま、いけませんよ」

声を発したのは、市鹿文であった。

「勇気に免じて許してあげなさい」

小碓王の視線が市鹿文の眼とぶつかり、感情をこめてきらりと光った。

八十たけるは、ゆっくりと剣を下ろし、奥の間に立ち去りながら、

「帰れ、二度と来るな」

と言い残した。

（7）

集落の入り口に戻った小碓王たちは、集落から離れる気配を見せながらも、そこに留まっていた。八十たけると会った翌日、小碓王は、市鹿文のところへお礼の手紙と絹五反を使者に持たせた。一行の中にただ一人加えていた女性、老婆を使った。すると次の日、小碓王らの仮小屋に市鹿文の姉の市乾鹿文が現れた。

「八十たけるの娘が参りました」

と手下の者が言うので表に出てみると、真っ赤な衣装の女が立っていた。眼がぎょろりとしている上、異常に飛び出していて、美人とは言い難い顔立ちである。美しい市鹿文だと思って出てきた小碓王はいささか戸惑い、かつは失望したのだが、あのとき、市鹿文の横に座っていた姉らしい市乾鹿文であろうかと思っていると、案の定、女は、

「市鹿文の姉の市乾鹿文です」

と名乗った。

部屋の中に招くと女は、好奇の目をじろじろと光らせ、小碓王と部屋の隅に積んだ絹の反物や装飾品等をを見やっていたが、

「妹の市鹿文には婚約者がいるのですよ」

と座りながら言った。

小碓王は困惑しつつ、いったい、それがどうしたというのか、婚約者が居るからここに来れないというのか、婚約者がいる娘に手紙や贈り物などすべきではない、というのか、そしてそもそも、自分自身は何のために現れたのか、と思いながら、しばらくは黙って市乾鹿文と向かい合って座っていた。

この女は偵察に来たのだろうか、あるいは八十たけるの言葉を伝えに来たのだろうか、それに市鹿文からの伝言というものは無いのだろうか……小碓王はめまぐるしく頭を働かせていたが、横倒しに足を投げ出して顔の表情をつんとさせ周囲を眺めている市乾鹿文は、市鹿文よりは二、三歳年上に思われ、美人とはとうてい言えない顔立ちながらも、なかなか頭は良さそうで、同時に勝気そうなのであった。

そして、腰の張りに色っぽさが漂っているのは、男を知っているように思われた。小碓王はふと欲情を覚えた。と、その気配を敏感にも察した市乾鹿文は、淫靡に眼を潤ませつつ、小碓王を見て、伸ばした素足を手で撫でた。小碓王は反射的に腰を浮かせ、脇に在った絹の反物と白玉の首飾りを市乾鹿文に渡した。市乾鹿文は嬉しそうにそれらを受け取り、しかし、少々もったいぶった態度で、一つ一つ調べるようにも見ていた。

「市乾鹿文さんは、お一人か」

小碓王は聞いたが、それが対面してから初めての言葉らしい言葉であった。

「婚約者は居らぬのですか」

「昔、居ました」

「昔?」

「気に入らないので別れました。今は一人です」

「……」

この女は何をしに来たのであろうか、と小碓王は探りながら、

「今日は何か特別の用事でもあるのですか」

と聞いた。

市乾鹿文はそれに答えず、ただ、

「あなたたちはこれからどうするのですか」

と言いつつ、小碓王を見た。

「困りました」

と小碓王は言いながら、小碓王を見つめる眼に女の情を感じると、そのとき彼には、軍略家としての一つの策が浮かんできた。この女は俺に気がある、それを使う……小碓王は次に金細工の耳飾りを選び出すと、気がついたように入り口の戸を閉め、外界との眼と耳を遮断し、市鹿文をじっと見つめながらすり寄り、耳飾りを彼女の耳たぶに付した。

市乾鹿文は小碓王の行為を黙って受け入れていたが、耳たぶに飾りが垂れたとき、自分の手をそこに持っていって嬉しそうにした。

その手を小碓王が握っていた。

「何とかしてください。我々の味方になってください」

我ながら熱い息になっている自分に気がついていたが、小碓王は低い声でささやくように言いつつ、市乾鹿文の腰周りを抱いた。

「何をするのですか！」

市乾鹿文の声は意外に鋭いものであった。

しまった！　と小碓王はひるみ、動作を中止したが、市乾鹿文は一声を浴びせた後、ひるんでいる小碓王の手の先に自分の指をからめ、それを胸元に滑り込ませていった。

「秘密よ」

そっと囁いた。

二人の恋の偲び逢い、というより情事はその後の十日間に三度持たれた。夕暮れにやって来て、闇の中を帰る。

「あわただしいわね」

三度目のとき、市乾鹿文が言った。

「もっと、ゆっくりしたいわ」

小碓王の部屋であった。もつれ合った後、顔の化粧直しをしながらそう言った市乾鹿文は、全裸に近かったが、その背中から腰回りにかけての肉づきに小碓王はその日幾度目かの欲情を覚えつつ、

「あわただしいな。お前の親父のお蔭でね」

と言った。

「殺して欲しい？」

「殺して欲しいね」

……

「何をくれるの？」

「上等の絹の反物十反」

「それだけ？」

「楽しめるじゃないか。ゆっくりと」

女は背を向けたまま銅鏡を覗き、髪を結い直していた。小碓王は、今更ながら市乾鹿文の体に魅力

を感じると同時に、いよいよ面白くなっていく悪の道に胸をときめかせた。

妹の市鹿文には川上たけるの息子の青という婚約者が居て、このままだと男子のいない八十たけるの家の後継ぎは、市鹿文とその相手つまり青、ということになってしまう可能性が強いという。そして、市鹿文と青が将来二つの集落の長になる一方、市乾鹿文は余計な存在になるというのであった。市乾鹿文が小碓王との関係を深めた背景には、負けず嫌いな女のそんな打算も感じられた。

そして、本音が見えてきたぞ、と思いつつ、体を乗り出し、市乾鹿文を抱いた。

「それだけ？」

「あとは、お前の心がけ次第さ」

それから二日後、八十たけるは、市乾鹿文が小碓王からもらった眠り薬入りの強い酒を飲んで泥酔し、市乾鹿文に手引きされた小碓王とその手下たちに踏み込まれ、寝首をかかれて死んでしまったのである。

（8）

たちまちのうちに八十たけるの館を占領した小碓王の一行は、磯姫のところから呼び入れた後続の軍兵三百人ともども、集落全体を制圧するのに成功した。

それが二日前の話。

昨日の夕方、小碓王は、部下百人を連れ、川上たけるの集落へ向かったという。ということは、山中で、明け方、青が眠りに落ち込んでいたとき、おそらく、すれちがいに林の下を過ぎていったのである。


「で、市鹿文はどうした?」

青は男の話をひと通り聞いた後、声を低くしてたずねた。相手の男は、突然気がついたように、はっとして青を凝視したが、

「おります。館におられます」

と言った。

「とりこか? 監禁されているのか?」

「とりこ? そんなものでしょうか、しかし……」

「しかし……? 何だ?」

「市鹿文どのは、……部族の新しい長になられるようで……」

「何? どういうことだ?」

「姉の市乾鹿文どのは、実の父親に対する裏切りの不孝、不忠けがわらしきものあり、との由で殺されました。昨日、刑死を宣告され、ただちに斬られました。が、市鹿文どのは、小碓王の命の恩人で

あるによって、八十集落を治めていくための正統な姫として、新しく集落の長になられるようです……」

「馬鹿な！　市鹿文はとりことして、小碓王に利用されるのだ」

青は、その認識を相手の男に押しつけるように、語気鋭く迫った。

「そうだろう？　とりこ、だろう？」

「ま、そんなところでしょうか」

相手は当惑したように眼を大きく見開き、青を恐ろしげにも見つつ言った。

「しかし、市鹿文どのは、小碓王が八十たけるに斬られそうになったとき、それを止めた命の恩人であり、小碓王は大変に感謝しているらしいのです……」

「何が、何が、小碓王は市鹿文の美貌に魅かれただけよ。

そもそもが、市鹿文は余計なことをしたのだ。小碓王は八十たけるに首を刎ねられるべきだったのだ。命乞いなどしたのが大きな誤算だった。

姉の市乾鹿文は刑死だと？　父親に対する不孝、不忠だと？　不孝や不忠を仕向けておいて、それを罰したのだ。何という汚い手口だ、何という……」

頭の血が逆流してしまったかのように、口が廻らなくなった。

「市鹿文が……部族の新しい長？　憎い、憎い、小碓王めが……」

市鹿文が生きていたのは不幸中の幸いには違いなかったが、今度はその市鹿文が、青と敵対する勢力の後ろ盾で集落の長にされようとしている、ということは、市鹿文自身が青の敵になることを意味していた。

「市鹿文に会わせてもらえまいか」

と青が言うと、相手の男はさらに眼を大きく張り、手を激しく振った。

「とんでもない。今はわたくしどもが近づくことなどできないし、許されてもいません。とにかく、市鹿文どのは偉くなられるようで、八十たけるさまの何十倍も偉くなるのだという噂があります。実際、今も、小碓王の多くの兵士にかしずかれ、わたくしなどが直には口をきける状況ではありません。あなたも無茶は止めた方がいい。早く川上の集落へ戻られた方がいい。小碓王の一行が昨夜川上の集落へ向かったのですよ。戦闘が行われるでしょう」

「ちっ」

青は舌打ちをすると弾かれたように男を離れ、山の中腹を引き返した。下方に見える八十たけるの館を幾度か見やり、そこに市鹿文の姿が見えないか、と思いながら。

（9）

その日は梅雨の名残りの雨も終わったのかと思われるほどにも良く晴れて暑い日であった。川上たけるは新築した大広間に集落の者を集めて新築祝いの宴会を催していた。宴会は陽が沈みかけていく時刻に始まり、夜遅くまで続いた。

磯姫の軍が川中の隣集落まで進出してきていたとはいえ、集落の境での戦闘は小康状態を保っていたし、一方、八十たけるの集落に大足彦の使者が来たことは聞いていたものの、八十たけるが殺されたという情報は未だ川上たけるの集落に届いておらず、その新築祝いに集まった集落の大半の成人男女は皆陽気にはしゃいで楽しんでいた。

男たちに酌をして廻る女どもは、集落の誰々の女房や娘であるということで、しかし、大半の女は頬被りをしていたので、それが誰であるか分からない場合が多く、酒を注いでもらう男は不思議な気分になるのであった。それに、今度の宴会には川中集落からの難民もかなり混じっていて、互いに全くの面識がないときもあり、それだけに宴がたけなわになってくると、男と女がからかい合うにも興が乗ってきて、こちらで女が手を叩いて男に歌を歌わせているかと思うと、あちらでは男と女が手を取り合ってふらふらと踊り歩き、或いは、男が呂律の回らない口調で女を口説いている、といった案配なのであった。

最初のうちは盃を慎重に口に運んでいた川上たけるも、賑やかな雰囲気の中で、次第に気がゆるみ、女どもの酌を重ねるにつれて酔眼朦朧ともしてきて、時折、大声で皆をからかったりしていた。

近づいてきた大柄な女がいた。

その女は、何時からか広間の入り口近くで黙々と馳走を運ぶ中継ぎの役をしていたのだが、なかなか端正にも見える顔を目立たない色の頭巾で深々と隠していた。川中集落からの避難民の一人であろうと川上たけるは思っていたのだが、大分座が乱れてきた頃、その女が座敷に上がってきて、最上席に座っている川上たけるの方へ遠慮がちに寄ってくるのを見て、川上たけるは、挨拶をしたいのだな、慰めの声の一つでもかけてやろう、と思い、手招きして、盃を差し出し、

「ご苦労さま、一杯あげよう」

と声をかけた。

すると女は、体をひどく近くに寄せたのだが、盃を受け取らず、奇妙に張った鋭い眼で川上たけるを射た。と思うや、素早い動作で懐中から光る短刀を抜き、それを力まかせに川上たけるの心臓部に突き刺した。そして、左手でたけるの頭を押さえつつ、右手でぐりぐりと短刀をねじ押した。

「誰だ、お主は……」

川上たけるは胸元から血をほとばしらせつつ、眼をむいて喘いだ。

女は、川上たけるを引き倒すと、馬乗りになり、今度は短刀を川上たけるの尻間に突き刺し、体を裂きながら、

「大和たけるだ、死ね、偽のたけるは！」

と叫んだ。

「ヤマトたける……」

川上たけるは呻きながら、血まみれの体を起こそうとしたが、別の短刀を後頭部に打ち込まれ、腹

這いのまま絶命した。

阿鼻叫喚が起こっていた。なだれ込んできた三百人近くの武装した大和の兵士たちが、老若男女の別なく斬り伏せ、同時に、川べりの一カ所に追い立てていた。

「八十たけるも、川上たけるも死んだ。大和たけるさまに従え。大足彦大王の皇子、ヤマトタケルさまに従え。命の惜しい者は指示に従い、川べりで座って控えろ！」

大和の兵士たちが大声で怒鳴っていた。

（10）

九州から遠く離れた地のその山の中腹からは、大和盆地すなわち奈良盆地が一望できた。大和三山を近くに望見し、西の彼方には河内との境をなす二上山や生駒山脈も見えた。

奈良盆地の東縁の山地を南北に走る交通路、通称山の辺の道の要所、背後が三輪山と巻向山に連なるなだらかな斜面に、大和王朝の政所である「日代《ひしろ》の宮」は在った。

その年、大和朝廷の大王、つまり大足彦忍代別王、後称景行天皇が九州遠征の折に歌った思邦歌（くにしのびの歌）の地でもある。

倭は　国のまほろば　たたなずく　青垣　山籠もれる　倭し麗し

五月であった。さわやかな風が明るい光の中を吹き抜け、山々は緑の煙に包まれていた。そして、日代の宮も、幾重もの青垣に囲まれ、檜材の建造物を連ね、幸せそうに憩っているかのごときであった。

しかし、その宮から五百メートルほど下った道端で、腰を下ろしたまま動かず、憎悪をこもった暗い眼でじっと宮の方を見ている一人の若者がいた。彼の口からは時折呪文のようなつぶやきが洩れていたが、それは間違いなく宮への恨みの言葉であった。

俺は忘れないぞ　お前への恨みを　お前の一族への恨みを
お前の宮が　その名の日代の宮のごとく
麗しく太陽に祝福されようとも
俺は忘れない　お前への復讐を

俺の父はお前の息子に殺され、
母はお前の手下どもに恥辱を受け　命を絶った
俺の恋人もお前の息子に奪われた
そうだ　俺たちの誇りだった　そして俺の父だった川上たけるは

お前に似た非情の息子のヤマトオグナに
尻を裂かれて殺されたのだ
大和たける　と名乗るお前の息子に

屈辱と怒りと悲しみに身を震わせつつ
俺はここに来た　お前の息子を追って
お前の息子が奪った恋人を追って
日代の宮を俺たちのものにするために
日の本の国を俺たちのものにするために
本当のクニを創るために

若者は背が高く、しかし、ひょろりと痩せていた。髪は伸び放題、服はぼろぼろに破れ、垢にまみれ、眼ばかりぎょろりと光らせていた。

青だったが、川上たけるの集落が大足彦の手に落ちてから一年間、彼の身の上はその外貌と同じようにひどく変わった。

青が八十たけるの集落から山の道を抜けて、川上たけるの集落に戻り着いたのは、川上たけるが小碓王に殺された翌日の朝であった。そして、そのときはすでに、川上たけるの館が小碓王や磯姫の軍勢によって占拠されていたのみならず、集落全体が彼らの支配下に帰していた。

集落に入るや否や、青は十数名の兵士に追いかけられ、戦い、傷つき、身を隠すはめに陥らざるをえなかった。山野や一部の村人の家を転々として十日を経るうち、悲報が次々と入ってきたが、青の母親が自殺したのを知ると、自分の集落を見捨てて、八十たけるの集落に向かった。しかし、ここでも彼を迎えるような状況ではなく、即座に兵士や村人たちに追いかけられることになったし、先日彼に事情を話してくれた男の態度さえ変わってしまっていた。

「市鹿文さまは偉くおなりになる。わしどもは市鹿文さまに従う、それで良いんじゃ」

青を見る眼に蔑みと嘲りの色さえ浮かんでいた。

市鹿文は、事実、八十たけるの集落でだけではなく、川上たけるの集落でも大いに喧伝され、それによると、彼女は大足彦の政府つまり大和朝廷から、火国造《ヒノクニノミヤツコ》という位をもらうことになっているという。そして、八十たける、川上たける、磯姫、川中等の集落全体を管轄下に置くだけでなく、もっと広く阿蘇山を取り巻く東西南北百キロ四方も彼女の治めるところになる、との話なのであった。

「なにしろ、市鹿文さまは、大和たけるの尊の命の恩人じゃによって」

市鹿文が大足彦から火国造の位をもらい、大和政府に協力して近隣を治める！　青には信じられないことであった。彼女自身の父親や姉を殺し、青の両親を殺した男の味方になるとは！　何かの間違いではないのか、と青は思い続けていた。全くの操り人形で、彼女自身の本心に反した役割を演じさせられている無力な傀儡ではないのか、と。

一度でも良いから市鹿文に会いたい、そして本心を確かめたい、と思いつつ、青は八十たけるの集落の周りをうろついていたのだが、村人が青を警戒しているのが明白だったし、市鹿文の居る館はまるで何事かが始まるかのように大仰に警護され、夜中も松明がふんだんに焚かれ、近づくことは不可能であった。

生きていくためには盗みもせざるをえなかったので、二カ月を経るうちに青は、八十たけるの集落でも、政治的お尋ね者を兼ねた泥棒として居場所を失うことになってしまった。

従う仲間が三人いた。昔からの友達で川上集落の者であったが、皆、青と同じように親を大足彦の軍に殺され、山賊と化して反撃の機会を窺っていたのである。

どうせ盗みをするのなら、磯姫の領地で行うのが良い、として川下へ行動範囲を移して、しかし、間もなく、彼らはまんまと磯姫の罠にかかり、全員捕えられてしまった。

残暑の厳しい晩夏のことであった。

後ろ手に縛られた四人は、磯姫の館の裏庭で一列に正座させられていた。

表に出てきた磯姫は四人に一瞥くれながら、

「お前たちの大将は誰だい？」

と聞いたが、青を見ると視線を止めた。そして、ふん、といった風に冷笑を浮かべた。

「無駄な手数を掛けさせるんじゃないよ。質問に答えないと、そこの棒で一度ずつ叩かれるよ。誰だい、大将は？」

脇にいた男が、太い棒を引きずるように手にして、四人の方へ近づいた。

「私です」

青は答えた。

「だろうねえ」

と磯姫。

それから磯姫は、青の仲間の一人の前に立ち、手にした細い棒の先で顔を横に強く打った。

「うっ」

と男が呻いているのを、磯姫の手下が引っ立て、裏庭続きの崖下に連れていき、石の瓦礫に突き転がした。別の男が太い棒を振りかざして男の頭を殴りつけると、頭は真っ赤な血で染まり、男は動かなくなった。

眼を細めて、満足そうにその情景を眺めていた磯姫は、次の男の前に立ち、竹の棒で男の頭を楽しむように突いていたが、強く顔を横に叩いた。そして、その男も同じように崖下の瓦礫で突き倒され、太い棒で一撃され息絶えた。

三番目の色白の優男の顔を竹の棒で突き、男が苦悶の表情を浮かべるのを楽しんでいたが、

「いい男だねえ、殺すのはもったいないねえ」

と舌なめずりしながら言った。

「助けてほしいかい？」

男は唾を飲み込んで、がくんと首を縦に振った。

「犬の啼き声ができるかい？」

男は頷いた。

「大足彦大王の日代の宮の門番を募集中だというから、五人ばかり進呈しようと思っていたところさ。門番になるかい？　啼いてごらん」

男は必死の形相になり啼いたが、声がつまってしまった。

「くう、はーん」

磯姫は軽蔑したような顔をした。

「もう一度！」

「はーん」

「下手だねえ。死に際の猫の声みたいだ。これじゃ大足彦大王への使いものにならない。気分が悪くなったよ」

竹の棒で顔を強く叩いた。

「うっ……」

男は引っ立てられながら、必死に、

「助けて、助けて」

と叫び続けたが、崖下で撲殺された。

「往生際が悪い奴」

磯姫は馬鹿にしたように言った。


「……」

青は竹の棒で額を小突かれていた。磯姫が勝ち誇ったように青を覗きこんでいた。

「助かるとは思っていないだろうねえ」

「……」

「犬の啼き声をするかい？」

「……」

「黙っているね。せめてもの誇りかい。が、大将はそう簡単には死ねないよ。簡単に殺してはつまらないしね。……助かりたいだろう？　犬の啼き声をしてごらん。上手かったら助けてやるかもしれないよ。さあ、さあ」

「……」

磯姫は竹棒で青の額を突きながら言う。

「ふん、黙っているね。が、今に啼くさ。意地張っているが、怖くなって啼くのさ。挙句の果て、人間さまの声で、涙を流して泣くのさ。助けてください、なんでもいたします。磯姫さまの言うことは何でも聞きます。良い門番にもなります、ってね。

だから、助けてほしいのなら、さっさと犬の声で啼くことさ。恥ずかしがることはない。お前の仲間はもう誰も見ていない。さあ、さあ、啼いてごらんな。うおーん、てね。

そうか、お前は狼の声しか出さなかったっけ。狼の声でも良いよ。迫力があるって話じゃないか。啼いてごらんな」

青は口をつぐんでいた。死のう、と決めていた。いきなり、唾を磯姫に吐き掛け、怒鳴った。

「婆あ、いつまで下らない話をしているのだ。さっさと失せろ」

磯姫の顔が引きつったが、激しい口調で脇の男たちに命じた。

「この男を竹棒で百回叩き、わたしのところに運んでおいで」

そう言い置くと、館の中に入っていった。


……


転がされて目茶目茶に叩かれた。

叩かれていた間の半分の時間は気を失っていたともいえる。死ぬ、と思った。が、死ななかった。

体中傷だらけにされ、しかし、磯姫の命令なのであろうか、顔と頭、そして男の大切な場所は叩かれず、磯姫の館の奥庭に運び込まれ、地面に投げ出された。

大地に仰向けになったまま身動きできない青を、磯姫は満足げに見下ろしていたが、

「今日はこれでいい。ご苦労だった」

と男たちを去らせた後、下女らに命じた。

「湯で体を洗っておやり。それから、わたしの部屋に運んでくるのだよ。分かっているね。わたしの

しとねに寝かせておくのだよ。ちょいと悪戯してやるのさ」

　燭台の火が微かな光を投げかけて揺れている薄暗い部屋の布団の上に、青は寝かせられていた。妖しい匂いがたちこめ、魔道の雰囲気を漂わせた半裸体の女が、青の傷ついた体を手のひらで愛撫しながらささやいていた。

「お尋ね者の青だ。川上たけるの息子だ。でも、それだからこそ、わたしはお前を殺さなかったのさ。お前の親父さんとは色々と因縁があったからね。簡単に殺す気にはならないのさ。簡単に殺してしまっては面白くないからねえ。おや、戦慄したね。怖いかい？　ふふ、そうだえろうねえ。川上の青い狼と言われて頼もしがられていたお前も、こうなってはわたしの思い通りで、生かすも殺すも、この磯姫さまの気分ひとつさ。

　でも、さすがにいい体をしているよ。このまま殺してしまうにはちょいともったいない。うん？　気持が良いだろう？　お前さんだってさ。こうして撫でてもらえばさ。ふふ、怖がることはないじゃないか。わたしの味も満更ではないはずだよ。

　市鹿文ともこうしたのかい？　でも、あの娘は生娘のままだったろう？　生娘だったと大和たけるが教えてくれたもの。今じゃ大和たけるのナニさ。おや、ふんばって……起き上がれやしない。バカだねえ、まだ市鹿文を想っているのかい？　市鹿文は、今は火国造、ヒノクニノミヤツコ、わたしの上だよ。ふん、たいした権勢さ。口惜しいけれども、大和たけるの命の恩人で、ナニだというから仕様がない。人間、あきらめが肝心さ。

楽しむのだよ、青、市鹿文も楽しんでいるのだ。大和たけるとこうやってさ。可愛がってやるよ。青、気に入ったよ。ふふ、おや、ふふ、ふふ……」

体が傷んで手も足も動かすことができなかった。そして、身動きもままならない姿勢のまま、青は磯姫に弄ばれていった。

(11)

それから八カ月を経た今、青は三輪山の麓に来て、日代の宮を憎しみの眼で仰いでいたのだった。半年近く、磯姫との生活を続けた後も、大足彦と小碓王に対する復讐心を捨てがたく、また、市鹿文への想いを断ちがたく、市鹿文が大和に出向いたという話を耳にすると、彼は磯姫の館から姿を消し、大和盆地へと向かったのだった。

磯姫との生活で、まるで麻薬のような淫靡な世界に沈溺した後、いや、その最中にも、磯姫を殺すべきだと思いつつ、それを果たさなかったことについて、青は弁解できない自分を感じていたのだが、或る意味では、磯姫を殺したところで自分の怒りは消えないし、磯姫も必ずしも大和朝廷に好意を持ってはいないだけではなく、磯姫を差し置いて市鹿文を火国造にしたことについて、更には、磯姫の領地が最終的には川中の一集落を加えられただけだったことについて、深い怒りと嫉妬心を露わにして罵ったりしているのを見ているうちに、磯姫に対する青の殺意も鈍っていったのである。

「わたしもあんたも、大和朝廷に良いようにされて、こうなったら、こうして楽しむよりほかないじゃないか。お尋ね者のあんたとトコトンまで楽しんでやるのだ。誰にも文句なんか言わせないさ」

磯姫は幾度かそんなことを口にしながら、

「わたしがあんたを隠し、守ってやるよ」

などと言い、押しつけがましい愛情まで示したのだ。

磯姫を殺したところで自分の怒りのどれだけが癒されるというのか？　問題は大和朝廷と大足彦と小碓王だ、彼らに復讐しなければならない。そして同時に、市鹿文の真意を聞かなければならない、そんな思いの方が強くなっていったのである。

磯姫への罰は何れ下してやる、だが、まずは、小碓王だ、彼奴を倒さなければならない。そして市鹿文に会うのだ。彼はそう思い、体力の回復を待って、磯姫の館をひそかに抜け出たのだった。


とはいえ、志に反して、現実の青はまったく無力であった。磯姫の館から姿を消すとき、乾し米を盗み出し、道中それを口にしながら、瀬戸内海沿いに東上し、魚や貝の類を採って腹を満たしてきたのだが、乾し米が切れると、他人の畑に入ったり、家畜を狙ったり、台所を窺ったりの盗みで一日の大半を過ごすようにもなってしまった。

彼にも大和朝廷の強大さは、はっきりと分かってきていた。九州から瀬戸内海にかけての中国地方、或いは大和盆地の周辺、そして広い東海地方などを制圧していた大和の政府にとっては、川上たけるや八十たけるの力などいかほどのものでもなかったのである。

或るとき、青は空腹のまま、楠の大木が茂る下の大きな石に腰かけ、強い陽射しを避けつつ、どこかで食べ物が手に入らないか、と周囲を見回していた。

そこは見晴しの良い、小高い丘の上で、瀬戸内海の青さが眼にしみた。

青は一瞬疲労をも忘れ、手をかざして、その景観に眺め入った。

すると、

「誰だ、尊い場所で偉そうに座っているのは！」

「お前は浮浪者だろう！　流れ者の座る場所ではない！」

「その札が見えないか！」

口々にそう叫びながら、三人ほどの男が駆け寄ってきた。

その札、と言われ、横を見ると、なるほど確かに、木の立札が二本、左右に立っていて、

《神日本磐余彦さま、神武の大王、国の御聖治肇められるに当たってのお腰かけの天道の石》

《大和たけるさま、遠征に当たり、ご休息のお腰かけの天道の石》

と書かれてあるのであった。

読み終える間もなく、青は飛びかかってきた男たちに引き摺られて、石の脇へと追い立てられた。以前の青ならば、数人を相手にも戦えただろうが、三日間食べ物を口にしていなかったこともあり、ふらふらと無抵抗のまま投げ出された。

「さあ、これを食ったら、さっさと立ち去るがいい！」

一人がそう言いがてら、握り飯を二つ、葉っぱの上に置いて、去っていった。

青は、座り込んだまま、その握り飯を頬張ったが、先ほどの台座のような大きな石を見ると、その側面には、（天道）という字が太く刻まれているのであった。青はそれをじっと睨んでいたが、やがて地面に（地道）という字を大きく記し、ゆっくり立ち上がり、歩き出した。

（12）

それから十日後の今、青は上目使いで緑に囲まれた日代の宮を睨みつつ、呪っていたのだが、やがて視野もかすんできた。

父よ、母よ、残念ながら、私はここで死ぬ……

ごろんと仰向けになった。

空がある、鷹が悠然と飛んでいる、大和朝廷のように？

自分は地面に倒れている。追われて飢えた狼のように？　死んで鷹の餌食となるのか？　いや、もう餌食になってしまったのか？

昼時、遠からぬ畑の中で働いていた連中が手を休め、座り込んで食事をとり始めた。が、一人の男が立ち上がり、ゆっくりと青の方へ近づいてきた。歳は青と同じぐらいであったろうか、白い筒袖風の短い衣とゆるい袴をはき、鼻の下に薄い髭をたくわえ、大股で歩いてくる。そして、その後ろから、従者のような年配の男がついてきた。

青のところまで来ると、立ち止まって青を見下ろしながら、髭を撫で、咳払いを一つした後、ゆっくりした口調で言った。

「二、三日前からお前はここでこうしているらしいな。家の者が伝えてきた。めしを食うか」

そう言って奇妙に物静かな眼で青を見つめた。

従者が携えている重箱を見ると、握り飯が五つも入っている。

「かたじけない」

ひとりでに手が伸びていた。

自制してゆっくりと、少しずつ口にしようと思いつつも青は、つい、がつがつと食べ続け、あっという間に五つの握り飯を飲み込むように全部食べてしまった。

若い男は、それをやや憂鬱そうに見ていたが、

「水」

と噛んで捨てるように従者に言った。

従者はあわてて、水を盛った木の器を、おそるおそる青に差し出した。

青は嬉しくなって、その水も一気に飲み干したが、不思議な男が現れたと思わないでもなく、上目で男を仰いだ。

男は青の目を逸らすかのように視線を遠くにやっていたが、やがてゆっくりと言った。

「ここは、つまり、この畑は私の家のもの、すなわち物部家の領地だ。また、ここは日代の宮の近くでもある。お主がここでぶらぶらしていると、はなはだ目障りなのだ」

「分かりました」

と青は言い、やっとのことで立ち上がると、ふらふらと歩きかけたが、

「どこへ行くのだ？」

と問われると、ばったり地面に手をついて前のめりに転び、

「行くところがないのです」

と答えざるをえなかった。

男はその答えを予期してもいたようで、驚いた様子を見せなかったが、

「どこから来たのだ？」

と聞いた。

青は西の方を指した。が、思い直して東の方を指した。それから再び西、しかし、やはり東に直した。

「どちらなのだ？　こいつ怪しいなあ」

と従者が言った。

「良い。腹が減ると方角も分からなくなるものだ」

とさえぎり、

「それより、お前は上等の剣を持っているな。没落の家の者か」

と言った。

「没落の家……」

青は口にしながら苦笑した。真実と言えば真実ではあったろうか。

男は髭を撫でながら、青の様子を見ていたが、やがて、

「わしの家で働く気があるのなら来い。めしを食うぐらいのことはできるだろう」

と読むように言うと、背を向けて歩き出した。

従者が青に言った。

「物部の臣のご子息、物部の一火《いちひ》さまだ。向こうに見えるあの大きな館だ」

物部の一火はそれを耳にして振り返り、青の反応をちらりと見たが、すぐにつんと澄ました表情になり、前方を向いて大股で歩き続けていった。

物部の一族が大和朝廷内で重要な地歩を占めている部族であることは、中央の情勢に疎い青も耳にしていた。主に朝廷のために兵馬を養う部族であり、したがって、現大王の大足彦の地方遠征に当たっても、その親衛隊あるいは中核の部族として必ず物部氏が参加しているとも聞いた。そんな知識が青

の脳裡をちらとかすめ、すると自分たちの集落にもこの男やその仲間たちが足を踏み入れたかもしれない、と思わないでもなかったが、それを問題にしていては、どこにも身を寄せることができなくなってしまう、と感じ、そして現に、青は九州からの道中での泥棒と物乞いの生活にはもはや限界を見ていたので、なにやら親切そうで一風変わった雰囲気の物部の一火とやらについていくことにした。

一火は背をすっと伸ばした姿勢で畦道を大股で歩いていくのであり、その後ろを小走りに追いかける老齢の従者と、ひたすら平衡感覚を保つべく努力してふらふらと歩く、体力不足に陥っている青とはつい遅れがちになったが、かれこれ一キロも歩くと、けやき林と土塁に囲まれた白壁の建造物に着いた。建物は五、六棟在った。

午後の半ばを過ぎた時刻で、五月の陽光の中で庭内は明るかったが、人々は出払っているらしく、大きな犬が二匹、尻尾を振って一火に向かって駆け寄ってきただけであった。

庭内を横切り、母屋と思える立派な館の前に立つと、一火は思案気に佇み、庭を囲むようにして建っている棟々を見渡しながら、何事かを指で数えている様子だったが、入り口に近い棟の一つを指し、従者に言った。

「爺、あそこにこの男を入れるといい」

爺、と呼ばれた従者は、青に向かって急に威張った態度になり、

「ついてこい」

と言い、庭の入り口の方へ戻りかけた。

「ちょっと、待て」

一火が低い声で言った。

「お主、何という名前だ？」

「青です」

うっかり口にして、その軽率さを悔いた。案の定、一火の眼がぎらりと光った。

「青……」

口の中で言い直し、青をじっと見た。何かに気づいたような様子であった。それから、眼をそらし、横を向いていたが、

「赤、と呼ぶことにしよう」

と言った。

「赤？」

「うむ、赤と呼ぶ」

それだけ言うと、髭を撫でつつ家の中に入ってしまった。

「赤、来い」

爺が居丈高に青を呼んだ。

広い土間があり、板敷の大広間に続いていた。その館の世話をしているという歳を食った女に案内

され、二階のようなところに上がると、小部屋が沢山並んでいたが、その一つに入れられた。井戸端で、頭から顔そして体を洗った後、小部屋のござの上に仰向けになり休むと、いつか気持よく寝入っていた。磯姫の館を出てから一カ月ぶりに寛いだ感じでもあった。

夕方目を覚ますと、大人数が館に戻ってきているようで、大声で話し合ったり、笑ったりして各部屋に出入りしている様子であった。
二、三十人が寝起きしているのであろうか。しばらくして、幾分静かになった頃、女が呼びに来たので下に降りていくと、板敷の大広間で多数が食事をしていた。大半が青と同年配ぐらいの若者たちであったが、年配の男や夫婦者も混じっていた。
一隅に青も座り、麦入り飯をどんぶりに盛り、小魚と漬物でいそいそと頰張っていたが、途中で一人の壮年の男が立ち上がり、

「そこの若いの、ちょっくら立てや」

と青を指した。そして、

「皆の衆、皆の衆」

と呼びかけた。

「新入りだ。赤、と呼ぶだ」

青を紹介した。

青はあわてて立ち上がり、皆に一礼した。皆は、ほう、というような顔をして青を見上げた。痩せたりとはいえ、青の体躯には人並み外れたたくましさがあったし、粗末な服装にもかかわらず、その

精悍な顔立ちには人を魅するものがあったようである。

「赤、さんか」

「赤、や」

「赤ちゃん」

「強そうや」

小声でのそんな囁きが好意的な雰囲気の中で洩れた。


翌朝早く、ひとときき、騒がしくなったなと思っていると、間もなく静かになった。皆、どこかに出かけていったのであろう。陽が昇ってしばらくして青が階下に降りていくと、広間はがらんとして世話役の女がただ一人働いていた。

「お早うさん」

と女は言った。

「そこにあんたのご飯あるよ」

「いや、どうも」

青はそそくさと座り込んで、早速に食べ始めた。

腹いっぱいに麦飯を詰め込んだ後、家の外に出て、庭の様子や門の外を眺めたりしていた。

門から見ると、昨日一火について歩いてきた畦道が曲がりくねって続いていて、日代の宮そして彼方の巻向山や三輪山へと向かっていた。

機会を見て日代の宮へ忍び込まなければならない、と青は思った。

何時、その機会は来るのか？

門の外に出て、脇に積んであった木材に腰かけ、明るい陽を浴びていた。十分に寝て、十分に食べた気がしていた。蓮華畑が広がっている。そして青は、その淡い紫の敷物の中に市鹿文の幻を見ていた。市鹿文の白いうなじと美しい手、あどけない感じの瞳、可愛い娘だ、と青は今更に思う。どうして、火国造たり得るのだ？　大和朝廷や小碓王に騙され、利用されているのだ……

磯姫の声が響く。

(そりゃあ、お前さんたちは約束していたかもしれないさ。でも、体の関係を持った訳ではないだろう？

その点、お前とわたしは本当の仲だよ、こうしてさ。市鹿文なんて小娘、忘れてしまいなよ。小碓王にくれてやるがいい。それとも、わたしの体がいらないのかい？)

わたしの体がいらないのかい、と磯姫に言われ、いらないと答え、しかし、三日後には磯姫とつるんでいた、そんなことが幾度かあった。

結局、青は磯姫の誘惑に勝てなかったのである。そこが安全で、空腹を満たしてくれる場所であったとはいえ、また、情欲を満たした後、必ず自己嫌悪に陥っていたとはいえ、半年もの間、磯姫から離れられなかったのである。


市鹿文の可愛い唇が幻のように目に浮かぶ。

「この次、ね、この次」

草の上で求めた青の手を市鹿文の華奢な手が防いでいた。

この次……だが、この次は、こなかったのだ。

……

青は立ち上がり、ふらふらと蓮華畑を歩き回っていた。

市鹿文、俺はお前に会う、もうすぐ会う、待っていてくれ、ここまで来たのだ……


「赤」

声がした。門のところで一火の従者の爺が大声を上げている。

「元気になったか。明日から働いてもらうぞ。皆と一緒に起きて食事をして出かけろ。お前は力がありそうだから、巻向の山の木株抜きに行ってもらう。分かったか、赤」

（13）

十日間ばかり、四人の仲間たちと巻向の山のなだらかな斜面の開墾地に行き、木の根を抜く仕事をした。仲間たちはといえば、近隣の郷士や農家出身の青年らであったが、仕事に慣れるとすぐに青が仕事の中心になった。青は桁違いに力が強かったのである。

或る日、仕事の合間に相撲をとって遊んだが、青は楽々と四人を投げ飛ばした。四人は幾度も挑んだが、一度も勝てず、十六戦全敗という気の毒な結果に終わった。

「赤、お主はどちらから来たのか」

青は東の方を指した。今や、必ずそうした。青ではなく赤。西ではなく東。

十日も過ぎた頃、その日は朝から小雨であったが、館に残っているようにとの伝達があった。そして昼過ぎ、爺が呼びに来たので出てみると、蓑笠をかぶった一火が馬に乗っていて、若い男に手綱を取らせていた。

「一火さまが宮に行くからお供をしろ」

と爺が言った。

「お前はえらく力が強いそうだな、赤」

一火は青を見るなり言った。

「宮に行くが、剣を携え、供をせよ」

青は慌てて館の部屋に戻り、剣を腰に帯びて飛び出した。

「宮へ、日代の宮へ行くのですか」

青は興奮して聞いた。

「うむ」

一火は低くうなずいたが、すぐに馬の腹を蹴り、道を走り出していた。若い従者がそれを追い、青も続いた。

一火は馬を停めることなく一気に走り、畦道の霧の彼方に遠のいていったが、従者も青も二人前後して走り続け、気がついたときには、先日青がくたばって休んでいた場所も過ぎていた。

道の幅が十間ほどの広さになった坂道の上に一本の楠の大木が立ち、枝を広げ、雨に濡れた青い葉を茂らせていたが、そこに十数人の番兵が屯していた。一火は馬を降り、番兵に馬を預けると、腕を組んで突っ立ち、二人を待っていた。

青は従者と並んで走りながら、相手の力量を測っていたが、なかなかの脚力と知れた。自分が速度を増すと相手も増し、互角の力のように思われた。坂道を登りつめ、一火の前に走り寄ったとき、二人ともたいして息を切らしていなかった。


上を仰ぐと、楠の太い幹に綱が巻かれ、その綱に白い紙片が幾つか結ばれ、ひらひらと揺れていた。ここだ、正しくここだ。この奇妙な神がかりの綱と紙切れが、神とその権威の象徴として飾られている場所、ここが全ての侵略の起点だったのだ。青たちの土地と住民、親族を不孝に陥れた元凶だったのだ！

青は自分の顔が緊張と怒りのために引き攣り、蒼白になるのを覚えたが、一火はそんな青に気がつかないのか、先に続く坂道を無表情に歩き始めていた。

突き当たりに大きな門が在り、そこに数人の番兵が居て、一列に並んで、此方を向き、近寄ってゆく一火らを待っていた。

番兵たちが立っている場所の横に雨よけの屋根を付した簡単な建物があって、青と従者はそこで待つようにと一火に命じられた。

一火が門の中に姿を消した後、青は従者と一緒に雑談をしながら待つことになったのだが、十数人いる番兵たちは雨の中で立ち続けているのであった。もっとも、一定時間ごとに交代しているようではあった。

ふと、青の眼にとまった一人の番兵がいた。どこかで見たことがある男だと青は思ったのだが、相手も青を見てそんな顔をした。若い男であった。どこで会ったのだろう？　青は記憶をたどりつつ、どきりとする不安感を覚えていたのだが、良く見知っている相手ではない、少なくとも懇意だった経験はない、と確信するとやや平静になり、その内思い出せばいい相手に過ぎないと自分に言い聞かせていたが、あっ、と青は思った。その若者は、八十たけるの手下の一人だったのだ。八十たけるの館、市鹿文のところで、昔、見かけた……こんな所で何をしているのだろう……雇われているのだ！

熱い血が体に満ちてきて、思わず男を睨みつけた。怒りと、そして自身の恥じらいの感情が混じりあい、青の顔が不自然にほてった。

相手の男は、青を一瞥した後、故意に眼を逸らした感じで、すまし顔をしていた。青を青として認知したのか、気がつかないのか、故意に無関心を装っているのか、男の表情からは読み取れなかった。

(14)

それから数日を経て休日があり、その夜、青は一火の館を忍び出て日代の宮に向かった。

日代の宮に近づくには、かねて眼をつけていた横合いからの小道を使った。その方角から行くと、山の斜面と窪地に広く板塀をめぐらした日代の宮の横合いに出るのであった。

途中、犬に吠えられたが、山に入ってしまうと風の音以外には何も聞こえなくなった。山の中を進み、林を抜けると、草地に出て、その先に高い板塀が黒々と浮いて見えた。様子を窺いながらそっと寄っていくと、塀の山手の方と下手の方に薄い灯火が見え、人がいる様子だった。しばらく、じっと草の中にうずくまり、見張っていると、一つの人影が山手から降りてくる一方、下方から別の一人が登ってきて、青の目の前ですれ違いながら、

「別状なし」

「異常なし」

と言い合い、去っていった。

夜警と思われた。

板塀は二間ほどの高さがあり、通常の人間では容易に越せそうもないものだったが、青は闇の中で目を光らせ、板塀の継ぎ目を探していた。指一本掛かる継ぎ目があれば良い、そして、やがて青の体は日代の宮の内側にふわりと消えた。

中に降り立ち、樹木の間を見透かすと、邸内には幾棟もの館が建ち、それらは部分的に廊下でつながっている様子でもあったが、所々で松明の火が揺れていた。誰かを捕まえ、市鹿文か小碓王の居場所を強制的にも聞きださねばなるまい、と思いつつ進んでいったのだが、犬がいた。大きな犬で、青が認めたと同時にすっと立ち上がり、走り寄ってきながら吠えた。すると別の方角からも犬が出てきて、狂ったように吠え始めた。館の方で人が動き始めたようである。

青は近づいてくる犬に向かって走り、すれ違いざま、犬の頭上に剣を一閃した。犬は奇怪な声を発し、動かなくなった。もう一匹が飛びかかってくるのを下から切り上げ首を断った。

人影が現れ、数人が走ってくる。

青は屋敷内を山手へ、宮の奥へと逃げていった。またしても、犬が吠えかかり、しかし、青の剣が沈黙させ、おとずれた静寂の中、青は宮の最東部の山手の板塀の近くに身を潜めていた。が、板塀の外側を歩いてきた足音が、すぐ近くで止まると、青の全身を驚きと怒りで震わせる一声が響いた。

「うおーん」

九州の仲間、青を含めた隼人ら人種にしかできない犬の遠吠えの擬声が夜の闇のしじまを震わせたのである。

青の体は、瞬間、高く跳ね、板塀を越えていた。

「俺だ、青だ」

かつて八十たけるに仕え、今は大和朝廷の番人として働き、先日青と眼を合わせた男に向かい、青は怒鳴るように言った。

相手は青を見つめたまま、凝然として立っていた。

「市鹿文はどこにいるか」

青は苛立たしげに聞いた。

「東の館におられる」

「そこか？」

青が今潜んでいた場所の近くの建物を指すと、男はぎこちなくうなずいた。

「小碓王はどうした？　宮にいるのか？」

「市鹿文さまと、一緒におられる」

「市鹿文と一緒に……？」

青が絶句したとき、十数人が下手から走り寄ってきた。青は林の中に飛び込み、山の奥へと逃げ去った。

物部一火の館に戻るのは危険ではないか、と思わないでもなかったが、自分の顔を見たのは言ってみれば昔の仲間のような男だけであったので、少なくとも一日か二日は大丈夫であろうと青は読み、翌日も常と変わらない態度で働いていた。夕方、何となく普段とは異なる気配を人々の間に感じないではなかったが、それも気のせいだと割り切った。

ひと眠りしての夜半、青は前日と同じように館を抜け出た。暗い夜で月が無かった。前日も殆ど月の光はなかったが、今夜は雨でも降りそうな気配で、厚い雲が空一面に広がり、万物が闇の中で静まり返っているのであった。青は暗い道を突っ走り、山の中に姿を消し、やがて日代の宮の東隅に忍び入ることができた。

部屋が五つぐらいありそうなその館は、しかし何故か人の気配が殆ど無く、いささか奇妙な感じがしないではなかったが、中央の部屋では灯火の影が揺れているのであった。

「どなた？　青どの、か？」

忍び寄る青の耳に聞こえてきたのは、懐かしい市鹿文の声であった。

青が縁台に手をかけると、引き戸が開き、市鹿文が立っていた。

市鹿文は美しい。昔より美しくなった感じですらある。銀白色の筒袖を着こなし、屈託ない笑顔をしていた。

「あなたが今夜来るであろう、と小碓王さまが言われるので、人払いをしておきましたよ」

「市鹿文」

「久しぶりにその名を耳にしますよ。だって、私は火国造ですから」

「……」

市鹿文の落ち着いた態度と小碓王を口にしたときの馴れ馴れしい雰囲気、そして、当然のように口にした火国造の名乗り。青は苛立たしい食い違いの感情に戸惑いながら、

「ヒノクニノミヤツコ、だと？」

と喉をつまらせ、なじるように呟いた。

「怒っていますか。でも、私は火国造です。皆のために、そうして欲しいという長老の意見等に従い、火国造になることを決めました」

市鹿文は、その可憐な顔立ちにもかかわらず、時折、驚くほどにはっきりと物を言う娘であったが、不思議と人に反発心を起こさせず、むしろ一種のさわやかさと聡明さを印象づけたものだった。が、今の青にとって、その割り切った言い方は、腹立たしいだけのものであった。

「小碓王と一緒に居るのか？」

「小碓王さまは、優しく、親切です」

「優しい？　小碓王は俺の親父を残酷に殺したのだぞ」

青の声は怒りのために震えていた。

「わたくしの父も殺されました」

「そうだろう。その相手とお前は一緒に居るのだ」

市鹿姫の明るかった顔の表情が翳り、口をきつく締めて、憑かれたように空中を見つめた。青はそんな市鹿文を見て、自分は今や市鹿文に苦しみと重荷を与える立場の人間になってしまっていると感じたが、

「俺にはお前が理解できない」

と一気に言った。

市鹿文は泣きだしそうな、同時に恨みのこもった眼で青を見たが、その眼のきつさに青は別人の市鹿文を感じてぎくりとした。

「私は、父親や姉を愛していました。今でも愛おしんでいます。けれども私は、それ以上に小碓王さまを愛しているのです。何とでもお思いください」

青は心臓にくさびを打ち込まれたような衝撃を受けた。小碓王を青以上に愛している、それと同じ意味ではないか。そうだ、市鹿文はそう言っているのだ……青の右手が腰の剣にかかったが、体が震えだし、力が抜けていった。そして、黙ったまま離れ去った。

雨が降り始めていた。

何処をどう歩いたのか気がつかないほどに落胆し、しかし、どうやら物部一火の館の前に出た。市鹿文は変わった、昔の市鹿文はもういない、俺は敗れた……そう思い続けていたようである。短すぎる再会であった。

裏手に廻って土塀を越えようとしたとき、脇から人影が現れた。

「どこへ行っていたのだ？」

一火であった。

夢遊病者のようであった青は、はっと立ちすくんだ。

そして、今一人、一火の後方の闇の中に立っている男に気がつくと、青の体は大きくそちらの方向に跳んだ。

「さすがは川上たけるの息子の青い狼だ。夜目もきくと見える。わしが誰だか気がついたらしいな」

「小碓王……」

「そうよ、小碓王、大和たけるだ。久しぶりだな。磯姫の館で剣を交えて以来だ」

「……」


青は剣を抜き、体を低く構え、小碓王に近づいていった。

「青、わしを斬る気か。しかし、わしを恨むのは止めてくれんか。市鹿文は諦めてくれ。わしは市鹿文に無理強いをしている訳ではない。市鹿文が、自分で、わしを慕って大和に来ているのだ」

「分かっておる」

「分かってくれたか」

「市鹿文はお前にくれてやる。ああいう打算的な女はわしには要らぬ。だが、お前は生涯許せない。父の仇だ！」

青は投げつけるように言い放つと、飛び出しながら剣を振るった。

が、小碓王は地面に倒れつつも、身をかわしていた。

「ヤマトタケルなどど偉そうに……汚い手を使い……」

青が追撃しようとすると、一火が怒鳴った。

「赤！　動くな」

「俺は赤ではない、青だ」

「動くな」


一火の手に弓矢があり、それは青に向けられていた。そして、一火の後方に何時現れたのか、十数人の人影が同じように弓矢を手にして、青に狙いをつけていた。

「赤、下がれ！　下がらねば、撃つ！」

一火が怒鳴った。

「む……」


小碓王の姿が闇の中で遠のいていくのが分かった。それを知りながらも青は追うことができず、いつ放たれるか分からない弓矢に対して防御の姿勢を取り、じりじりと後退するのみであった。名高い物部一族の弓隊。もし一火を含めた彼らがその気になれば、いかに青が逃げようとしても無駄であったろう。十数本の弓矢はたちまちにして青を針鼠のようにしてしまったであろう。

一火の一声、それが全てを決するのは明らかであった。青は息苦しくなっていくのをどうすることもできなかった。無念だ、無念だ、と思いながらも、一火の黒い影を小雨の中で睨みつつ、ひたすら下がり続けた。

(15)

巻向の日代の宮には蜜柑が良く育つ……風が吹くと明るい光の中で青葉が揺れ、蜜柑の実が眩しく輝いた。

大足彦、つまりは景行天皇は、日代の宮の一番眺めの良い高殿から、眼下に広がる大和平野や彼方の山脈を展望し、大和は国のまほろば、と口にしながら、宮を取り囲んでいる緑の木々や色鮮やかな花々を鑑賞しつつ、清々しい大気に酔い、もぎたての蜜柑の一つを手にしていたが、やはり小碓王を東国に出そうと決意をしていた。

「ワカタラシヒコ、お前は何歳になったか」

後方に侍っていた彼の第三子に聞いた。この稚足彦は、小碓王やその兄の大碓王を産んだ皇后の播磨稲日大郎女とは別の妃、八坂入姫の長子であった。最近、大足彦は、日代の宮に於いては常にこの稚足彦を伴っていた。

「十八歳になります」

「十八歳か。小碓王は十八歳のときには、九州の熊襲、隼人退治に参加していたものだ」

「私めも出してください」

「熊襲や隼人退治の戦いは……ほぼ終わった」

「では、東国へ。東国のまつろわぬ者たちを従わせるために。私めも小碓王さまに負けぬように戦います」

大足彦はその言葉を聞いて満足げにうなずいたが、稚足彦をさとすように言った。

「人には人の役目というものがある。お前は遠征するにはおよばない。お前はここにいて、みっちりと政治の勉強をするのだ。学問をし、自分を賢くすると同時に、人々の生活や国内の和というものについて、つまりは政治について、色々な角度から検討し、国の行く末について決めていくのだ。お前は、そうだ、お前を……わたしは、やがて立太子させようと思っている。お前は将来皇位を継ぐことになろう……」

「私めの立太子？　何故です？　お兄さまたちがおられるのに。大碓王さまがおられるのに！　小碓王さまがおられるのに！」

大足彦は立ち上がった。

稚足彦には返事をせず、しかし、心の中では独り言をつぶやいていた。

（大碓王？　あれは駄目だ、話にならない。虚弱体質の上、臆病で心がねじ曲がっている。幼年の頃から双子の弟の小碓王を妬み、怖れ、実際に喧嘩をして、投げ飛ばされ、怪我をし、片足が不自由になり、今は美濃の土地を与えられたのを良いことにして、そちらに身も心も奪われ、参内せぬようになって久しい。聞けば、山猿の女に取り込まれ、満足しているという。それも我が子であり、本人にとって幸せなら、敢えて邪魔立てはせぬ……。美濃の土地で果て、せいぜい子孫を別け王として残していってくれればよい器の息子だ……

小碓王は……強すぎる……やり過ぎる。あれは闘士だ、殺し屋ですらある。もちろん、あれは優れた、貴重な軍人だ。わしがそのように育てもした。強い息子が必要だったからだ。だが、大和で政治を行っていくには不向きな男だ。そうなのだ、人間は結局のところ、一つの役割しかできないものなのだ。その人物が一流であればあるほど。あの男は強い。だが、非情にやり過ぎた。あの男が日代の宮にいたとて、恨みを持った連中がやって来るだけだ。現に今も、西の果ての厄介だった男、川上たけるの息子がここらを徘徊しているというではないか。恨みの半分は小碓王のやり方にあったのだ。

そのやり方は戦術上必要だったのだろう。わしは彼を誉めこそすれ責めはしない。小碓王は、大和朝廷が誇るべき英雄、強さの象徴だ！　だが、皮肉なことに、あの男が大王になっては戦いが絶えないのだ……

そもそもが兄弟喧嘩だ！　あの双子同士の幼児時代からの反目、それは母親たる皇后播磨稲日大郎女の失敗でもある……たった二人の子供を仲良く育てられなかったのだ。

それに対して、稚足彦を長子とする八坂入媛の七男六女の子供たちの睦まじさはどうだ。わしが稚足彦に期待するのは、その微笑ましい兄弟姉妹の姿かもしれない……それは実現されるべき国の姿でもある……）

「父上……」

立ち上がった大足彦を引き留めるように稚足彦は言った。

「私めは、立太子には……」

「なりたくない、と申すのだな。では、お前は厄介者として死ぬ他あるまい。お前になれることといえば、政治を仕切る大王になることだけなのだ。それ以外の何をお前はできるのか。お前が小碓王の真似をしたとて、せいぜいその三分の一の仕事ができるだけだ。いや、兵士たちの手足まといとなり、失敗するだけだ。

稚足彦、甘えてはいけない。人はなるべき者になるほかないのだ。それは各自の義務であるのだ。それを避ける者は、弱虫、卑怯者、いや裏切り者ですらある。落伍者である」

「……」


高殿から降りると大足彦は、庭の中の小道を歩いて、山手の方、小碓王の居る館へと向かっていった。その後ろから稚足彦、そして少し距離をおいて三人の舎人がついていく。三人の内の一人は、稚足彦の小姓で、稚足彦と同年同日に生まれたという縁も尊重され、稚足彦つまり後の成務天皇のみならず後の歴代の朝廷で中心的重臣となった武内宿禰だった。紀州の出である。

日代の宮は窪地を含む斜面を広く取り込んでいて、巻向の山の中腹を占有している感じでもあったが、そこには少なからぬ皇子や妃や姫たちの館も点在していた。そして、それらの敷地を高い板塀が囲っているのである。

大足彦が小碓王の館の方へ歩いてきたとき、小碓王は開け放った部屋の中で仰向けに寝転がりながら、市鹿文と話していた。

「火国造、大王はわたしを東国に出したいらしいぞ」

「東の国？」

「そう、東の国、不二の山の向こうじゃ。まつろわぬ蝦夷どもがいるという」

「……」

市鹿文は、小碓王の脇に座って、長い黒髪に手を入れていた。昨夜、というより毎夜、市鹿文は小碓王の体の中で嬉しく揺れ続けている。朝とて身つくろいを十分にする暇がないほどに溺れている。顔にしても、首にしても、火照ったままである。

あのとき、自分は青のことを忘れていると思う。三日前、青が現れた夜とて同じであったし、それ以後も変わらない。いや、むしろもっと燃えた。私にはもう小碓王さましかいない、と思う。

東国へ行く、と言った小碓王の言葉にはっと我に返り、

「私をどうするおつもり？」

と聞いた。

小碓王は深い溜息をついて眼を閉じていたが、やがておもむろに言った。

「わたしの子供ができるだろう。大切に育ててくれ」

「私は、火の国に帰ります。私は火国造です」

市鹿文は少しすねたように言った。

「姫、わたしの子を育ててくれ」

「育てますよ、もちろん。私の愛情をこめて。でも、いつ賜るのかしら」

「できる。わたしの子供は、間もなく。かならずできる。できるまでは出立せぬ。子が姫の腹に宿った後、わたしは東国に行く。そして、姫は火の国へ帰るが良い……」

「何故です？　私はここ大和であなたの帰還を待ちます。そんなに長くは東国へ行っておられないのでしょう？」

「いや、一年、或いはそれ以上になるだろう。わたしが大和に帰ったら、すぐに知らせを出そう。が、子供は姫の国で産み、育てる方が良い。一番安全で、一番姫がのびのびと生活できる場所でな。将来、その子供に火の国を継がせるにもその方がいい」

「……」


「考えてみれば、哀れな大王でもある」

ほとんど聞こえるか、聞こえないかの低い声で小碓王は語っていた。

「実の子を危険な戦場で働かせるとは……つまるところ、信用できる臣下がいないということなのか。九州で散々働いたわたしを、今度は東国へ出すとは！　実の子を死なせてまで行わなければならない大切な遠征なのか。それとも、父は、わたしをここに置いておきたくないのか。あるいは、非道な行いを重ねさせ、遂にはわたしを廃人に突き落としたいのか。更には、わたしを死なせたいのか……」

微かに聞こえた小碓王の言葉に市鹿文は、ぶるっと身を震わせた。

「小碓王さま、あなたは代表で東へ行かれるのでしょう？　手荒い戦いは、部下に任せておけばよろしいのです。あなたは指揮だけをなさっておられれば良いではありませんか……」

「ふっ」

小碓王は馬鹿にしたように笑った。

「並の指揮官か。が、大王がわたしに期待しているのは、分かるか、姫、西を征伐したとき以上の大きな成果と名声なのだ。大和たける、それがわたしの名前だ、大王の息子の名前だ、わたしの父親の期待そのものだ、大和朝廷の強さの象徴だ。大和朝廷の強さを広く知らせるためにも、大和たけるの名前は、もっと、もっと、高く、広く、響かなければならないのだ。大和たける、それがわたしの名前だ……」

腹からしぼり出すようにそう言うと小碓王は、ふらふらと立ち上がり、庭に降りて、そのまま小道の先へと歩き出した。

「どちらへ？」

か細い声の市鹿文の問に小碓王は答えた。

「血の国からの使者が……お出迎えをせねばなるまいよ」

市鹿文が青ざめて、小碓王の指す方を見ると、暗く歪んだ小碓王の表情とは対照的に明るい笑みを浮かべた大足彦が、林の中から姿を現し、手を上げていた。

「たけるよ、大和たけるよ」

と大足彦は小碓王に語りかけた。

「やはり、東国にはお前が行ってくれ。お前以外には、安心して任せられる指揮官がいないのだ、大和たけるよ」

長身の小碓王と変わらないほどの背丈の大足彦は、やや肥満気味の体を揺すりながら、大げさに手を広げ、小碓王をおだてるように言いつつ近づいてきた。

（16）

二カ月の後、小碓王は東国へ発ち、市鹿文は九州に帰った。市鹿文の供の者、そして小碓王がつけた兵士たち総勢三十人ほどの旅であったが、中国路の途中で、国許からの出迎えの一行十人が合流した。八十たける時代からの忠実な家の者であった夏十《なつじゅう》という年寄りの息子夏加《なつか》たちであった。夏十を市鹿文は留守の間の領地統治の代行人に任じていた。領地、というのは、直接統治の昔からの八十たけるの集落の他、間接統治の川上たけるの集落、磯姫の集落、川中の集落、さらに阿蘇の山麓全体の地域、併せておよそ二十余の集落のことで、皆、火国造たる市鹿文の管轄するところとなっていたのである。

父の八十たけるや姉の市乾鹿文が殺されたとき、その悲しみに耐えて生きるように励ましたのは、夏十であった。彼は六十歳を過ぎた老人で、八十たけるに仕えて五十年以上側近として働いてきたのだが、絶望している市鹿文を慰め、励まし、かつは小碓王の求愛を受け入れさせたのである。

「あなたはお若い。新しい時代に生きていかなければいけません。死ぬなんてとんでもない。新しい時代に大和朝廷と協力して生きてください。わしらの子供や孫のためにも火国造として生きてください。

わしは聞いております。百年近く前、神日本磐余彦（神武）の君を中心にして、大和朝廷の大いなるクニができたとき、叛逆して時代に乗り遅れたゆえのわしらの運命を。その失敗を繰り返してはなりません。

ましてや、朝廷の英雄的人物があなたさまに熱心に求愛をしているのです。こんな名誉はありません」

幾度もそう言った。

市鹿文を出迎えに来た夏十の息子の夏加は、昔から眩しそうに市鹿文を仰いできた若者の一人であったが、今は更に美しくなった市鹿文を、そして権力の頂点に立つ火国造を、神とばかりに敬い、それがその地帯の全ての国人たちの共通の感情とは決していえないのであったが、少なくとも夏加は、市鹿文が小碓王の子を宿したということに感激を隠せないでいた。

「夏加、嬉しそうだね、何がそんなに嬉しいの？」

つい、市鹿文がからかったほどであった。

三つ年下の夏加は、顔を赤らめ、あわてて口ごもった。

「火の国のミヤツコさまは、わ、わこさまが、おできになられたそうで。オオキミのわ、わこさまが……」

オオキミの子ではない、オオキミの子の子、つまりはオオキミの孫だと市鹿文は思う。それに、小碓王は大王にはなれないのではないか、そこに不安がある……

いや、彼女の心配は、小碓王が大王になれないだけではなく、悲劇的な最期を遂げるのではないか、という何とはない予感にあった。たとえば、今回の東国への遠征にしても、何か不孝なことが起きるのではないか、ということ。そして、よしんばその遠征が無事に終わるとしても、その次に待っているものは決して穏やかな人生ではないのではないか、との不安が消えないのである。

私はあの人との再会を期待してはならない。あの人は国の大命を帯びて生きていかなければならない運命にあるから、と彼女は思う。

ただ、あの人は私に子供を残していった。大和たけるの子を。私はその子を無事に産み、丈夫に育てるのだ。それを以って私の喜びとするのだ……

青は、もはや彼女にとっては厄介者に過ぎなくなっていた。昔は、確かに好意を持っていた。とはいえ、もともとは親同士が進めた婚約でもあったのだ。あるいは、互いに好意以上の感情を抱き合っていたとはいえ、それは男女関係の入り口での戯れに近いものだった、と思う。そのことに何時まで固執するのだ？　市鹿文は今や腹立たしささえ覚えるのであった。忘れてくれれば良い、いや互いに忘れてしまった方がいい相手なのだと思う。

政治家としての市鹿文にとっては、青は浮浪者や反逆者に過ぎなかった。もし、青が反朝廷的な行動をとり続けるならば、火国造の権利と義務において、処罰しなければならなくなるであろう相手なのだ……

瀬戸内海沿いに陸地を進んだが、岩国に到ると、そこに出迎えの大型の船が来ていて、一行は海に漕ぎ出し、伊与灘を横切り、九州の地へと寄せていった。

国東半島を過ぎ、大河の河口が見えてきたのは、真昼の太陽のもと、海原が光を乱反射して、風景がかすんでいる昼過ぎであったが、潮騒の音の高まりと山々の緑の豊饒さに神々の祝福を市鹿姫は覚えていた。

河口には人々が群れていた。千人を越える数であったろう。火国造の支配下の二十余の集落からやって来ているのだ。老若男女、種々雑多な出で立ちで、しかし、近づいていく市鹿文の乗った船を皆一様に仰ぐようにして眺めていた。

と、船着き場の一角に建てられた、にわか造りの舞台の上で、突然、踊り出した女がいる。長い黒髪、豊満な体、暑さの中で当然のこととして殆ど裸であった。脇の一団が太鼓を叩いている。

磯姫だ、そんな囁きが船の上にも伝わってきたとき、ゆったりと船は止まっていた。

夏十が船に上がってきた。にこやかに微笑しながら市鹿文に近づいてきたが、大方の者がそうであったように磯姫の踊りに見入っているような市鹿文の顔を仰いだまま、しばらくは口を開きかねていた。

小時間あり、発せられた市鹿文の声は、しかし、意外にも冷たくとげとげしいものであった。

「誰の指図だ？　夏十、お前の命令か、あの踊りは？」

夏十がはっとして市鹿文の顔を見直すと、そこには、眉を寄せ、怒りに燃えた瞳が光っていた。

「いえ、磯姫が自分の趣向で……が、悪気ではありますまい」

「悪気ではあるまい、しかし……」

売女めが、と市鹿文は思った。青と同棲していたというではないか。また、小碓王と関係していたという噂もある。あの肉体が売り物なのか。そして、そもそも、この機会における抜け目ない売名と、私への余計な、そして実の伴っていない忠誠心の披露。踊りが終わったら私に仰々しい挨拶でもするつもりか……しらじらしい……

「夏十……」

市鹿文の顔は蒼白に引き攣り、口は震えていた。

「夏十、射ろ、兵たちに弓で射させて、殺せ。あの者は反逆者と通じている、無礼で、しかも不浄な女だ」

夏十は唖然としていた。が、不浄な女と言われ、もっともだ、と思った。生かしておいては後々にまで禍根を残すことにもなろう図々しくも無礼な女だ、火国造さまの前からは永久に消えるべき女だ、と思った。

とはいえ、なおも躊躇心を隠せないでいる夏十に、市鹿文は命令した。まるで、人格を越えた神の声が空で響くときのように、力強く、しかし、囁くような神秘性を帯びて。

「夏十、河口の集落を私の直轄地とするのだ。河口のこの大切な場所を磯姫から奪い、火国造の直轄地とするのだ。磯姫を殺せ」

夏十は思わず市鹿文の顔を見直した。そこには最早、弱々しい女子はいない。奸智に長けた政治家、いや神に変わった人物がいた……

夏十は驚き、しかし、同時に、今や欣然として、兵士たちに命令した。

「弓矢を持ち、船べりに並べ。そして、無礼者の、不浄の女を、磯姫を射殺すのだ……直ちにだ」

(17)

船の上で何が起こったのか、いや、単なる下船の用意か、人々がそう思って眺めているうち、船べりに並んだ十数人の兵士たちの手に弓矢がかかげられた、と見る間に、十数本の矢は先を争うごとく、一直線に宙を飛び、異様な気配に船を見上げた磯姫の胸に次々と突き刺さっていった。

青は飢えながらも、辛うじて生命を維持していた。三輪山の裏側に身を潜め、山芋の類を口にして何とか生き延びていたのである。

或る日、三輪山の南側の麓の道を東に進んでいく百余名の武装した一団を見かけた。兵糧運びの者たちも続いていた。

そのとき、青は人家の近くにまで来ていたのだが、彼らを見送る里人たちが、大和たけるだ、と口にしていたのを耳にした。

そしてまた、

「東のまつろわぬエビスたちを征伐に行く」

という会話も聞いた。

東征に行く人数としては少ない気もしたが、途中で他の部隊と合流するか、現地側での徴兵を意図しているかとも思われた。

山に潜んで一カ月を経ていたが、青の心はひさしぶりにときめいていた。

今度は東へか。あ奴め、東で再び非道を行うのだな。怒りの感情が高まり、無意識のうちに腰の剣の柄を強く握りしめていた。

……斬る、あ奴を斬る、あ奴を追い、斬らないでおくものか……

青は一行を追い始めたのである。

が、体力の衰えている青にとって追跡は困難であった。すぐに彼は一行を視界の外に逃がしてしまったのみならず、三日目には道端で座っているよりほかになくなってしまった。

夏の空は輝いていた。草の上で仰向けに寝て眼を閉じると、二度とは醒めない深い眠りに陥ってしまう感覚に襲われるのであった。時折、うっすらと眼を開けて自分の意識を取り戻そうと努めていた。

大和朝廷や大足彦そして小碓王への復讐を遂げなければならないと心に誓っていたのだが、今やその誓い以外の全ては失っている自分を感じていた。

父親を殺され、母親や兄弟を失い、そして恋人を奪われ、故郷を追われていた。自分が生きていて喜ぶ人間は一人もいなくなっている、のみならず、自分の存在を迷惑にも思っているであろう昔の恋人がいる！

青は苦痛に顔をゆがめていた。いったい、何のための自分なのか？　自分は、今や、泥土と変わらない……無駄で汚い泥土ではないか。

「ああ」

泥だらけの体が余計に青を絶望的にし、悲鳴に似た吐息を吐かせたが、最後の力を振り絞って誓いを口にした。


……

俺は忘れないぞ、お前への恨みを
お前一族への恨みを
お前の宮が　その名の日代の宮のごとく

麗しく太陽に祝されようとも
俺は忘れない　お前たちへの復讐を
……

何ときか、気を失っていたようである。ふと顔に水滴をかけられたのに気がつき、眼を開けると、見知らぬ男たちの四、五人が青をのぞき込んでいた。

「……」

青はやっとの思いで重い上体を起こした。

一人が握り飯を差し出していた。青が頭を下げて受け取ると、更に二つの握り飯を大きな葉っぱの上に置いてくれ、今一人の男が串に刺さった雉鳥の肉を突き出した。それは、焼いたばかりと見えて、温かい湯気が立ち、香ばしい匂いがしていた。脇には水を入れた椀を置いてくれた。

彼らは、それから、青とは少し離れたところで円い座を組み、食事を続けながら、時々、青の方を眺めた。姿、かたちから察するに、旅をしている者たちのようで、傍らに剣などが見えた。

青はできるだけゆっくりと時間をかけて、握り飯と鳥肉を腹に入れていったが、水を飲み終わったとき、彼らのうちの中心人物と思しき四十歳前後の男が立ち上がってきて、声をかけた。

「お前さんを物部一火の館で見かけたと思うのだが、物部のところで働いていたのではないかね」

青は、危ないかなとも思ったが、雰囲気上、今すぐ何かの厄介なことが起こりそうもなく感じ、率直に答えた。

「そうです」

「やはりね。あのときはお前さんが物部一火の家の庭で相撲をとっていてよ、うちの若いもんも確か十人目だかにお前さんにぶつかっていって負けたのだ。皆を投げ飛ばし、お前さん、十五人抜いたのではなかったたか。強いの、何のって驚いたものだ」

そういうときもあったと青は思わず懐かしく感じ、微笑んだ。

「俺は、あのとき、一火に会いに行ったのだが、留守でね、所在なさにお前さんたちの相撲遊びを見ていたのさ。名前は赤だっけ？　強い上にも良い面魂の男がいるものだ、さすがは物部だ、と感心していたのだが、どうしたのだね？……こんなところで行き倒れみたいに……」

「……一火さまの所はおいとまして、伊勢の方へ行こうとしていたのですが、途中で荷物は盗まれるし、下痢をしたりで散々です」

「伊勢に何がある？　知人がいるのか？」

「伊勢で漁師でもやろうかと思って」

「漁師？」

男は笑い出した。

「なるほど。お前さんならでかい魚が獲れるかもしれん、が、お前さんほどの男が漁師とはもったいない……。尾張に来いや。俺たちは尾張氏の者だ。尾張氏に仕えろ。俺たちの仲間になれや」

尾張氏は、その頃、名古屋地帯における代表的な豪族であった。大和朝廷の信頼も厚く、おそらく小碓王もそこに立ち寄るか、根拠地の一つとして使い、東へ下っていくのに違いなかった。良くもあれば悪くもある、その尾張氏に仕えることは、と青は思い、煮え切らない笑顔をしたまま黙っていると、

「そうせい、よしや、決まりだ」

と男は言って、両手をポンと打った。

男の名は長谷彼奴《はせきやつ》、尾張氏の側近の一人であった。五人の供を連れて、大和政府との用事を足しに行ってきた、その帰りであった。

「いや、でかい土産ができた」

と喜んでいるのであった。

長期戦だ、と青は思った。それ以外に自分が生き延び、最後には大和朝廷や小碓王に復讐できる方法は今のところ見つからない、と。長谷彼奴と名乗るこの男についていく。尾張氏のところで働きながら、復讐する機会を見つけるのだ……

尾張までは三日ほどの道程であった。長谷彼奴らは、乾し米や干し魚をたっぷり分けてくれた後、先に旅立っていった。尾張氏の館に長谷彼奴を訪ねてこいとのことであった。

尾張氏の館は小高い丘陵の上に在った。その裾を巻くようにして幅広い清流が流れている。青は丘陵の下に着いたとき、その清流の脇の林の中で一夜を明かしてから館に向かうことにした。

彼の若い壮健な体は、長旅にもかかわらず、復調していたが、多少の身づくろいもしておきたかったし、何よりも、暑い中を歩いてきた彼は、冷たく澄んだ水の流れを眼の前にして、ゆっくりと体を水に浸したいと思ったのである。

水滴が眼に沁みた。水浴で体中が爽快な気持に満たされた後、照りつけていた夏の太陽はようやく西に連なる木立の頂にかかろうとしていたが、光の強さは余計に増した感じでもあり、頭や顔を伝って落ちる水滴ははげしく乱反射した。青はその眩しさに耐えきれず、水の淵に身を躍らせ、水底の青い世界へと逃げ込んだ。

しばらくしてから、川底を蹴って水面に浮上し、川上に向かって猛然と遊泳を始めた。流れる水に逆らって頭を伏せ、腕を廻して水を掻き、足でたたき続けた。青の体はじりじりと川上へと進んでいき、三十分もすると百メートルほど進んでいたが、激流が岩間をぬって流れ込んでくる場所で遂に耐えられなくなり、一気に流れ下った。

誰かが自分を見ている……それに気がついたのは、水の流れに半ば身をまかせて川を下りながら、川岸を瞥見したときのことである。ちらりと、華やかな衣装であり、視線でもあった。すぐに川の水の飛沫の彼方に消えていったのだが、確かに誰かが見ていて、女性のようであった。

が、別に自分に関係したことでもない、と青は思った。

岸に上がると、体を拭き、髪の毛を整えた後、褌一つの裸のまま岩の上に立ち、夕焼けに染まった西の空に向かって、何度も深呼吸をした。自分の体が完全であることを確かめるかのように。事実、青の体は長い耐乏生活にもかかわらず、いささかも狂ってはいないようであった。

岩を踏まえ、腰をひねりながら、剣を放つと、金属の鋭い歯が響く、それを幾度か行い、楽しんでいた。

何度めか、彼が呼吸を整え、気合と共に剣で大気を裂こうとしたとき、人影が河原の岩陰から現れた。

二人の女性であった。一人は若く、一人は年寄りであった。

彼らは足を止め、青の姿を見ていたのだが、青が彼女らに気がついて手を休めると、軽く頭を下げて挨拶し、通り過ぎていった。過ぎていきながら、しかし、彼らの眼は好奇心に輝いていた。さらにそれは、好意に満ちた眼を宿していた。思わず青は赤面したのだが、華やかな衣装を身につけた相手の若い女は、美しい、しかし、やや野性味のある顔立ちをほのかに紅潮させながら、嬉しそうな眼で青を眺めつつ去っていった。

「大和たけるさまよ、きっと」

その女の声が聞こえた。

体が突然硬直して動かなくなった青を後目に、二人は遠ざかっていったが、何度か女は振り返った。

大和たけると間違えられるとは……そして、あの女の感激に満ちた、燃えるような瞳は……異常なまでに好意的なものではなかったか。女が愛したのは、大和たけるという名声が醸し出す幻影だったのか、俺という生身だったのか？

それにしても、大和たける、すなわち小碓王は未だこの地の近くにいるのに違いない。青は自分の胸の鼓動が高まっているのを感じていた。

翌日、尾張氏の館を訪れると、すぐに出てきた長谷彼奴は喜び、館の裏手に在る長屋の一室に青を案内してくれたが、

「大和朝廷の大和たけるが、明日、伊勢から到着して、一週間ぐらい滞在する予定だから、お屋形への紹介はその後になる。わしもその間は忙しくて、こちらに顔を出せないが、隣の部屋の男がお主の日常生活の世話をすることになっているから不便はあるまい」

とのことであった。

(18)

ところで、一方、小碓王の一行は、大和を発った後、伊勢の神宮に立ち寄っていた。

小碓王はそこに数日間滞在し、東征での戦勝を祈願した次第であったが、若い時期に、父親垂仁天皇の命により、この伊勢神宮の建立、つまり、天照大神の三輪山からの遷座、伊勢神宮の建立に骨折り、老女となった今でも宮司として神宮に仕えている、大足彦の妹、小碓王にとっては叔母に当たる

倭姫に自分の運命を愚痴ったのでもあった。

「父上はわたしが死ねば良いと思っておられるのではないでしょうか。西の方のまつろわぬ連中を退治してきて間もないのに、今度は東へ行けと言われる。わたしは、父親の本心はわたしに死ねということではないのか、と疑うときがあります」

倭姫はそんなことを言う小碓王を叱り、かつ慰めた。そして、小碓王の出立に際しては、宮を出て、五十鈴川の岸辺まで見送ってきて、一振りの剣と薬袋を授けながら言った。

「困ったとき、この剣と薬とを頼りとしなさい」

剣は後代、草薙の剣と称せられるに到った須佐之男命伝来の名刀である。

「この剣は、大和朝廷創建にかかわった大切な宝物です。それをお前に渡す、ということは何を意味するか、良く考え、自愛し、愚痴など口にしないことです」

五十鈴川の澄んだ浅瀬に手を浸し、その水滴を小碓王にかけながら言った。

「今や、お前には、神聖な杉の木立にましします始祖天照大神のご加護と、朝廷の初代皇后だった五十鈴比売の水の愛が得られた。この秋津洲にお前が怖れるものなど何もないのです」

それから、最後に、尾張氏の一人娘の美夜須比売《みやすひめ》をもらうようにそっと助言した。

「美夜須比売は美しい上に富裕です。熱田の巫女だったのですが、兄弟姉妹が亡くなり、尾張家を継いで、富や権力を一人で手に入れる立場にいます。一緒になれば、貴方の気も晴れるし、大きな勢力を持つことになるでしょう」

尾張氏の館に小碓王が到着する三日前、尾張氏の当主尾張兼主のもとには一通の親書が小碓王側から届けられていたが、そこには美夜須比売との婚姻希望も述べられていたのである。

尾張兼主はさっそくに主だった家来たちを集めて相談した。大半の者は、その婚姻を光栄として賛同したが、長谷彼奴が慎重論を唱えた。

彼の意見は……

なるほど、大和朝廷と皇室関係を持つことは良いことだ。しかも、その中心的英雄でもある小碓王との結婚は名誉である。が、気がかりなのは、その小碓王の将来である。小碓王はこれから東征に行く身である。東征に行くのに、今、結婚してどうするというのだろう。姫を一緒に東征についていかせるという訳には当家としてはいかない。更には、小碓王が東征に行って無事に帰ってくるという絶対的な保障も実の所無いのである。

さらにまた、そもそもが、今回の小碓王からの申し出にしても、中央からの正式な要請があったという訳ではない。小碓王が独断で要望してきたのだ。そのような皇子とそのような手順で尾張氏が婚姻を結んで良いものか、得か損か、十分に検討しなければなるまい。

自分の考えは、小碓王との婚姻は、少なくとも小碓王の東征後にすべきだということであって、それまでに大和朝廷の中央の意向を良く確認しておくべきなのである。今回は、せいぜい、帰国後の婚約を考えたい、との表明だけに留めておくべきなのである……

というものであった。

或る者が、

「しかし、せっかくの機会に皇室との婚姻を逃してはならないのではないか？」

と言うと、長谷彼奴は、

「いや、小碓王さまとの婚姻が流れたとしても、皇室との関係を密にしたいのなら、私めが別の皇子との婚姻を成功させましょうよ。なにしろ、美夜須比売さまほどの美しさと富を持ち、政治力を駆使できる立場の姫は、天下広しといえども、ざらにはおられないのですから」

と答えた。

「別の皇子？　どなたかな、それは。大和たけるさま以上の皇子が朝廷にいるのかな？」

婚姻に熱心な男が聞いた。

「いないことはないですよ」

「どなたですか？　それは」

「まあ良い、まあ良い、それ以上の議論は不要だ」

尾張兼主はその話を止めさせた。彼は長谷彼奴の旅の報告により、皇室内における各皇子たちの将来性を知っていたのである。可能ならば、稚足彦との結婚を、と彼は思わないでもなかったが、それは口にすべきではないと考えた。


青が尾張氏の館に入った次の日、自分に与えられている部屋で、木立からの涼風をとって休んでいると、彼方から管弦の曲が聞こえてきた。それはゆっくりとした調子のもので、単調にも感じられるものだったが、時折、弦の音がきしむように高く跳ねて響き渡った。

大和たけるの歓迎の会が始まったな、と青は思った。音楽の聞こえてくる庭の方へ出ていって眺めると、母屋とは反対側に大きな別棟があって、大和たける一行はそこに逗留しているらしく思われた。青は母屋を廻ってその建物にそっと近づいた。母屋からの渡り廊下が延びてきているのだが、その廊下脇の楠の大木の下で、別棟の奥を窺がいながら佇んでいた。

小者たちが慌ただしげに廊下を行き来していたが、その内、母屋から正装した女性たちの一団がしずしずと出てきた。先頭の女から少し離れて、他の者たちを連れ従えた感じで進んでくる美しい女を見て、青がはっとしたとき、その女も身の隠しどころのない青を見て、びっくりしたように一瞬立ち止まった。その女は先日河原で出会った女である。何かを口にしようとした女は、しかし、やや青ざめた面持ちになったきり、そのまま別棟に消えていった。

自分を大和たけると間違えた女、どうやら高名な美夜須比売ではあるまいか、と青は思った。今頃は本物の大和たけるとご対面か、と思いつつ、青は母屋裏手の長屋の部屋に戻った。

大和たけるの一行に姿を見られるのは危険であった。これ以上の出歩きは無用だと思い、青は次の日から五日間、一行がいなくなるまで部屋の中でじっとしていた。小碓王を何時討つかの問題について考えた末の行動であった。

隣部屋の男の話によると、小碓王は東征の後、尾張に戻ってき次第、美夜須比売と結婚する予定だという。小碓王はすぐにでも結婚したがっているが、尾張家の方で、準備上、延ばしてもらったという。それを知って青は、今回短期間のうちに無理をして襲うのは止そう、出立を前にして、常に衆人に取り囲まれている感じの相手に復讐を実行するのは難しそうだし、長谷彼奴の立場もあろう、と思い、小碓王が東征から戻ってくるのを待つことにしたのである。

小碓王の一行は尾張氏からの援兵を加え、五日後、東国へと下っていった。

(19)

美夜須比売は自分と大和たけるを取り間違えていた。たとえ、ほんの短い間でも、という意識は複雑な心境を青に抱かせた。美夜須比売は、自分を大和たけると間違え、しかもその間違えた大和たけるに瞬時好意を持った様子であること。青が大和たけるではなかった、と知ったのは、渡り廊下を通ったときに楠の大木の下でぼんやりと突っ立っていた青を見てのことだろう。いや、宴会場に入って実際の大和たけるを見るまでは得心が行かなかったろう、と思った。

そして青は、美夜須比売が実際の大和たけると会って、失望した、いや嫌ったのではないか、という想像を勝手にしていた。小碓王がすぐの婚姻を望んだのに対して、尾張氏が先に延ばしたという背景には、美夜須比売自身の迷い、それも自分との出会いにもとを発した戸惑いの気持が影響したのではないか、とのいささか正解ではない独りよがりな推測などもしていたのである。

小碓王が東国に下っていった翌日、青は長谷彼奴に連れられ、尾張兼主への挨拶に行った。居間とも客室とも思われる広い座敷に入ったとき、青は思わず体をこわばらせ緊張せざるをえなかった。というのは、兼主の脇で端然と座って青を見つめていたのが他ならぬ美夜須比売だったからである。

開口一番、兼主は言った。

「いやあ、長谷彼奴の言う通り、なかなかに強そうだし、良い面魂の若者だな。早速に何だが、相撲を取ってみろ。五人抜いたら手下を五人付ける。十人抜いたら十人付ける。五人以下なら並みじゃ」

青の十五人抜きの話を彼奴は兼主にしていたのである。

………

相撲、というものが日本歴史上に登場するのは、日本書紀では大足彦つまり景行天皇の父親たる垂仁天皇のとき、御前試合の形で、野見宿禰が当摩蹶速を蹴殺した、ということに始まるが、相撲をとるとこの小説の中で言うとき、まずは組んでの形と解してもらいたい。蹴りはご法度ということになる。

………

青の体はかーっと燃えた。彼の耳には殆ど兼主の言葉が入ってこなかった。美夜須比売の眼が輝いて、食い入るように青を見ていたからである。青の何がそれほどまでに美夜須比売の心をひきつけたのか。青自身が気がつかないうちに、青は異性をうっとりとさせる、たくましく、若々しい青年の魅力を身につけていた、ということであろうか。

青は庭に降りると、裸になり、相撲褌を巻き、そこに控えていた男どもと相撲をとることになった。

相手は十人ほどいたが、燃えていたのは青だけではないと思われた。相手の男たちも、縁側に出てきて兼主と並んでいる美夜須比売の視線を意識してか、意外に力のあるぶつかりで青に当たってきた。が、青の体は地に根が生えたように動かなかった。そして、次の瞬間には、相手は地に這うか、投げ飛ばされていた。十人はたちまちのうちに、あっけなく片づけられてしまったのである。

「強いなあ」

兼主が洩らしたのはその一言であった。

「西門の組長にしよう。彼奴、西門に案内してやってくれ」

彼奴に続いて青も頭を下げて、庭を立ち去った。そのとき、青が振り返ると、美夜須比売の瞳が今度こそ狂わしく青を追っているのを眼にし、青は思わずくらくらと目眩を覚えた。撫子の紅い花が庭に咲き乱れているのが、青の視界の中で捕えどころなく揺れていた。

西門の組長、それは広大な尾張氏の館の東西南北に在る門のうち、西の門を守る責任者のことであったが、十人ばかりの手下がいて、門の守りやその方面の地域の治安維持に当たっているのであった。

(20)

一カ月を経た或る晴れた日、青は一人で西門を出ると、館を取りまいている川に沿って歩いてみた。館に来た初めての日に泳いだ場所にも行ってみたが、そこに最早強い夏の光は無く、穏やかな日差しが漂い、川面の波も心なし淋しそうに感じられるのであった。

青は美夜須比売のことを考える。美夜須比売に恋をしているというのではないが、好きかと問われれば否定はできない。それは、美しい女性を嫌いだという男が少ないであろう一般例にも似て単純に魅力を覚えていたということである。

その美夜須比売を一カ月の間見ることがなかった。その間、彼女が外に出るということはあったと思われるのだが、何故か西門を通ることはなかったのである。最初青は、美夜須比売がすぐにでも青の様子を見に来るのではないかと思っていたのだが、一度も姿を現さなかった。その日、そこの川べりに下りてきた青の心のうちには美夜須比売への思いがあったと言えるかもしれない。

空は良く晴れ渡り、濃尾平野の西の彼方に連なっている山々の姿も近く感じられたが、それらの山々の中で一際高く、孤立した姿を現しているのが、人々の言う伊吹山と知れた。青は何故となくその山の姿に憧れと親近感のような気持をいだいた。その山は、彼の故郷九州の地の由布岳をも思い出させていたのだ。火山ではないようだったが……

そして、そこにも住む人が居るのであろうか、と思っているうち、あの山のどこかで農耕や狩猟をして、平和な生活を営めないものであろうか、と思った。小碓王を倒した後、あそこに行って住んだら如何であろうか、彼はふとそんなことを思いつつ、うっすらと雪化粧をした伊吹山の頂を見つめていた。

一人の年老いた女が河原の隅に現れ、青の方へ歩いてきた。美夜須比売の侍女の一人ではなかったか、と思いながら見ていると、歩きにくそうに石ころの上を進んできた女は、

「西門の方」

と呼びかけてきた。

「お話があります」

「……」

青は故知らず緊張感を覚えた。

「わたくしは美夜須比売さまからの文を預かっています。しかし、あなたさまは、すぐここを、尾張の館を立ち去った方がいいと思うのです。危険です」

「それは、どういうことですか。姫がそう言うのですか？」

「いえ、違います。姫さまはあなたさまに懸想しておられる。しかし、姫には小碓王さまがおられる。だから、あなたは、姫を相手にせず逃げた方が賢明なのです。小碓王さまは一年ぐらいすれば、帰ってこられ、姫と結婚することになるでしょう。姫さまの今の心は悪戯心と思われた方がよろしい。わたくしは長い間姫さまにお仕えしてまいりましたから、姫さまのことを良く存じております」

「……」

青は無言で美夜須比売からの文を開けた。

（赤さま、お慕い申し上げております。今夜、夜半、私の部屋においでください）

そんなことが書かれてあった。

（21）

尾張氏からの兵も加え、三百人ほどになった小碓王の一行は、東国に下っていったが、静岡の焼津までは何の騒ぎもなく、

（わざわざ自分をこんな遠方に遣わすことはなかったのではないか。やはり大王は自分を遠ざけるために、東国への遠征を命じたのではあるまいか）

と、小碓王はあらためてそんな感慨を抱いたのであった。

しかし、一見おとなしく大和朝廷に服しているような者たちの中にも、大和朝廷への反乱を狙っている連中がいたことも事実であった。

焼津で小碓王を出迎え、接待した土地の首領は、駿河王と言われている男であったが、彼は、大和朝廷の力が現状以上に、安定した形で東へ延びていくのを好んでいなかった。大和朝廷と正面から対

決して戦うほどの力も気持もなかったが、当座、三百人ほどの小碓王の東進を挫折させることにより、駿河王としての東海地方での役割と力を温存しておきたかったのである。そして、山火事に遭遇して小碓王が事故死したということにする謀略を計画したのであった。

企みは殆ど成功しかけた。小碓王らを鹿狩りに誘い、山の窪地へと案内し、風上から火を放ったのである。ところが、小碓王の勘の鋭さと行動の素早さはやはり尋常ではなく、率先して草薙の剣で草を払いつつ部下にも同じことを命じて火を防ぐ一方、自分は脱兎の如く単身火を潜り抜け、草原を廻り、風上の駿河王の背後に出て、そこから火を放ったのである。

駿河王らは、自分の放った火と小碓王のつけた火に挟まれ、混乱した。火と煙の間で立ち往生していた駿河王は、悪鬼のような形相で飛び込んできた小碓王の振りかざす草薙の剣によって斃されてしまった。

それから足柄峠を越えて、相模の国に入っていった。西側の東海地方からいわゆる関東の地に入っていくには、その頃は足柄峠を越えていくのが一般的だったのである。その交通路は、ずっと後代の源頼朝が、富士山爆発後、地形の変形により、箱根路を作り出すまで多く使われていた。もっとも、現在、我々が交通路という言葉から想像するような広い道ではなかったことは言うまでもなく、今、地元の行政で（古代の道）として部分的に保存、案内している草いきれと林の中の、片足ずつしか歩けない、狭くか細い道とて、連続的にはつながっていなかったであろう。

それにしても、交通路なるものに関連して述べると、いわゆる昔の道というものと現在のそれとの大きな差であり、イメージの転換が必要だということである。たとえば、江戸時代の江戸から甲州に通じる主道路の名高い甲州街道とて、高尾山の小仏峠を越える辺りの、部分的に現在残っている旧街道跡を見るに、獣道を想わせるほどにも粗末なもので、お殿様らの駕籠などどのようにして進んでいったのか想像できないものなのである。

ましてや、古代の田舎道などにおいてをや。

足柄峠を越えると、砂地と草原と松林が続いていたが、やがて三浦半島の突端に到った。浦賀の海峡に出た訳だが、小碓王らはその水道を舟で房州に渡ったのである。現在の観音崎灯台の立つ地点近くの走水から対岸の富津岬へと渡ったのだが、そこは海峡を渡るには最短の距離ではある。

富津岬の長い砂洲はつい目の先にも見え、水道を渡るのはいと簡単にも思われたのだが、海峡の半ばで強風が襲ってきて、三角波が舟を取りまき、立ち往生してしまった。

「荷を軽くしないと危険です」

突然、舟を漕いでいる船頭が言い出した。

小碓王は舟の中央に座り、こわばった表情で船べりに掴まっていたが、それを聞くとおもむろに舟の中を見渡した。八人ほどの乗船。しかし、荷物は他の舟で運んでいて、荷物らしいものは見当たらなかった。

小碓王は凍ったような視線を船頭に投げ返した。

「荷が重いのです」

小碓王の表情を知ってか知らないでか、船頭は今一度そう言い、強風に身をかがめていた。波で舟が傾き、大量の海水が舟の中に流れ込んだ。

小碓王が口を閉ざしていたように、他の者たちも沈黙していた。荷が重いと言われたところで、どうしろと言うのだ？　今更、誰が去るというのだ？　岸に戻るに戻れない距離に来ているでもないか？　そうした思いが過ぎり、当惑した面持ちでいた。

「海の神よ、わたつみよ、鎮まり給え。倭の国の大王の子が渡らんとするに、何ゆえ、かくは荒ぶるや。我が衣を献上せん」

小碓王は甲高い声で叫びつつ、着ていた上着を脱ぎ、それを空中に放り投げた。上着は、瞬間、風で舞い上がるかと見えて、しかし、春先の荒っぽい潮風は、たちどころに上着を水面に叩きつけた。そして、乱暴な波に揉まれて衣服は消えてしまい、波風は更にも激しく舟を揺すった。

「駄目です」

船頭が冷たく言った。

「わたつみが、女人の同乗を嫉妬しているのです」

その言葉の言わんとするところを皆が読み、はっとして息を飲んだ。

船頭は小碓王に従って東征についてきていた妃の弟橘姫《おとたちばなひめ》のことを指しているのであった。

弟橘姫が女人としてはただ一人、小碓王と同じ舟に乗ろうとしたとき、船頭は難しい顔をして、

「王の舟はなるべく少人数にさせていただきたいのです。それに、はばかりながら、海の神はやきも

ち焼きでして……女性は別の舟に乗るのが慣習でございます」

と言った、それを二人は無視したのであった。

（妬いているのはお前じゃないか。エビスの分際で何を言うか、お前が海の神か。それとも、俺の相手として地元の女でも紹介したいのか……）

そう思い、小碓王は馬鹿にしたようにも鼻先で笑い、弟橘姫もつんと澄ました顔をして聞こえないふりをしていたのみならず、殊更らしく衣の裾を高く繰り上げ、色っぽい桜色の素足を見せつけながら乗船したのだった。

が、今更に船頭はどうしろと言いたいのだ？

小碓王は怒りと困惑で船頭を睨んだが、声を発することさえできなかった。

「海神が女人の同乗を妬いているかぎり、難しゅうございます」

海水が再び舟に大量に流れ込んだとき、船頭は確固たる口調で繰り返した。


しばらくの間、波や風の音の中、恐ろしいような沈黙が周囲を支配していたが、突然、弟橘姫がよろよろと立ち上がりながら、長い髪を青ざめた顔にへばりつけたまま言った。

「あれ御子にかわりて海の中に入らん。御子は、遣はえし政遂げ、かへり奏したまふべし」

そして、焼津での遭難時、小碓王が安否を気遣って声をかけてくれたことに対する感謝の言葉を述べた後、そのときの気持を朗々と、しかし、悲しみを押さえきれない震え声で歌った。

「さねさし　相模の小野の　もゆる火の　火中にたちて　問ひし君はも」

それから、海中に身を躍らせていた。

弟橘姫が入水した後、荷が軽くなったせいか、海神が嫉妬を止めたゆえか、波が凪ぎ始め、それ以上の犠牲者は出さず、舟は無事に房州に着いたのであるが、船頭の芝居であったような気がしないでもなかった。

その後、弟橘姫の櫛や衣服が海岸に漂着したと伝えられ、走水の走水神社や二宮の吾妻神社に祭られ、現在に至っている。二宮は浦賀水道からはかなり離れた場所であるが、故事に因んだ吾妻山神社があり、山上からは間近に相模湾や富士山を眺望し、春の菜の花や秋のコスモスを楽しめる場所ともなり、今日観光客で賑わっている。

一方では、弟橘姫は千葉市に近い蘇我の海岸にたどり着き、蘇ったという伝説もあり、蘇我の地の名（我蘇り）の由来となったなどとも伝えられている。

ところで、小碓王が何をしていたかというと、愛する女の入水を半ば強制されても、何もできず、声を失い、舟の縁に掴まっていただけなのである。船頭への怒りや疑いが込み上がってきたのは、無事に陸に上がってからで、彼は船頭をぶった切りたい衝動に突き動かされたのだが、相手は素早く舟に乗り、陸を離れてしまっていた。

彼はそのときの怒りと無念の思いを胸の内に抑えているより他になかったのであるが、遠征の帰

路、関東の地を去るに際して、碓氷峠から、

「吾妻はや、吾妻はや、吾妻はや」

と叫ぶことになるのであった。


房州に着いた後は、房総半島を横切り、海岸沿いに北上していき、やがて利根川河口を経て、鹿島の地に到り、そこの神社に参拝した。この鹿島神宮は、昔、神武天皇がその即位に当たってタケミカヅチノカミ（武甕槌神）を軍神として祀ったものであるが、もともとは神武天皇すなわち火出見自身の手下だった男で、火出見が大国主命の協力を得るに当たって使者として送った人物なのである。使者としての功労により神とされ、関東の一角に場所を与えられ、その係累の者たちが一帯に勢力を張ることとなった次第だが、後には中央政府での権力者中臣氏（藤原氏）を出現させた。当時、伊勢神宮、香取神社と並んで日本の三大神社と称されてもいた。


彼らの饗応を受けた後、太平洋沿岸の陸地を北上し、現在の仙台、石巻あたりまで出かけていった訳だが、ほとんど敵対する相手もなく、というより、小碓王らが近づいていくと、住民たちは北方に姿を消してしまうのであった。何時の間にか人種も違ってきて、人相骨格が異なるだけでなく、言語も人を介さないと通じなくなっていた。つまり、津軽語やアイヌ語なのであった。

そして、彼らは、狩猟や漁業を専らとしていたゆえに、土地への執着が乏しく、小碓王が帰順する人々や土地を確認しようとしても、相手はもともとそういったことには無関心だった。反抗もしない

が帰順もしない、放っておけば、静かに森の奥に消えていってしまう風のような種族なのであった。

「北の海や森や原はまだまだ広いよ。ここが欲しいのならあげるよ」

それが合言葉のように北方へ動いていってしまうのである。

それでも稀には、大和朝廷政府の高邁な方針を理解して、または誤解して、あるいは利益を期待して、自分の方から率先して部下や捕虜になるべくやって来る連中もいた。

大和朝廷の部下や捕虜になった者たちの多くは大和朝廷に属している部族の奴隷として分与されるのが一般的だったが、精神的支配の中心である神社の荘園に組み込まれる例もあって、小碓王も何人かの捕虜を鹿島神社に寄進した。


いささか間の抜けた、不思議議でもある三カ月の東北遠征の後、常陸の国に戻ってきた。

筑波の山を眺めながら、新治を過ぎて、武蔵の国に入った。

ここらの豪族たちは従順で協力的でもあり、

「甲斐に行き、そこの豪族たちとの親睦を深めたい」

と言うと、皆、進んで案内を買って出た。


関東平野の西縁を形成するいわゆる関東山地を越えて、甲府盆地へ入っていくのに際して、まずは、今日的呼称で言うならば、新宿地点から甲州街道を西へ進み、八王子を経て、高尾山に達したのだが、それから先は小仏峠を越えては行かず、より西北方の和田峠へと向かったのである。

和田峠に登り到った後、左方の陣馬山には登らず、右方の尾根道を進んだ。というのも、陣馬山の名の由来が語るように、後代の武田信玄が北条方の関東領に侵攻するに際しては、その山頂で軍馬を整えたといわれるほどに、山頂はなだらかで広い斜面を形成し、反対側に下れば容易に甲斐側の藤野に達するとはいえ、和田峠側から登るとなると、その坂道はかなり急で、荷駄付きで炎天下に登れる状態にはないのである。つまり、陣馬山から和田峠に下るには易しいが、和田峠から陣馬山に登るにはきつい坂なのである。

右方の尾根道をたどると、醍醐山、連行峰、生藤山などを平行に巻くようにして、三時間ほどで、三国峠に達し、そこからは甲州側の上野原という、藤野より甲州に近い地に容易に降りていけるのであった。

三国峠と言っても、ずっと後代、関東管領を目指す上杉謙信が馬を飛ばして駆け抜けたり、幕末の討幕軍が大砲を引いて侵攻した越後と上州を分かつ高名な三国峠ではなく、現在の東京都、神奈川県、山梨県の地図上の分岐点になっている小さな、小さな、小さな峠のことなのだが、そこを過ぎて甲斐の上野原の郷に下っていこうとしたとき、喉が渇いて苦しそうにしている汗だくの小碓王の様子を見て、地元の案内人が、

「口を湿らすぐらいの水の場所でしたら、ちょっとの寄り道でご案内できますが」

と言った。

「うむ、有難いぞ。なにしろ、尾根道の日照りで、喉がからからじゃ」

大和たけるの小碓王も、さすがに疲労を隠せずに答えた。

和田峠を登ってくるとき、一隊はいささか水の補給を怠っていたし、途中の連行峰という場所から別働隊の数人を奥多摩の御岳山に行かせるに当たって、係の者が残量を良く確認せずに与えてしまっていたのだ。

地元の豪族たちは御岳山への小碓王自身の参詣を望んだが、寄り道はいささか難しい行路なので、自身は行かず、小碓王所有の剣の一つを奉納すべく、数人を行かせた、そのとき、貴重な水を持っていかれてしまっていたのである。


なお、付言すると、このときの小碓王の軍勢は百五十人ばかりで、名古屋を出たときの半分ぐらいの数ということになるが、残りは東北から関東に戻った後、相模へ南下し、足柄峠を越えて東海道を帰国の途についていたのである。小碓王自身も、甲府での役目を終えた後には、富士川を下って、東海道に出て、名古屋への帰途につく予定であった。

もう大きな戦闘や新しい進軍はあるまいと判断し、兵糧調達の負担を減らすための措置であったと言える。

(吾妻よ、吾妻よ、吾妻よ)

という大和たけるの言葉が、関東からの帰路、足柄峠で発せられたという一部の誤謬説のもとには、この別働隊の存在が在ったと思われるし、御岳山への参詣のことにしても同様だったと言えようか。

大和たける自身は、帰路には足柄峠を越えていないし、御岳山にも足は運んでいないのである。

さて、陽が樹林に射し込んでいて、崖横の草と岩の間で水がちかちかと光っていた。水が岩を伝い落ちているのだが、いかにも少量ずつ湧いてきている具合であった。枯れた木の枝や葉っぱ、そして細かい土砂が水の出口を塞いでいる様子なので、小碓王は剣の先で突いてみた。すると、水の光は鮮やかさを増して、はるかに心強く草の葉を伝い始めた。が、手で掬うには少量過ぎて難しかった。

小碓王が戸惑っていると、案内の男は、水が伝っている、丈三尺ほどの、淡い紫の花をつけた草の葉を採り、口に含んで見せた。

「なるほど」

小碓王も男の真似をして草の葉を口にした。

「甘露、甘露」

と言った。

「この葉は甘いぞ。うむ、この水は甘草水と呼ぶべきか」

小碓王は喜んで、葉を水につけては数度しゃぶった。

男は嬉しそうにしてその所作を仰いで見ていたが、生えていた草を一本根元から引き抜くと、赤褐色の根を指し、

「これが有名な薬草、カンソウ（甘草）でございます」

と言いつつ、水で洗った後、

「元気がつくと思います。召し上がりませ」

と小碓王に差し出した。

小碓王は水で濡れたその根を噛み砕きながら、

「良きかな、良きかな」

と叫んだ。

三国峠近くの場所に、この故事を伝える立札が今日立っているが、それによると、たけるは剣で岩を割り、水を得たことになっている。

三国峠を下った山麓の沢には、勢いの良い清流が流れ下ってきていて、一行を喜ばせた。全員で喉を潤し、休息をとった後、陣立てをし直し、意気揚々と甲府に向かっていった次第だが、その清流の脇には、後代、小碓王を祀る軍刀利《ぐんだり》神社が創建され今日に至っている。

先の太平洋戦争中には、近在の人々の信仰を大いに受け、出陣に際しての必勝祈願の場所となった。軍神大和たけるの加護をという訳だが、出陣していった人々の多くを待ち受けていたものは、ご存じのように決して幸せなものではなかった。

桂の大木が立つそこは、今日、パワースポットとして珍重されてはいるが。

（22）

甲府に着いた小碓王は、そこの酒折の宮と呼ぶ仮屋に腰を落ち着けたが、宮の造作や食事の待遇、そして人々の所作に心のこもったものを感じ、満足をした。

甲府に着いた日からして、小碓王が部下たちに対して、

「新治《にいばる》、筑波を過ぎて　幾夜が寝つる」

と聞いたところ、皆が首をひねって、指を折ったりして考え込んでいるうち、燭を点すために働いていた地元の男が、

「かがなべて　よるにはここのよ　ひにはとおかを（日数を重ねて　夜は九夜　昼は十日でございます）」

と答えたので大いに感心し、

「おお、そのはずじゃ。良く存じておるな。嬉しいことだ。言葉の妙にも通じているような」

と男を誉め、褒美を与えたりしたのである。

小碓王は、甲府に滞在した後、富士川沿いに南下し、駿河湾に達した後、それからは来るときに通った平坦な海沿いの道をゆるゆると帰路につく予定であった。つまり、自分の果たすべき東征の仕事はほぼ終わったという意識でいたのである。小碓王の顔にも、難しい仕事は果たし終えたという和気が

漂い、軍兵たちの間にも明るい空気が流れていた。

が、十日を経て、中央からの使者を迎えた後、軍兵たちの前に立った小碓王の顔はこわばり、眼は沈痛な暗さを帯び、声も甲高くとげとげしいものになっていて、皆を驚かしたし、話の内容も彼らを慌てさせるものであった。

「信濃と越の国へ行かねばならない。そこの地の者たちの帰順を再確認しなければならないのだ。今日、軍略会議を開く。諸兵は明日にでも出立できるよう準備せよ」

小碓王らは信州と越の国に入っていくのに、いったん北関東に出て、そこから碓氷峠を越えていくという道順を選んだ。甲府から直接的に北方の山々を抜けていくという方法や千曲川沿いにひたすら西北に進むという手段もあったが、民政的な面や道程の難易を検討の末、北関東廻りの道順を選んだのである。

武蔵の国から甲州に入るのに関東山地を越えてきたのとは逆方向に、再度関東山地を越えることになった訳だが、今度は甲府から笛吹川に沿って北上し、今日の山梨県と埼玉県を分かっている雁坂峠を越えて秩父盆地に入っていったのである。

この旅程、小碓王は駕籠に乗ったきり、滅多に降りなかった。従来は余り駕籠などは好まず、自分の足で歩きたがる小碓王だったが、体の調子でも悪いのか、考え事でもあるのか、駕籠行きが困難になった場所以外では、不興な顔をして押し黙り、駕籠に乗ったままだった。

秩父に入ると、三峰山に登り、皇祖のイザナギ、イザナミの尊を祀るという神社を拝したが、そのときも、ほとんどの行程で駕籠の中であったのである。

夏の盛りのこととて、何事にせよ億劫ではあったのだが、その暑さの中で、小碓王は半裸の姿で無気力な態であった。

道中、奥武蔵の吾野の川べりの集落で、天御中主神《あまのみなかのぬし》（＝天照大神以前の神）を勧進するという儀式などにも付き合ったが、ぼんやりとした力の入らない様子であった。現在の吾野神社の場所である。

もっとも、現実に夏の北関東は、昔も今と変わらず灼熱の世界に在り、蝉以外は声を潜め、誰一人として反乱など起こしそうにない様子で、小碓王が駕籠の中でぐったりしていようと、神社の前で居眠りしていようと、格別の支障はない具合であった。

秩父から熊谷、そして上州へ。

それから、信州の入り口の碓氷峠へ。

漸く涼風が吹いた。

「見晴らしがよろしゅうございます。広い平野の国との別れでございます。尊さまは、まことに広い平野を縦断なされたものです。その地の東西南北を踏破なされましてございます」

と言う長老の言葉で駕籠を降りた小碓王は、さすがに感無量の面持ちで、眼下に広がる平野を見下ろしていたが、

「海が見えぬか」

と聞いた。

「海でございますか」

長老は首を横に振り、

「はるか彼方で、見えませせぬ」

と答えた。

「海は彼方か。弟橘姫の眠る海は、はるか彼方か」

がっかりとした、また思いつめたような言葉の響きに、長老が思わず小碓王を振り仰ぐと、小碓王は熱に浮かされたような眼でじっと遠方を見ていたが、

「吾妻よ」

と一声をあげた。

それから、溢れ出る涙を拭こうともせずに、

「吾妻よ、吾妻よ、もはや、さらばだ」

と呼びかけた後、駕籠には乗らず、ふらふらと山路を歩き出した。

「何と言われた？」

耳にした兵士たちは語り合った。

「アズマ、と言われた」

「アズマ？　この土地のことか」

「いや、今までの土地のことじゃろう。ここからは、シナノの国のはず故に……さらばとも言われたしな……」

「なるほど。しかし、弟橘姫さまのことでもあるまいか」

「アズマ、吾妻、吾が妻……そうか」

「さもありなん。あの船頭めが……」

「終わったことじゃ」

兵士たちは幾度か振り返り、晩夏の光の中の茫漠とした関東の野の彼方を眺め、過ぎてきた自分たちのきつかった旅でのことなども思い出していた。


信州は山と谷の国であった。小碓王らは山の中や河原を歩き回っていたのだが、敵対する相手は人間よりも自然や野生動物だったのである。そして、煙を吐く浅間山を近く、遠く、前方や後方や横に眺めながら、同じような地形の場所を進んでいくうちに早い秋の雨が降り始めていた。

現在の上田市の近くで、副将の吉備武彦に十数名の兵士を付け、千曲川沿いに越の国へと向かわせた後、温泉場に腰を落ち着けた。

「わしはここに滞在して地元の連中との親睦を深めておくから、越の国の様子を見てきてくれ。無理は無用。偵察だけでいいのだ」

と命じて、吉備を送り出した後、兵士たちに向かって言った。

「雨と霧の山の中を歩き回ったところで、くたびれるばかりで、何の益もない。吉備が戻ってくるまでは、骨が腐るほどにも湯につかって楽しむが良い。英気を養うべし」

そして、自身、地元の長が連れてきた女どもと酒を飲んだり、風呂に入ったりして、朝から晩まで戯れているのであった。

政治も遠征の目的も忘れてしまったような小碓王に長老が自制を促すと、小碓王は、

「ほかに為す何があるのか？　山や山賊の端くれ相手に戦う大和朝廷でもあるまいよ。むしろ、この辺りの長たちの饗応を受ける親睦こそ大切な仕事だ。お前も楽しめ」

と言うのであった。

が、小碓王は本心から楽しんでいる様子ではなく、憂さを晴らしている感じなのであった。

湯につかって一カ月、そろそろ吉備が越の国から戻ってもこようとするとき、夜遅く、長老は小碓王の部屋に呼ばれた。女との戯れを強要されるのではないかと心配しながら出かけていくと、意外にも女は居らず、酒盆もなかった。開け放たれた部屋の真ん中で、薄暗い灯火に照らされ、一人ぽつんと座り、小碓王は考え込んでいる風であったが、現れた長老を見て、

「だいぶ、体がなまったのう、お主、歩けるか、腰が抜けているのではないか」

とからかった。

「吉備は明日ここに帰ってくる。越にもいろいろと問題はあるようだが、中央からの道案内人も迎えに来ているから、近々出立して帰路に就くことにしよう。道案内人によれば、我らは尾張まで半月ほどの旅の場所に居て、別の心配はないようだ」

そう言って、一枚の絵図を長老の前で広げ、行路を示した。

絵図によると、今日的地名で、
上田―和田峠―諏訪湖―伊那谷―飯田―神坂峠―中津川―恵那―名古屋
という具合になっていた。

しかし、それから小碓王は、立ち上がった後、庭先に近い場所に腰を据えると、じっと闇を見ているのであった。そして、深い吐息をしながら聞いた。

「爺や、お主は稚足彦が立太子に内定したことを知っているのか、知らないのか」

「えっ？　稚足彦尊が立太子？」

「何だ、知らないのか。お主の耳の遅さには驚きだ。わしの耳には甲府で、二カ月も前に、入っているというのに」

「ご使者が来られましたか」

「正式には今朝来た。尾張までの案内人が父上の手紙を携えてきたのだ。その内定に異を唱えないようにとの注意でもある。だが、爺よ、非公式には、すでに甲府の地で聞いていた」

「……」

「爺や、とにかく出発する。皆にも告げよ。夜分にご苦労だった」

小碓王が奥に入ろうとすると、小碓王の幼時のときから付き添ってきていたその老人は、小碓王にすがりつくようにしつつ言った。

「残念です」

小碓王の足元で手をついていた。

「何が残念だ？」

「小碓王さまが当然立太子なされるべきでありましたろうに……」

「……」

「残念です」

「いまさら何を……。異を唱えないように、との大王の言伝ぞ。だが、わしが思っていた通りの筋書だわい」

最後は叩きつけるように言い、奥の寝室へと姿を消した。

(23)

十数日後、小碓王一行が信州と美濃の国を分かつ神坂峠にさしかかろうとする頃、美濃に下って二年を経ていた大碓王つまり小碓王と双子の兄は、美濃の女、守君の虜と言おうか、預かり者と言おうか、いずれにせよ、守君の飼われ者のような生活を営んでいたのだが、大和たけるが東征から凱旋して、自分の領地の東縁を通って名古屋へ抜けていくという風聞を耳にすると、幼時に小碓王に投げつけられて骨折し、結局治ることなく不調になってしまった片足のために体のバランスを崩しながら、それでも忙しそうに部屋の中を歩き回り、ごそごそと探し物をしていた。

「何を探しているのです？」

酒を飲めない大碓王を自分の館の奥に閉じ込めておいて、自分は毎晩のように地元の豪族たちの接待の酌を受けて、戯れてもくる守君は、その日も夜半近くなって、自分の夫、美濃王、つまり大碓王のところに酒気を帯びて帰ってきたが、部屋に入るなり、とがめるように聞いた。

「剣を探しているのだ。帝からの剣、あれをどこにやった？」

「大王からの剣？　それをどうするのさ」

乱暴な口調でそう言いつつ、大儀そうに鏡台の前に座ると、上っ張りを脱ぎながら、

「それより、冷たい水を一杯持ってきて」

と言った。

大碓王は聞こえないふりをして、やはり押入れの中を覗いたりしていた。

「まったく水ひとつ運べないお体の御仁なのだから」

守君は馬鹿にしたように言いつつ、舌打ちして、帯を解いて畳の上に投げ出した。

「剣だ、剣だ。挨拶なしでわしの国を抜けていく小碓王の奴の無礼を許す訳にはいかないのだぞ。分かっているのか？　そして、お前のその口のききかたも無礼だ。帝の長子で、美濃王のわしを何だと思っているのか」

大碓王は叫んだ。

美濃の大豪族の娘、守君は、もう三十を越えた大年増で、今まで二度ほど夫を持ちながらも離婚している。二人とも守君の淫業の強さのために廃人同様になり、離婚されたのである。そして、三人目の大碓王もいつ倒れるかという有様だったが、離婚はしない、というのも、大碓王は日の出の勢いの大和朝廷の皇子、それも嫡子という訳で、守氏にとっては一大貴種であったのだ。その皇子が足悪であろうが、無能であろうが、奥の廃人であろうが一向に構わず、むしろ、守君にとっては自分が自由にできる格好の相手とも言えた。

今も、大碓王が常になく怒気を含んだ強い口調で言ったのに対しても、守君は、ふん、といった顔をして、

「おや？　偉そうに。美濃王だって？　よくも言ったわね。笑わせないでよ。本当の美濃王はわたしです。お前さんに何の力があるのかしら。時々それを忘れてのぼせ上がるようね。

大王からの剣？　そんなもの、とっくに土地の誰かにやってしまったわよ。大和たけるの噂を聞いて、頭に血が昇ってしまったらしいけれど、お前さんと大和たけるとは仕事が違うのですよ。それが

未だに分からないのかしら、このお馬鹿さんは！」

と言った。

「誰かにやってしまっただと？　何ということを！　俺は大和朝廷オオキミの長子だ。小碓王が弟の分際で、俺に挨拶もせず、俺の領地を抜けていくのを黙って見ている訳にはいかん。挨拶をさせねばならん！

剣だ！　剣だ！」

大碓王は体を震わせて怒ったが、守君は、それを無視して、次々と衣装を脱ぎ捨てていって、肌着だけになり、肩から背にかけては肌を露出させ、今度はやんわりと言った。

「大碓王、水をおくれよ、それがお前さんの仕事だろう？　わたしは酒を飲めないお前さんの代わりに、国の衆と好きでもない酒を飲んで、苦情を聞いてやっているのだからねえ。少しは、無理してでも、わたしに親切にしてくれるのが、お前さんの役目というものだろう？」

色っぽい眼で大碓王を見ながら、腰の紐に手をやった。

今にも飛びかかってひと暴れしかねない様子だった大碓王は、気をそがれてしまった。

「自分の仕事が何だか分かるだろう？　剣なんて野暮なことを言わないでさ。

わたしだってお前さんに悪いようにはしないさ。タケルへの恨みだって晴らしてやるよ。朝廷の大王にはあの男の悪口を度々書き送っているし、今度だってか神坂峠で苦しめてやるさ。

だから、お前さんは、いつものように、わたしにつくしていればいいのですよ。

あいつを苦しめる毒草薬とわたしを喜ばせるいい薬を作ること。それがお前さんの仕事だし、男の甲斐性というものだろう?

いい薬ができたと言っていたじゃないか?」

結局のところ、大碓王は、剣を探し出すことなく、終わった。

伊那谷の地方と美濃の国を隔てる木曽山地。それを飯田から中津川へと結ぶ神坂峠。小碓王一行がそこにさしかかったとき、異変が起こったのは事実である。

霧の中から多量の木の実が降ってきた、と思っているうち、それは小石となり、やがては拳ほどの大きさの石ともなり、崖上から襲ってきたのである。小碓王たちは木立や岩の陰に身を寄せ、難を逃れたが、少なからぬ兵士たちが傷を負い、小碓王自身も、足首に傷を負ってしまったのである。大した傷とも思っていなかったが、時折痛み、足を引きずらせたのみならず、後日大きな災いをもたらすこととなった。

(24)

小碓王が東国に遠征していた一年の間、青と美夜須比売が忍び逢った回数は十数回に及んだ。美夜須比売は大胆かつ積極的で、恋の深瀬にはまり込んでいくのを恐れなかった。青は、最初、小碓王への復讐を意識して美夜須比売を抱いたともいえたが、いつか美夜須比売との愛に真剣にならざるをえなくなっていた。

青は自分と小碓王との過去の因縁について一切語らなかったが、

「小碓王が東国から帰ってきたらどうするつもりか」

と美夜須比売に何度か聞いた。

「結婚を諦めてもらいます」

美夜須比売は事もなげに言った。

「そんなことが許されるでしょうか。お父上としては、それをお許しになりますまい」

「どうしてです？　お父上はわたくしの言うことは何でも聞いてくださります」

青と美夜須比売の関係はやがて皆の知るところとなったが、正面切って美夜須比売に恋の断念を迫る者はいなかった。美夜須比売の父親の尾張兼主の耳にも入っているはずだったが、何故か沈黙を続けていた。

尾張兼主が初めてその噂を耳にしたとき、長谷彼奴を問いただしたのだが、彼奴は、

「ああ、そのことでござるか、私めにお任せあれ」

とあっさり答え、澄ましていた。

「いかがする？」

兼主は暗い顔で聞いた。心配なときの癖として、音が出るまで、親指と人差し指をこすり合わせ、

落ち着かなかった。

「もう大分進んでいる関係とも聞いているが、彼奴、お前は知っていたのだな。私めにお任せあれ、とは何だ？」

「赤はいい男でありますゆえに、姫さまが懸想なされても不思議はございませぬなあ」

彼奴は落ち着いていて、からかうような口調で答えた。

「いい男だと？　何を言っておるか。どこの馬の骨だ？　あの男は。斬れ、あの男を斬れ。朝廷や大和たけるの耳に入ったら厄介なことになるし、いずれにせよ、赤と美夜須比売を一緒にする訳にはいかぬのだ。身ごもったらどうするつもりだ？」

「もちろん、赤は赤で処分せねばなりません。しかし、大和たけるが怒って姫との縁談を破棄するとしても、当方には何の損にもならないこと、お館さまも今は良くご存じのはず」

彼奴がそう言い切ると、兼主は青い顔になり、何かを言い出そうとして口に出せず、彼奴の言葉を待つ形になった。

「損にならないばかりではありますまい。大和たけるとの結婚は流れた方が良いのです」

彼奴は追い討ちをかけるように断言した後、兼主自身の考えを代行するかのようにも弁じた。

「稚足彦が太子に立つのは最早確実です。おそらく、大和たけるが東国から帰ってくる前に決められるでしょう。姫と小碓王との結婚など尾張家にとっては何の得にもならないどころか、将来、危険な立場に立たされる恐れすらあります。天下の大和たけるですぞ。稚足彦の風下におめおめと大人しく落ち着きましょうや。

それに、美濃の大碓王、あれはもともと小人で、足が悪く、今や廃人同然の態のようですが、大和たけるを異常なまでに憎んでいると聞きます。

そして、廃人であっても、政治の世界では、帝の長子というものは、侮りがたい重みを持っております。当方が隣国美濃との、そして長子大碓王との不和を抱えるのが賢明な選択か如何か、お考えください。

そもそもが、当方の姫さまとの婚儀に関する正式の依頼が皇室や中央政府からは来ていません。これは何を意味しますか？」

青と美夜須比売との忍び逢いは放っておかれたのである。もっとも、本人たちの知らないところで、長谷彼奴は成り行きを見守りつつ、政治的計算や策略を練り、兼主にも状況を伝えていた。

（25）

秋たけなわ、尾張の地に騒がしい空気が流れてきた。大和たける一行の帰還である。

突然、青は長谷彼奴に言い渡された。

「赤、明日から一年間伊吹山に籠れ。命令である。食料などは不自由しないように一緒に運ばせるから、明日にでもすぐ発て。

任務は尾張家の陣地確保だけであるから、今のところ特別の活動は要らぬが、伊吹山の王を名乗り、近隣にその名を広めるがいい。それが当家のためになるのだ」

「……」

青は黙っていたが、しばらくして

「一年間？」

と聞き直した。

彼奴は、うむ、と答えたが、しばらくして、

「しかし、場合によっては永住と思うがいい。許婚の女性に、それも朝廷の皇子の相手に手を出したのだからな。伊吹山に無事封されただけでも幸いなことだと思うべきなのだ。

わしが悪いようにはせぬ。わしを信じよ」

青に異存はなかった。未練がましく館に残っていて、尾張家に迷惑がかかるのを恐れたし、伊吹山には以前から何かしら因縁めいた憧憬を感じていて、そこに住むのが偶然とは思えなかったからであるが、美夜須比売が次のようなことを語っていたからである。

「赤、あなたは彼奴の言うように、すぐに伊吹山に籠ってください。私は小碓王をたぶらかして何とか場をしのぎ、結局は私に愛想をつかして離れていくようにします。

それに、私は知っているのです。私の父や彼奴が大和たけるとの強い結びつきを今や望んでいないことを。

大和たけるは朝廷の中で疎まれ始めているのです。また、朝廷の中には、尾張氏の強い勢力が大和たけると結びついて、内乱のもとになるのを怖れている一派もいるようで、場合によっては、朝廷は大和たけるの命を狙うようになるかもしれないのです。

朝廷内で大きな戦いが起こるかもしれないとのこと。つまり、親たける派と反たける派との衝突です。

いずれにせよ、あなたがここに残っていて、そんな争いに巻き込まれるのは愚かしいことです」

大和たけるが大和朝廷によって殺される？　或いは、大和たけるをめぐって内乱が発生する？　青には信じられないことであった。

青は大和たけると朝廷への復讐を持ち続け、まずは大和たけるを倒す機会を待っていたのだが、自分が手を下さずとも大和朝廷がそれをなそうとしているというのだ。場合によっては内乱が起きるという。青にとっては、敵方の思わざる内輪喧嘩ということになる。喜びと当惑の入り混じった感情の中で、ともかくも伊吹山で様子を見よう、と青は思った。

青が伊吹山へ出立したとき、一年分の食料を積んだ荷駄が続いた。荷駄を曳く従者三人が青の身内ということになる。

だだっ広い濃尾平野には秋の風が吹き、彼方に見える伊吹山の頂にはそろそろ白いものが降りてくるであろうとも思える気配であった。

伊吹山の主になること、彼奴から言いつかったことといえば、それだけであった。野生動物以外に敵する人間がいるのか、彼奴は何も触れなかったが、そこは美濃の領地とにまたがる山地で、殆ど放置され、人が住まない場所だと従者たちは語っていた。

「西門の長から西方で尾張氏を守護する山の神へと出世したのだ、お主は！」

見送りに出た彼奴が青をおだてるように言ったその言葉が、殊の外青を喜ばせた。青は肩越しに吹くさわやかな秋風のような気持で手下たちの先頭に立ち、伊吹山へと向かったのである。

(26)

自分が大和たけるよりも赤を好むのは何故だろう、自分が大和たけるに馴染めないのは何故だろう、と美夜須比売は長い間思っていたのだが、その一つは、大和たけるにとりついている暗く冷たい影のようであった。赤にも故知れない暗い影があったのだが、それは或るいじらしさを伴った淋しそうな影で、むしろ美夜須売に女性としての母性愛に似た感情を起こさせたのだが、大和たけるの暗さは、如何なる愛や同情をも凍らせてしまう冷たさを持っていたのであった。

その暗く冷たい影というものを改めて発見したのは、帰還した小碓王が美夜須比売らの待つ大広間に姿を現したときであった。はっとするほどに暗く、そして全ての他人の介入を拒否した冷たい雰囲気の小碓王を見たとき、彼女は自分自身の心を確実に分析し得たのであった。

事実、小碓王の暗く冷たい影は、誰の目にも感じられるほどになっていて、小碓王自身がそれを意識せざるをえなくなっていたのであった。

この影は、いつ、何処から来て、何故自分の周りをうろつき始めたのであろうか？

自分は稚足彦の皇太子内定に大きな衝撃を受けたのだろうか、と思わないでもなかったが、その決定に対して、自分が意識的にどうこうするなどと思い悩んでいる訳ではなかった。大王という職務の重責を背負わなければならないという束縛から解放された気楽さと安堵感さえ抱かないではなかったのである。

にもかかわらず、その暗い影は小碓王の内面、外面を浸してしまったのである。これはまずいぞ、と自戒したのだが、打つ手もなく、その影は大きく、濃くなるばかりであった。

俺の人生は間違えていたのか？　そんなはずはない、そんなはずはない……

だが、長老と二人きりになるとき、その影は特に濃くなり、ほとんど小碓王の全身を覆った。そして、目の前の長老の存在がやりきれなくなるのであった。

「まるで通夜だな」

ついと皮肉を言い、長老を当惑させた後、庭に出て腹立たしげに木の枝などを切り落とすのであったが、今や剣そのものが呪いにかけられた剣のように重かった。

一方、尾張兼主らは小碓王を丁重にも迎えていた。表面的には小碓王が東国へ出発したときと同じような懇切なもてなしで、稚足彦の立太子の話にはまったく触れず、無関心な風であり、美夜須比売との婚約取り消しの話も出ないのであった。

ただ、問題は肝心の美夜須比売の態度であった。婚約の取り消しを口にする訳ではなかったが、よそよそしく、対面を楽しんでいる様子を全く見せないのであった。この女が自分に惚れていないことは確かだし、どうやら他に男がいるようでもある、と二度ほど対面しているうちに感じた。

しかし、小碓王は事態を楽観的に捉え、良い、抱いてしまえば女は変わる、と思った。そして、三度目には美夜須比売と二人だけの小さな酒席を所望、用意させた。酒席の後、いや、宴の最中にも美夜須比売を抱くつもりであった。

そして、事実、その酒席は小碓王の望んでいた雰囲気で進んでいった。というのも、美夜須比売は酒の好きな女であり、酒の杯のやりとりの内に、打ち解けてきたのである。小碓王は喜び、それにしても美夜須比売の体つきや肌の感じがすっかり成熟した女性のそれになっているのを見て、

「わたしのいない間に浮気をしたな」

と囁いた。

「だって、大和たけるさまは、私を置いて東へ行ってしまわれたのですもの」

美夜須比売は隠すまでもなく言った。その言い方の淫奔さと姿態のなまめかしさが小碓王の情念を誘った。

と言いながら立ち上がり、場を外し、そして戻ってこなかったのである。

「すっかり酔ってしまいました。お許しを」

が、美夜須比売はするりと逃げてしまったのである。

小碓王は美夜須比売を抱き寄せようとした。

「姫、わたしのものだ」


小碓王にとっては、生涯に於いて初めて受けた異性からの侮辱であった。


自分の部屋に引き上げ、憂鬱な顔をしている小碓王のところへ長谷彼奴がやって来て、愚痴るようにも言った。

「悪い男がとりつきましてな」

「……」

「大和たけるさまの不在中、よそから紛れ込んだ男が、姫をたぶらかしているのですよ」

「……」

小碓王が無言を続け、聞いているのかいないかの態でいるのも無視して、彼奴は語るのであった。

「今は、近江近くの伊吹山に陣取り、伊吹たけると名乗り、はばかりながら、大和たけるさまを軽んずる言動を繰り返しているのでございます。わたくしどもも退治せんかとは思っているのですが、今、目立った兵を動かすことは、かえってお二人の婚姻に迷惑がかかるのではないかとの心配もあり、躊躇している次第です。なんとかしなければとは思っているのですが……」

「伊吹たける？」

「へい。もともとはけちな流れ者で、当方に身を寄せ、飯を食らって、赤と呼ばれていた男でございますがね」

「赤だと？」

「へい、大和にもいたとのことで……」

「赤！」

小碓王が強い反応を示したのを見て、彼奴はしめたと思いつつ、聞いた。

「何か心当たりでもございましょうや？」

「お主、長谷彼奴とやら。その男が大和の何処にいたのか存じておるか？」

「物部一火さまの所にいたようです」

「……」

小碓王は無言で立ち上がった。鋭い眼で彼奴を睨むと、

「伊吹たけるとかは、わしが、大和たけるが、個人的に退治してくれる」

と言い放った。青白くなった顔の神経がぴくぴく引き攣っていた。

「個人的に？」

「そうじゃ。世間を騒がすことになろう尾張家の手出しは一切無用と心得よ。……姫との婚儀はその後にしよう」

長谷彼奴はしめたと思った。予想以上の大成功であった。姫との婚儀を挫折させるだけでなく、小碓王を亡き者にする機会を得たのである。実は、以前から、稚足彦の側近たち、武内宿祢らの密かな依頼を受けていた。武内宿祢は、前にも触れたように、稚足彦、後の成務天皇とは同年同日の誕生のよしみもあり、幼時から稚足彦に仕え、後に仲哀、神功皇后、応神天皇、そして仁徳天皇にも仕えた、この時期における大和朝廷歴代の重鎮だが、武内宿禰らは、小碓王の存在が稚足彦を中心とする新しい政権誕生、運営にとって邪魔になると思っていた。

体質的に合わないということもあったが、もともと皇子が軍の先頭に立って戦い、戦場の英雄になる必要はない、いや、それはむしろ軍全体、国全体にとって負となる、などと考えていたのだ。戦いは自分たち臣下が中心になって行うものだと思っていたのに、帝の大足彦の方針もあって、小碓王は軍事的英雄になってしまっていたし、他の皇子たちを軽んずるところ多く、武内宿禰らの軍将校も戦場で幾度か無能呼ばわりなどされていた。

今度はまた、大豪族尾張氏との結びつきを背景に、東征の成功を土産にし、大きな顔をして大和に戻ってくるだろうと思われた。

武内宿祢は、長谷彼奴とは大和で数回会っていたので、密使を送り、美夜須比売との婚約の邪魔立てを依頼していた。のみならず、小碓王を亡き者にすることの意義さえ示唆していた。報酬は中央政府への取立て、そして関東の地の分与であった。

このとき、武内宿祢は十九歳に過ぎない。後年、大臣としての辣腕を長年にわたって振るった男の初仕事ということにもなろうが、彼が反大和タケルの主役だったという訳でもなく、仲間や知恵袋の年寄りの唆しが大きく、彼奴のところにもそんな年寄りの一人が来ていたのである。

現今の日本の大物政治家の何人かがそうであるように、官僚出身の息の長い政治家は、政局の節目に主犯の功罪を避けながら、（影のように動く）ようである。武内宿祢も、そのような性格を帯びていたと言えようか。

（27）

小碓王が伊吹山に向かって飛び出すと、小碓王に仕える兵士三人がその後を追ったのだが、彼奴の命を受けた五人も荷駄を担いで続いた。

蒼穹の空の彼方で伊吹山の頂はすでに白いものを戴いていた。小碓王は足を止めることなく伊吹山に向かっていったが、そう早くは進めなかった。名古屋に着いてからの連日の宴会漬けの生活が彼の体の調子を狂わせていたし、ここに来て厄介なことには、美濃の神坂峠を通る際に受けた足首の小さな打撲傷が傷みを増していたのであった。

出発したのは昼前であったが、晩秋の陽はすぐに落ちていった。人家で宿をとると小碓王は早々に床についたが、寝る前に彼奴の部下の荷駄運びの者たちが持ってきていた酒を口にした。酒は体を温めたが舌に残った奇妙な味が気になった。

翌日、寒気は増していた。晴れてはいたが、風が強く、体が冷え、調子が悪く、力が出なかった。昼過ぎには歩くのを止め、宿に入り、勧められるままに熱い酒を飲んだが、かえって気分が悪くなり、前日と同じように奇妙な味が舌に残った。

次の日、名古屋を出発してから三日目の夕方、伊吹山の麓にたどり着いたが、小碓王は立っているのも苦痛で、仮小屋の中で身を伏すと動けなくなった。

「おかしい」

小碓王はしきりに頭を振りながらつぶやいた。

「頭もぼんやりして、眼がかすむ」

三人の兵士の内の一人が小碓王と同じような病状を呈しているのを見て、ふと気がついたように小碓王は言った。

「酒だ、酒が怪しい。酒を飲んだのは、わしとこの男だ。酒を調べてくれ。あいつらの持ってきた酒を」

そう言われて、無事だった二人の兵士がいきりたち、荷駄かつぎの男たちに命じた。

「酒を見せろ」

荷駄担ぎの男たちは何のことやら分からないまま酒樽を引き出した。

二人の兵士が酒樽の栓を抜き、酒を一寸だけ口にした。

「変な味がせぬか?」

小碓王が聞くと、二人は解せない顔をして今一度酒を含んだが、何も感じないらしいのであった。

小碓王自身も柄杓に汲んでもらい味わってみたが、奇妙な味はしなかった。

「そうだ、あの男、年かさの男が知っている。一昨日も、昨日も、あの男が酒を寄こした。あの歳を食った男は何処に行った？」

小碓王がたずねた。

荷駄を運んできた尾張氏のところの荷駄運びの従者五人のうちの一人が消えていた。一番年かさの男だったが、余所へ寄ってくるからと仲間に言って姿を消したきり、戻っていなかった。

「あの男が毒を入れたのだな」

兵士の一人が剣を従者たちに突きつけながら迫った。

「言え、お前たちも何か知っているだろう」

「……」

従者たちは青ざめた顔を横に振るだけであった。

「あの男に違いない。見よ、わしのこの足を。親切顔をして薬を塗り、包帯をしてくれた足が、このざまだ」

小碓王が忌々しげに足首の包帯を解いてみせると、傷を中心にして赤く腫れ上がっていた。

「毒だ、毒をつけたに違いない」

小碓王は、三日間、仮小屋の中に寝ていたが、体内に入り込んだと思われる得体の知れない毒のために不可思議な高い熱が出て、病状は悪くなるばかりであった。

東国に出立する際、伊勢大社の倭姫がくれた薬袋を求めたが紛失していた。どこで亡くしたのか記憶がなかったが、消えた男が盗み出したのかとも思われるのであった。

四日目、小屋をよろよろとふらつき出て、伊吹山からの撤退を始めた。とても青と戦える状態ではなかったのである。

「青、勝負はお預けだ」

小碓王は青が籠るという山上を睨みながらつぶやいた。

敵。生涯の敵か。しかし、今、小碓王はその敵に或る懐かしささえ覚えていて、小碓王の真の敵が他にいることを感じていた。

(憎むべき卑劣な敵、それは尾張に居る、そして岐阜に居る……)

「尾張には戻らない。伊勢に行こう。それから大和へ戻る」

二人の兵士に抱きかかえられるようにして、痛む足を引きずりながら進んだが、小碓王と同じような病気にかかった一人の兵士は伊吹山の麓に残され、やがて野獣の餌食になるという運命をたどった。

個人的な戦いだからとして、あえて携帯しなかった美夜須比売のところに置いてきてしまった草薙の剣が気になったが、伊勢か大和に着いた後、取り戻すより他ない、今は尾張にうかつには戻れない、と思った。

伊勢か大和に着いた後、尾張氏を呼び寄せ、事の真相を質さなければならない、と思った。

そして、岐阜のいかがわしい敵対的な風評も気になった。

小碓王は尾張氏と大碓王を疑った。しかし、尾張氏の背後に大和朝廷自身が、少なくとも朝廷の中心勢力が小碓王の挫折や死を狙っていることを知らなかったし、もし人にそれを告げられても、信じることができなかったであろう。大和の地は、大王の方針に忠実だった息子、遠征で疲れている息子、そして遠征中に愛する妃の一人の弟橘姫まで失った青年大和たけるにとっては、あくまでも温かく迎えてくれるはずの故郷、心の拠り所だったのである。

体内の毒と戦い、傷む足に苦しみながら大和を目指した小碓王は、しかしながら、十日後、途中の三重亀山の地で、その長からぬ生涯を閉じることになる。涙を流しつつ、望郷の歌を口にし、青年期を限りとして息絶えたのである。

をとめの　床の辺に　我が置きし　つるぎの太刀
その太刀はや

命の全けむ人は
たたみこも　平群の山の
くまがしが葉を

うずにさせ　その子
愛しけやし　我家の方よ　雲居立ち来も
（はしけやし　わぎへのかたよ　くもいたちくも）

望郷の念のうちに死んだ皇子が一羽の白鳥となって大和の地を目指して飛んでいったとは、古書が伝えるところであるが、千五百年以上を経た今日も、大和の地のいくつかの御陵、例えば、彼の祖父に当たる西の京の垂仁天皇御陵や、山の辺の道にある父景行天皇の御陵ではその姿を見かけることがあるという。

……

一方、伊吹山の神、伊吹たけるの青は、小碓王が麓に着いてから、その様子を山の中腹からじっと観察していた。彼が山を駆け下って攻撃するのは易しいことで、青の一撃で病気の小碓王はなす術もなく仆れると思われた。が、青のところには、小碓王の荷駄運びの途中で姿を消した彼奴の手下の男が来ていて、毒を酒に入れて小碓王に飲ませたから、十日以内に死ぬだろう、という話をしていた。事実、小碓王は三日間というもの仮小屋の外には出てこず、出てきたと思ったら退却を始めたのである。

「何の毒を飲ませたのですか」

「分かりません。彼奴さまがあっしに呉れた黒い粉を酒に混《こん》じただけでさ。美濃の方から手に入れたらしいですが、十日以内に必ず死ぬそうですよ」

「………」

「足の傷には毒を塗った包帯を巻いてやりました。この足の話については、実のところ、彼奴さまの知らない私めの独断の行為なのですが……というのも、宿に岐阜の美濃王の手下がやって来まして、内緒で頼まれたのです。

ご存じでしょうが、美濃王とは大和たけるの兄の大碓王のことで、廃人に近い小人ですが、自尊心と大和たけるに対する猜疑心と復讐心ばかりは強く、小碓王の動向や様子を始終さぐっていて、今度も、この伊吹山に来るのに自分の領地の西の端を無断で通ると怒り、それに、神坂峠で傷つけた足首のことを聞きつけていて、その傷んだ足首を完成させる人物は、幼時に投げつけられて足を痛め、不遇に甘んじている自分であるべきだ、それこそが天意でもある、と守君にも主張し、毒の塗り薬を小碓王の痛めている足首に塗るようにとあっしに寄こしたのです。

大碓王は、そもそもやることが無くて、守君と抱き合っているほかは、美濃から伊吹山にかけての豊富な山野の薬草を採取させては、煎じたり、混ぜ合わせたりして、毒薬や淫薬などを手がけているのですよ。

で、その手製の毒薬を使えということで、わたくしめが小碓王の足首に塗ってやった次第で……ちょっとばかりの褒美をもらいましてな……へへ」

「……」

以前の青ならば、山を駈け下り、小碓王を八つ裂きにでもしていただろうが、青は動かなかった。自分が直接手を出して小碓王を倒し、結果としては尾張家や美夜須比売に迷惑を及ぼすかもしれないことをせずとも、相手の内輪もめで小碓王への復讐がなされつつあったからだが、それに加えて同時に青は、小碓王の哀れな立場を知ってしまった気がしたからである。

小碓王すなわち英雄大和たけるも、しょせんは、大和朝廷の一時期における一役者に過ぎなかったのだ、用が無くなったときは捨てられるのだ、と思ったからである。

……歴史が流れる、英雄が作られる、歴史が流れる、今までの英雄も消されていく……

小碓王が退却しての翌日、事の次第を得意げに語っていた年かさの男が、何時の間にか呼び寄せた荷駄運びの仲間たちも一緒に祝杯をあげ、青とその部下にも一献勧めていた。青は盃を手にしながら、しかし、自問自答していた。

自分は勝ったのだろうか、と。

後味の悪さを強く感じた。

これは、違う、と思った。

これは、自分の戦いに対する冒涜ですらある、と。自分、いや、自分たち、つまり自分と小碓王との青春をかけた神聖な戦いの邪魔立てですらあった、と。

政治屋の介入なのだ、と思った。目の前のちっぽけな男、その裏にいる長谷彼奴、その上の筋、不潔な政治屋たち……手にした盃から、ふっと妙な匂いを嗅いだ……妙な、不快な匂い……あっ、と青は思った。

盃を相手の男に返し、言った。

「飲んでみてくれんか？」

相手は蒼ざめ、尻込みをした。

「何故、飲めん？」

「……」

「飲め！」

と青は怒鳴った。

「毒を入れたな！　皆殺しにして小碓王暗殺の真相を消す気だな！」

相手が身をひるがえして逃げ出したとき、青は素早く追いかけ、尻を力一杯蹴飛ばした。

男は、悲鳴と共に急坂を転がり落ちていき、岩に頭を打ちつけ動かなくなった。

見回すと、青と一緒に来た仲間たちも小碓王の荷駄を運んできた連中も地面に仰向けに転がっていた。死んでしまったのか、頬を叩いてみたが反応がなかった。

深い霧が山頂から降りてきていた。青を隠した後、伊吹山全体を覆い、その中で、怒ったような、泣いたような、そして笑ったような狼の声が風の音に混じってずっと続いていた。

そのときから長い年月が経った今日でも、伊吹山、そして遠く離れた九州の大分由布岳で、その声が響くことがあるという。

新羅浜　波高し

（1）

朝鮮半島の秋の深まりは日本列島のそれよりも早く、十月中旬というのに冬の訪れを感じさせるほどであったが、倭国の女王、気長足姫《おきながたらしひめ》（神功皇后）は、その日も健やかに朝を迎え、男勝りの精気を男装の五体に漲らせて、仮屋から早々と姿を現し、朝の陣営を見下ろしていた。女王の足元から丘はゆるやかな斜面となって下方の台地に下っていき、その台地が切れて崖となって落ち込んだ所が海原となっている。海原は晴天の朝に相応しく静かで、横手の山の端から昇ってきた陽の光のために赤く染まり、やがて金色に煌めき始め、刻一刻、その色彩や様相を変えていくのであった。

海や空を背景に山々の紅葉も美しく映えていた。

「すくね、よ」

女王は輝く海原を指しながら武内宿禰に呼びかけた。

「わたしの国から陽が昇る」

武内宿禰は、女王の後ろに控えながら、常日頃から肥っている女王の体が、近々の出産を控え、更に丸く大きくなっているのに気をとられていたが、指された海原に眼をやると眩しそうにまばたきをした。

「明日、わたしは倭に帰る。新羅の王、ハサムキンを如何するのか？」

女王は聞いた。

「お決めになられた通りでございます。死を与えます」

宿禰は冷然と答えた。

殺す必要があるのか、それで良いのか、と問いただそうとしたが、そのことについては今まで散々議論して決めたことだったので、口を閉じ、ゆっくりと頷いただけだった。

（2）

新羅の若い王ハサムキンは焦っていた。

暗く狭い部屋は二日間閉ざされたままだった。何か悪いことが、それも決定的に悪いことが、倭の侵略者たちの間で決められている気がした。二週間前に降伏してから待遇が徐々に悪くなってきていた。いや、最初は降伏というようなものではなく、服従という形だった。しかし、服従など結局は降伏と同じことなのだろうか。

当初、倭の女王は、自分に対するのに親しい臣下に対するがごときであり、自分の服従を喜び、寛大な笑みを絶やさなかったのだが。

あの可愛い顔をした太っちょ女めが……何たる自分の甘さであったか。

「私は、東方に神国があり、聖王が居られることを知っている。とても、私の立ち向かえる相手ではありません。以後長く、臣下となって従います。春秋には馬具を献上し、年毎に男女を差し出します。その証として、この度は、金、銀、彩色、羅、等をお贈りいたします」

だが、自分は服従を早まりすぎたのだ、とハサムキンは後悔していた。たとえ勝利を得るのに難しい相手でも、巧妙に抵抗し続けた方が良かったのだ、と。相手が女性であるということで、自分は甘く見ていたのだ。

彼の妻、河津媛は言っていた。

「あなたは、異性として、あの女王に眼がくらんだのです」

「馬鹿なことを言うものではない。私が何故あんな太っちょ女に眼がくらむのか」

「でも、あなたは最初から気を許して、土地の図面と人民の籍書まで渡してしまった」

……

確かに、自分から進んで土地の図面と人民の籍書を渡す必要はなかったのだ。その二つを労せずして手中に収めてしまった倭人にとって、もはや自分は無用の長物の王になってしまったのだ……

（3）

河津媛はハサムキンを愛していた。純朴で心の優しい夫を。

（しかし、私たちは王や王妃であるには若すぎたのだ）

と彼女は認識せざるをえなかった。

（政治にはもっとずるい力が要るのだ）

事実、彼らは二十五歳と二十一歳になったばかりであった。

二年前、彼らは人民にも祝されて結婚したのだが、ハサムキンの先王だった父親が一年前に病死したため、ハサムキンが王を継いだ。そして、すぐにこの国難に遭遇したのだった。

平和を望み、人民の血が流されるのを嫌ったハサムキンは、一戦を交えることもなく、帰順を宣言し、相手の要求に従い、白い紐を首に懸け、土地の図面と人民の籍書を持って女王の陣を訪れた。

だが、それから三日後、再度呼び出された彼は出かけていったまま戻ってこなかったのだ。

ハサムキンが戻るのを待ちながら、河津媛は毎晩彼の夢を見た。河津媛の不安と恋心が募ってのことだったろうが、その夢は最初、倭の女王への嫉妬心が勝っているようだった。

夢の中では、ハサムキンが親しく倭の女王と何事かを語らい合っているのであったが、ハサムキンの顔は感激のために明るく輝き、眼は生き生きとし、声は溌剌としていた。そして一方、倭の女王は肉付きの良い頬に笑みをたたえ、その眼がときとして意味ありげな色っぽさを漂わせて、ハサムキンを眺めるのであった。

河津媛は喉をからからにして眼を覚ますのであったが、そんなとき、自分の肢体が可哀相なぐらいに小さく、ちっぽけな気がするのであった。

　あんなふとっちょ女、とハサムキンの言葉を真似て心の中で罵ってみるのだが、ハサムキンは倭の女王の豊かな肉体に魅せられているのではないか、いや、そうに違いない、と彼女は思う。さらには、倭の女王の妖しげな目つきは何を意味するのであろうか、と。

　ハサムキン！　と河津媛は乾いた口の中で声にならない言葉を叫びつつ、よろよろと外に出て、早朝の庭の落葉を見つめる。落葉は日毎にその数を増し、庭に散り、露を溜めている。石の手水鉢にも枯葉が沈んでいたが、澄んだ水の面に映る自分の暗い顔を見つめているうちに、嫉妬以上に、不吉な予感が高まっていくのであった。

（4）

　新羅に対する倭の女王の最大の関心事は、金と銀の細工であった。

　倭の島では手に入らない精巧な金と銀の工芸品が新羅では豊富に作られていた。それらを自由に手に入れるようにしたかったのである。

　夫の大王、足仲彦尊《たらしなかつひこのみこと》（大和たけるの遺児、後称仲哀天皇）、と一緒に九州に熊襲退治に来ていたとき、女王は半島の人間から新羅の金や銀の細工を見せてもらい、その素晴らしさにすっかり魅せられてしまった。首飾り、指輪、小箱、文鎮、あるいは櫛など、きらきらと輝くそれらを枕元に置いて、彼女は夢を見たのだが、夢の中で、彼女の祖父に似た白髪の老人が神となって現れ、

「姫よ、行くが良い、海を渡って行くが良い。新羅の金、銀はお前のものだ」

と語り、金、銀、財宝を手に掴んで、撒き散らしたのだった。

「姫よ、新羅を得よ、宝の国を得よ」


女王がその夢のことを大王に語ると、大王は即座に言った。

「女の欲気だ」

女王はかっと怒りを覚えた。肥ってはいるが、見方によっては豊満でふくよかな美人ともいえる顔の頬をふくらませ、眉をつり上げて言い返した。

「それでは大王の欲気は何なのですか。熊襲の生首なのですか。何の足しにもなりませんよ。それどころか、戦争で勝てないで、味方の生首ばかり見ているではありませんか」


女王は大臣の武内宿禰に相談した。

「わたくしの夢に現れたお方は、何度思い出しても、間違いなく神のお姿です。それなのに大王は神のお告げを取り上げようとなさらないのです。むなしく熊襲退治に時間を費やしているだけです。わたくしのお腹には子供が宿っています。この子供のためにも、新羅を手に入れるべきだと思うのですが、宿禰よ、お前は如何に思っているのか」

「如何に思っているのか　とは？」

「神のお告げを信じますか」

「……」

「熊襲征伐を中止し、新羅を攻めるよう、お前からも大王に進言してください」

　武内宿禰が大臣として取るべき態度は、神のお告げを信じるべきか、或いは天皇の執念を選ぶべきかということであったが、まずは国益の問題、そして自分自身の政治家としての損得の問題が重要であった。

　実のところ、熊襲の手ごわさにはうんざりしていた。彼らは自分の方から攻めてくることはなかったが、大和朝廷の統治には不服従であった。朝廷への恨みが根づいていて、阿蘇の火の山の麓、あるいは八代海の沿岸などで、勝手な生活を営み、決して協力しようとはしなかった。彼らを治めようとするならば、彼らを皆殺しにするより他なくも思えるのであったが、それほどの力を朝廷は持っていないのみならず、懲罰のための戦いではしばしば敗北も余儀なくされていた。

　武内宿禰自身、熊襲退治に政治生命をかけるのが嫌になっていたところであった。熊襲退治を何時どのようにして収めるか、それが政治家としての最大の、また差し迫った課題になっていたのである。

そんなとき、新羅征伐への方向転換は悪くない方策に思われた。新羅には金や銀の細工が豊富である以上に、実生活に役立つ種々の鉄器が生産されていて、それを収奪することは大いに国益に適うと思われた。

そしてまた、半島や大陸では近年戦闘の主力となっていると聞く訓練された騎馬にも興味があった。騎馬は倭国内での軍事力を高めるのに役立つのではないか、と。倭国内では、大和に居残っている留守部隊が反神功皇后、反武内大臣のための様相を呈してもいた。そのような不満分子を圧倒するのに良い武器ではないのか？

確かに、皇后が主張するように、

「大王は何故、熊襲が服さないことを異常なまでに心配なされるのか。あそこは辺鄙な土地で、兵を挙げて討伐するのに価値のない世界だ。彼ら熊襲らは、今や、いわば、荒地の野生の動物のような存在か、落ちこぼれた少数者に過ぎないのであって、放っておけば良い連中だ。それよりも国を富ますために新羅を屈服させる方が十倍も得だ」

ということにもなる。

武内宿祢は、大王の熊襲退治への異常なまでの執念を理解できないではなかった。

熊襲退治、……実にこれは前々代の大王大足彦王のときの一大国家事業であったし、現大王の父君は、そのときの英雄大和たけるであったのである。そして、その大和たけるの死が熊襲退治と無縁ではないとも語られていたとき、徹底した熊襲退治は子としての義務感ですらあったかもしれないのである。だが、その情念は国の指針を決めていくための第一の方針であるべきだろうか？

熊襲退治か新羅征伐か、その問題は大和政府の中で俄然論じられ始めた。もっとも、最初は公に論じられるというより、ひそひそと皇后の夢を中心にして語られていたのだが、その内、それは衆知の問題になっていたのである。そして、大王にとって不幸なことには、武内宿禰以下重臣たちの多くの意向は、熊襲退治打ち切り、新羅出兵へと傾いていったのである。

大王は皆の気持を知っていたが、強引に熊襲退治を推進した。しかし、士気が挙がらず、大敗した。のみならず、自らも毒矢を得て、死去してしまった。

女王の新羅征伐を妨げる人間もいなくなった訳である。

（5）

ほとんど抵抗を受けずに新羅を帰順させた倭の女王は、新羅の王ハサムキンの処置について最後まで迷っていたのだが、占領統治の者を残して、自分たちは分捕り品と一緒に日本に引き揚げるのに際して、

「死を与えます」

という宿禰の言葉を聞いて止むを得まいと思った。

新羅の王家はこの際廃絶してしまった方が望ましく、たとえ新羅に新王を立てるにしても、従来の王家とは無関係に、倭の朝廷の後押しによって立つ人間が望ましかった。それが成功するか否かは判らなかったが、まずは、現存の王を亡くしてしまうこと、倭の占領官による直接統治を試みること、その統治が失敗したら、新羅の人間の中から大和朝廷の傀儡的な王を選ぶこと、の手順を決めていたのだった。

宿禰の返事を聞いてしばらくして女王は、

「どんな風にして行うのか」

と問い質した。

「ご指示ください」

と宿禰は言った。


(かわいそうだが)

と女王は思った。

(伝統ある王家の直系は、生きていては邪魔になるのだ)

女王の心に優しさが無い訳ではなかったが、しかし、誠に矛盾したことに、彼女の心には残酷さへの陶酔が激しく疼いていたのだった。

「ご指示ください」

と言われて、彼女は喜びを隠せなかったほどなのである。彼女は部屋に戻り、かなりの時間をかけて処刑の方法について思案した結果、以前から心をとらえていた手段を選んだ。

昼近く、突然、ハサムキンは暗い部屋から引っ張り出された。二人の大男に脇から抱え込まれ、建物の裏手に仰向けにされた。

「何をするのだ！」

叫んだが、言葉は通じなかった。

大男たちは、ハサムキンの手足を荒い縄で縛り、その縄を四方の柱にくくりつけた。それから一人の男がハサムキンの下腹に腰を据え、ハサムキンが動けないようにした。今一人の男がハサムキンのズボンを小刀で膝の下まで切り裂き、開いた後、じっとハサムキンの足を見つめていたが、いきなり足首の筋を切った。続いて、膝の裏の筋を切った。槌を振りかざして一打で膝の関節を砕いてしまった。片足が終わると、残りの足に移った。

ハサムキンの絶叫が三度響いたが、まもなく気を失ってしまった。

午後になって、ハサムキンは倭の女王の部屋の前の平らな敷石の上に移された。縄は解かれていたが、腹ばいになったまま、身動きすら困難な状態であった。首を持ち上げるのが精一杯であった。

（悪魔）

と叫びたかったが、できなかった。口にしたらもっと酷い目に遭うように感じたし、そもそも空腹と痛みのために力が抜け、声が出なかった。

大分経ってから、大臣の武内宿禰と実行に当たった二人の大男に案内されて、倭の女王が出てきた。女王は黙ってハサムキンを見下ろしていた。その眼は異様に輝いていた。それから一言も発せず引き上げていった。

夕方の寒い風が吹き始め、石の冷たさが身にしみ、咳をするたびに足が痛んだ。自分は確実に殺されるだろう……朦朧とした意識の奥で河津姫の悲しげな顔が浮かんでいた。石の上に腹ばっているより他ないハサムキンの頬を涙が伝い落ち、石を濡らした。

（6）

翌日から数日をかけて、倭の軍は女王に従い去っていった。後には占領長官と百数十人の兵士たちが残り、新羅を統治することになった。

倭の軍が去った後、ハサムキンの姿も消えてしまっていた。

ハサムキンは何処へ行ったのか。河津姫はハサムキンの叔父でハサムキンを補佐する立場にあったウルソ・ホリチカンに調べてもらったが分からなかった。二つの噂が有った。日本に連れていかれたという説と殺されたという説とである。脚の筋を切られて歩けなくなっていた、という話が共通していた。

河津姫には最早何の政治的権力もなかった。王族の中心として敬意は払われていたが、政治については倭の占領長官が勝手に新羅人を使っていた。当初、倭の占領官は河津姫と会おうともせず、ホリチカンを通じてのみ彼女に対していた。

大和直と名乗る占領長官は、ハサムキンについては何も知らない、武内宿禰の専権事項だったからと嘯いていたのだが、占領から三カ月を経て河津姫と会うことになったとき、そのことで不自然に口ごもってしまった。

大和直は冷徹な男だった。しかし、美しい河津姫を前にして、三十歳にも達していない男の若さを露呈してしまったのである。

「貴方は」

と河津姫は相手の様子をすばやく見て言った。

「ハサムキンが如何なったか知っているのですね」

河津姫の一途な瞳に会い、大和直は頭を垂れ、口をつぐんでしまった。何故か彼は、河津姫に対して嘘をつく気になれなかった。

「教えてください」

「……」

しばらくして、困惑したまま、大和直は、

「お引取りください」

と言った。それから、鋭い眼をホリチカンに向けて、立ち去ることを促した。ホリチカンは河津姫の手を引いて去らざるをえなかった。


河津姫は、大和直の知っている倭の女の誰よりも化粧栄えがした。小づくりな美人で、大和直を魅了したのは、顔の造作からして華奢で都会的な貴族性であった。倭の女にはない昇華された美、それがひたむきな河津姫の心を反映して哀愁を帯び、大和直の気持を揺すった。


大和直は河津姫に会いハサムキンのことを再度聞かれるのを怖れた。しかし、同時に、河津姫の気を引きたい誘惑を断ち切れなかった。

三日してから大和直はホリチカンに言ったのである。

「お前たちは、ハサムキンがどうなったか本当に知らないのか」

「存じません」

「河津姫には本当のことを教えてやった方が良いかもしれないな」

大和直はホリチカンの顔を覗き込みながら言った。

ホリチカンは、何事にも驚かない年齢に達していて、常日頃から無表情であったが、このときも何を考えているのか分からない表情で、大和直の語る言葉を黙って聞いていた。

「ハサムキンは海辺の砂浜に埋められたのだ。動けないから死んだだろう」

「……」

ホリチカンはついと頭を上げて、眼を虚空に据え、しばらくそのままだった。

大和直は腰の刀をそっと握りしめたが、相手が危険な行動に出そうもないので、語を継いだ。

「気の毒なことをしたが、やむを得ない処置だった」

ホリチカンは黙っていた。五十の歳を過ぎたこの男の表情からは何の感情も覗えなかった。ただ、虚空を見つめたような眼は海辺を彷徨っているようでもあった。

大分してから、

「海辺の何処の砂浜ですか」

と聞いた。

「……」

大和直は戸惑った、というより厄介な気持になった。それも教えなければならなかったか、自分は余計なことを言ったかもしれない、と悔やんだ。

「それは言えない」

強く突き放すように言い、席を立った。

（7）

初冬の濃く冴えた青い海を放心して見ていた。白い鳥の群が風に吹かれるように浜辺に寄せては、はじけ散る波と一緒に飛び散っていた。砂浜は広すぎた。倭の軍船が去った砂浜の何処かにあの人が痛ましくも捨てられて埋まっているのだ、と河津姫は思い、やって来たのだが、広すぎて見当がつかないのだった。

脚の筋を切られ、砂に埋められて殺されたのだ、と推測された。今さら驚きはしなかった。新羅の地に遺体が残っているだけでも、いくばくかの救いに似た気持を、怒りと悲しみの中に見出していたともいえる。

なんとしても今一度会いたかった。会って抱きしめたかった。そして、できれば自分もそのまま死んでしまいたかった。

「もう一度、大和直に聞きましょう」

砂浜にうずくまって沈みきっている河津姫を慰めるようにホリチカンは言った。

「姫が一緒に行けば教えてもらえるかもしれません」

河津姫はひそかな決心をしていた。ハサムキンの屍を取り出したら、倭の占領官を殺すのだ。倭への復讐を遂げるのだ、と。だが、このことはホリチカンにも誰にも話すまい。皆、倭を恐れていて私の考えに反対するだろうから……

河津姫はよろよろと立ち上がってホリチカンに付き従った。ついてきていた女官たちが低い声で和し歌っていた。

……
冷え渡る　空と海のもと
砂浜に　北風吹くとも
わが愛は　君と共に憩わん
……

数日後、河津姫は厚めに化粧をし、金で造った小刀を土産にして、大和直の前に現れた。
大和直は、河津姫が来ると聞いて、会いたいと思う反面、彼女の憂い顔を見るのが嫌でもあったのだが、河津姫の元気そうな様子を見て安心した。事実、河津姫の顔には悲しみよりも喜びの表情が強く表れているように見えた。
「ハサムキンのことについて、ご親切に真相を教えていただいて有難うございました。これは、ほんのお礼のしるしです」

と河津姫は言った。

「純金の剣ですよ」

脇でホリチカンが言った。

長さ一尺ほどの小刀。ずしりと重く、絹布から取り出されると、全身眩しく輝いた。

大和直は息を飲み、恐る恐る手にとって眺めていたが、満足げに横に置いた。


「今度、是非私どもの館に来てください」

と河津姫は言った。

「歓迎の宴を催したいと思います」

「う、む、む」

大和直は顔を紅潮させながら河津姫の招待を受けた。もともと自分は女にもてる男前だ、などという見当はずれの自意識に陥っていた。


近いうちに河津姫の館に行く約束をして大和直は満足していた。彼の妄想は果てしなく広がっていきそうだった。ふとどきなことに彼は、河津姫のなよなよした小柄な肉体に淫靡な空想もしていた。

そして、それにしても、女というやつは打算的にして、肉体的動物である、と思い、夫が殺されたばかりなのに、もう新しい相手が欲しいのだ、などと考えていた。

それはそれで受け入れるとしても、しかし、河津姫と自分ができる、ということは、自分が名実共に新羅の支配者、つまりは伝統ある新羅の新しい王、少なくとも有力な皇族になる、ということではないのか……その辺のところを上手くやって本国にも納得させせねばなるまい。そして、その際、倭の女王に取り入る奥の手は金の小刀だぞ、などということまで思いをめぐらしていた。

しかし、ハサムキンの屍の在り場所を教えないままでいることに不安感を覚えないでもなかった。ハサムキンの屍のことはいいのだろうか？

本当はハサムキンの死体の在り場所を知りたかったのではないだろうか？　と彼は思った。聞くのを遠慮して帰ったのではないだろうか？　教えてやってもいい。河津姫の家でそれを聞かれたら教えてやろう。しかし、楽しい宴の席で如何なものであろうか。教えるのは宴が終わってからにした方が良い。が、宴が終わったら、自分は姫を抱かなければならない気がするのだが、そのときはどうなっていくのか？　姫は泣きだすかもしれない、悲しい話を思い出して……良い、良い、泣いている姫を自分が慰め、慰めつつものにするのだ……ふむ？　女の涙なんて、しょせんは見栄の芝居であろう……

だが、大和直の不届きな心配や妄想は不用になった。というのも、まずは宴の前日、河津姫が大和直のところにやって来たからである。ホリチカンを連れずにやって来た。三度目の会見であったが、河津姫は今までの中で一番の厚化粧をし、色っぽくも見えた。大和直は新羅語を殆んど解さなかったが、簡単な会話ぐらいは覚えていて、姫とも直接の会話をして喜んだ。

「オゲンキデスカ」

「おかげさまで」

「キョウハ　ナンノ　ヨウジ　デスカ？」

「明日　私の家に来ていただけますね」

「イキマス」

それから、姫は言葉をためらった。そして、部屋の外に待たせていた通弁を呼び入れ、大和言葉を話させた。

「明日のご訪問有難うございます。心からお待ちしております。しかし、その前に一つお願いがあります。亡夫のことでございます。夫が死んで早や二十日、しかし、未だささやかな弔いもできません。遺体が見つからないからです。死んだ者は今さら致し方ないので、忘れたいと思います。けれども、楽しい宴の前、不幸な事は全て終わらせたいと思い、故人をしかるべく弔いたいと思うのです。故人の遺体の在り場所を、今、教えていただけないでしょうか」

大和直は立ち上がった。脇の机の前に座り、紙と鉛筆を取り出し、海辺の地図を記し、その中にx印を付けて、河津姫に渡した。

（8）

ハサムキンは顔を横に捻じ曲げ、うつ伏せになり、砂に埋まり死んでいた。河津姫は砂上に跪き、震える手でハサムキンの顔に付着した砂を落としていった。河津姫の眼からは涙が止めどもなく流れ落ち、砂を濡らした。ハサムキンの閉ざされた眼からも、不思議なことに涙が滲み出て、冷たい頬を伝っていた。

やがて号泣し、河津姫はハサムキンの遺体の上に伏した。人々も声をあげて泣いた。

長い時間が経ち、冷たい風の吹く海辺を夕闇が包み込んだとき、河津姫やホリチカンらは遺体をお棺に入れ、担いで自宅に運んでいった。群衆がその後ろに従い、その数は徐々に増し、何時か数百人が集まっていた。

「殺せ、倭人を殺せ」

人々は口走り始め、その声は合唱となり、広がっていった。

「倭の長官を殺すのだ」

遺体を自宅に安置した河津姫は、皆の前に現れるときっぱりと言い放ち、小高い丘の上に建つ倭の政府の館を指した。

数百人の群集はそれを待っていたかのように怒声をあげ、倭の館に向かって、堰を切って流れ出た洪水のように突進した。

館に居た数十人の倭の兵士たちは、弓矢や槍を群集に打ち込み、威嚇、応戦していたが、まもなく群集に揉まれて、雑巾のような遺体になっていった。大和直も逃げ出そうとしていたところを捕まり、殺され、ぼろ布のようになり、河津姫の家の前の広場に投げ出された。

　翌日、ハサムキンの墓が作られた。海を見下ろす丘陵の頂上近く、父母らの先祖たちが眠る墓地の一角、むくげの林の脇に建てられた。

　大和直の墓も建ててやった。死者は慰めるべし、との教えから、むくげの樹も植えてやった。ただし、ごく小さく、丘陵のずっと下方に彼の墓は作られたのである。

「尊い新羅王の棺を上方に、卑しい倭の長官の屍を下方に置くことは、尊卑の秩序に適っている」

　と河津姫は語った。


　倭の政府を追い払い人々は喜んでいた。しかし、倭の復讐を怖れてもいた。倭が新羅の変を知って、再び兵を送ってくることは明白に思われたのである。

　河津姫を中心として団結し、倭の侵略を防ぐことができるだろうか。ホリチカンは暗い顔をしていた。もっとも、この男はどちらかというと何時も心配げな顔をしてきたともいえる。脇役専門の人生が、この男を冷静にもし、実務的にもし、無表情にもし、心配性にもしてきたのである。

　先代の王の弟として政治を助けた後、若い王ハサムキンの叔父として働いてきたのだが、今後は誰を中心として新羅を治めていったら良いのか。

　河津姫を中心としてやっていけるのか。

　ホリチカンは難しさを覚えざるをえなかった。もし、倭に対して徹底抗戦をする覚悟が国民にあるならば、新羅の象徴として河津姫を立て、やっていけるかもしれない。しかし、国民が戦いから受ける犠牲は大きいだろうし、戦いに耐え得るだけの気持と力を国民が維持できるか如何か。一方、倭と和睦するとなると如何なのか。倭は河津姫の取った反乱行為を許すだろうか。共に許し合えないのではないか。つまり、河津姫のもとでは平和的関係は結べないのではないか。

人々も彼らのお祭りが一時的なことを知っていた。抗戦か、帰順か、その選択を決めなければならない日は、大和直を殺した日から始まっていたのである。

（9）

倭の女王は新羅の変を知って激怒した。彼女は新羅から戻ってまもなく九州で男子（誉田別尊《ほんだわけのみこと》＝後の応神天皇）を出産したのだが、出産して七日経たない内に事件を知った。

情報により、反乱の中心人物は、新羅の亡き王ハサムキンの妻、河津姫であると知れた。彼女は大和直をたぶらかして、ハサムキンの屍を探し出すと、人々を煽動して大和直以下の全ての倭人を殺し、大和直の死体をハサムキンの棺の下の地の底に深く埋めて語ったという。

「尊い新羅王の棺を上に、卑しい日本の役人の屍をその下に埋めることこそ尊卑の秩序に良く適っている」

と。

倭の千人を越す軍は未だ九州の筑紫に駐屯していて、新羅に兵を動かすことはできた。しかし、この時期、大和政府内は後継者問題でもめていたのである。すなわち、故大王（仲哀天皇）の後継者として一時的に皇后気長足姫が即位し、九州で出産した男子の成長を待とうとする派に対して、大和で留守を守っていた皇族たちが反対の意を表し、内戦が起きそうな雲行きだったのである。

気長足姫に付き従う大臣の武内宿禰としては、できれば、新羅に多くの兵を送ることなく、新羅を帰順させたかった。

武内宿禰は、ホリチカンあてに文を書き、ひそかに使者を送った。

「貴下は何をしようとしておられるのか。我らが軍を送れば、たちまち貴国は血の海となり、滅び去ることは明白ではないか。大きな津波が貴国を一飲みするが如くである。

貴下は貴国における責任ある、賢明な長老として、そのような事態になることを避けるべく努めるべきではないのか。

我が皇后に対する忠誠を確認しなさい。その証として、貴国は反乱の中心人物の河津姫を当方に渡すか、死罪にしなければならない。

その後我らの数十人の倭人を統治者として貴国に送り、分別ある貴下を長とする新羅と良き関係を作りたいと思っている。

我が皇后の寛大な方針に感謝すべきであろうが、ただし、物事にはけじめというものがあり、河津姫に対する命乞いだけは許す訳にはいかないこと、皇后および我ら群臣の決定事項であること、心に銘記すべし」

手紙を受け取り、ホリチカンは数日間ふさぎ込み、家を出なかった。武内宿禰のホリチカン個人に対するおだてともいえる表現は嬉しくもなかった。自分を利用しようとしているな、と思うのみであった。この男は歳のせいもあり、不思議なくらい物事に浮かないのであった。現実を知っているし、現実以外を信じなかった。そして現実という奴は、何時も事実以上でも事実以下でもない。

抗戦か、帰順か。それは多くの新羅国民にとって、死か生を意味した。生きるほかあるまい。そして、生きるということは、河津姫が死に、自分たちは倭の手先になることなのだ……生き延びるということは何と悲しいことなのだろうか。

数日して、ホリチカンは主だった仲間たちを自宅に呼んで、この手紙を見せた。皆、同じようにふさぎ込んだ。

十二月、朝の冷え込みは厳しいが、空が青く晴れ渡り、風の強い日、河津姫はホリチカンたちの訪問を受けた。応接の間に待たせて、一寸顔の化粧を気にしながら入っていくと、何時もとは違った雰囲気で皆かしこまっているのだった。

「何かあったのですか」

と河津姫が聞くと、ホリチカンは、

「倭から手紙が来ました」

と言って河津姫の前に封書を置いた。

河津姫は一読して事態を知った。奇怪な戦慄を体中に覚えた。だが、それは予測していたことでもあった。

河津姫は静かにホリチカンを見つめた。哀しい眼をしていた。

ホリチカンも眼を赤くはらしていたが、苛立ちを抑えるごとく、呟き込んで言った。

「姫の身代わりを立てて、倭をあざむきたいと思います」

「身代わり？　殺される私のですか。それは許しません」

河津姫は叫ぶように言った。

「そ、それでは、どうしたら良いのですか。戦うのですか。戦う力があるのでしょうか」

「……」

「誰も知らないうちに逃げていただくという手もありますが」


しばらく沈黙が続いた。

河津姫は徐々に思考能力が失われていく気がした。考えてもどうにもならないものがある。そのとき、思考は作業を放棄するのだ。眼を瞑り、心もち顔を上げ、考え続けようとした。しかし、考えているのではなく、ただ何かを求めていたのだ。求め続けていた……

彼方に海原があった。そして、その海原を見下ろす丘陵にハサムキンの墓があるはずだった。死のう、私も死ぬのだ。ハサムキンの脇で眠るのだ。生きていて何の喜びがあろうか。

「私が死んだら、ハサムキンの墓の脇に葬ってください」

と河津姫は言った。

そう言ってしまうと決心がついた。

河津姫は立ち上がって窓の脇に寄った。外は明るく晴れ渡り、青い空が広がり、風の音が響いていた。そして、彼方にハサムキンの墓が見えた気がした。河津姫は静かに微笑しつつ、そっと毒を口に含んだ。それから、席に戻り、眼を閉じたまま突然血を吐いて死んだ。

ホリチカンは、長い間身動きしなかった。頭を垂れたままだった。が、深い吐息と共に、この無表情な男の顔が崩れ、涙が溢れ出し、せわしなく肩が揺れ始め、やがて床に手をつき、嗚咽しつつ、身悶えをし、アイゴー、アイゴーと叫び続けた。

(10)

河津姫の墓はハサムキンの墓とならんで、海を見下ろす丘陵に建てられた。広がる空と海の彼方に、晴れた日には、倭の国への飛び石である対馬の島も望めた。陽の当たる南面ではあったが、冬の北風は、丘陵の頭を吹きぬけ、青い海峡に突き刺さり、冷たい波紋を作っていた。

河津姫を弔った二週間後、ウルソ・ホリチカン、すなわち宇流助・富利智干は新羅の王となった。新羅十七代目の王、奈忽王と伝えられる。

新羅の始まりについては、朝鮮半島南端の今日のプサン港やウルサン港から遠からぬ地、日本の飛鳥にも似た雰囲気を漂わせている慶州という場所に、六つの集落があり、それが寄り合いで共同体を作っていたと言われるが、彼らは原韓民族意識が強く、農耕民族であった点において、北方のツングース系で狩猟騎馬民族系の高句麗や百済とは異なっていたと謂われる。日本の大和朝廷の中核を為したのもツングース系の人々であったと謂われ、大和朝廷と百済との密接な関係の一因をそこに求める学者もいるようである。もっとも、新羅もまた東北のツングース系の国家が崩れて南に逃れてきた種族の一派であるという説や、遠く中国の雲南省あたりから広く流れ出た倭族の一部が定着したという説もあって起源は判然としないが、いずれにせよ、大陸の漢民族の政府からは半島内では距離的に一番遠い場所にあり、独立意識の強い種族であったと思われる。

遡ること百五十年ほど前の西暦二五〇年の頃、中国の魏が朝鮮半島にまで進出して半島の根元に政府の支庁を置き、倭国の伝説の女王ヒミコにも影響力を及ぼしていたとき、服従を潔しとせずに戦ったのは、第一に半島の東南に居た新羅の人々であったとも言われている。

ホリチカンはきわめて現実的に倭に処した。倭から新しい長官が赴任してくると表面上は恭順の意を表し、金銀財宝による賄賂、酒と女による篭絡の手段で相手を骨抜きにする一方、高句麗との友好を深め、従弟の実聖を高句麗に人質として送った。また、新羅の軍兵を育てるのを忘れなかった。ホリチカンは倭の意のままに従う忠実な臣下のようでありながら、一国の王であることを失わなかったのである。

ホリチカンのそのような態度に征服者としての歯がゆさを覚えながらも、その後数年間、倭が大規模な軍を投入してこなかったのは、倭の内政問題に因っていた。

倭の政府は大和盆地に在った。二代前の大王は、三輪山続きの巻向の日代の宮に住し、遠征の際、その地をしのび讃えたとされるし、あるいは、半生を遠征に明け暮れ、帰路若くして逝ったその子は望郷の思いを歌として遺している。

倭は　国のまほらま
山籠もれる倭し麗し

命の全けむ人は　たたみこも　平群の山の
白かしが枝を　うずに挿せ　この子
愛しけよし　我家の方ゆ　雲居立ち来も

しかし、新羅征伐の後、気長足姫や武内宿禰らは、そこに平和的には戻れなかった。すなわち、大王継承問題のため、留守方の皇族たちとの間で戦いが起こったのである。

留守方としては、故天皇の別の妃だった大中姫の産んだ二人の皇子が気長足姫の子よりも年長であるのみならず、成年にもならんとしていることから、皇位に就くべきだと主張したのである。

大和盆地周辺から西日本の全域にかけての豪族たちを巻き込んだ戦いは、気長足姫ら遠征軍の勝利に終わったが、その後の治安に不安を残し、内政の回復には手間取っていたのである。

ホリチカンは、二人居た息子のうち、下の子のミキシンを人質として倭に差し出した。河津姫が自殺してから三年後、武内宿禰から強い要望があり、国の平和のためにはやむを得ないとして、当時十五歳であったミキシンを送ったのである。

「悪いようにはしないよ」

大和に着いたミキシンが武内宿禰に言われた言葉はそれであった。

頭を下げているミキシンに対して満足げにその男は言った。

「そなたのお父さんを悲しませたくないからな。ただし、そなたにもそなたの義務があることを忘れてはいけない。新羅の我々に対する恭順が賢明な策であることを新羅に怠りなく伝え、かつは我らのことを好意的、友好的に伝えるという義務があるのだよ。つまりは、我らのことをほめることじゃがな。少なくとも、誹謗、悪口はご法度だ。分かっているね」

それ以後、ミキシンはこの高官と口をきく機会を殆ど与えられなかった。

倭の国の女王について言えば、彼女はミキシンに対して全く無関心なようであった。ミキシンは彼女に謁見する機会すら与えられなかった。彼女の存在がその国の太陽であったとするならば、ミキシンは、日陰の草の茂みで人間どもを怖れながら眺めている飼われ犬のようなものであった。

彼の生活は暗く卑猥でもあるものになりがちであった。恋はかなわなかった。逸楽のみが宮廷内の上下の女どもとの間で可能だった。人質は廃人で良かったのだ。彼を遠巻きに監視する役人たちは、彼が一日中酒や女に溺れているのを是としたが、政治や社会への関心や参加は危険な芽を育てるものとして禁止していた。

ときに望郷の念に駆られ、若い感性や精神は出口を求めた。しかし、それらは結局、女の脂粉の中で麻痺されねばならなかった。そして、何時か逸楽こそが全てになっていた。

彼は殆んど宮中に行かなくなった。宮中の外に一軒の家を持ち、年増の采女と一緒に住んでいたが、宮中に用があって外出する采女のいない昼間も、閨に残り、無為に日を過ごすのであった。そして、夜の楽しみを思いながら、女と脂粉の匂いで満ちた部屋に身を沈めていた。

家の前を小川が流れ、彼方に生駒連峰が見えた。春、夏、秋、冬、移り変わる景色の中で、彼の生活は同じだった。たまに、よろよろした足取りで外出し、散歩するだけの彼にとっては、この世は阿呆のように気楽なものにもなっていった。
　ボンカラ　ボンカラ　ボンカラ
　ボンカラ
子供たちの間で流行っていた意味のない歌を聞きながら、彼は異郷での青春を無気力に送っていた。たがが人質の身、自分に何ができよう、このまま女の飼われ者となって果てるとしても悔いはあるまい、ましてや、それが祖国新羅の安寧のためならば。
ボンカラ、ボンカラ、すべてはそれで良いのだ。女に溺れていることと母国新羅に役立つこととは同意義なのだ。こんなにうまい身の上もあろうか。

だが、ミキシンの安逸は突然破られた。四年目の秋、もはや身も心もそれなりの極みの中で落ち着こうとしていたとき、本国新羅のホリチカンは、倭国と手を切るという一大決心を心に秘め、その前に、人質となっているミキシンの本国への奪還を敢行したのである。

倭の内政干渉が強くなり、統治が過酷になるにつれ、倭の臣を続けるくらいなら、高句麗に屈服してでも、高句麗と手を結んだ方が良い、とホリチカンは結論したのだ。高句麗には従弟の実聖を人質として送っていて、悪い関係にはなかったし、ときに高句麗は英邁の名の高い広開土王（クワンゲトン王）の治世で、勢力大いに伸び、朝鮮半島の大半、今日の中国の遼寧、吉林省の大半、黒龍江省南部からロシアの沿海州に到る広い領土を有していた。百済をも臣従させ、百済が倭と仲良くするとその都度手厳しく罰した。
新羅が高句麗に傾けば、結局、高句麗の臣とならざるをえないとしても、倭に仕えるよりはましだと思った。倭は、新羅の王ハサムキンをなぶり殺しにし、河津姫を自殺せしめたのだ。

親高句麗政策を着々と進めた。そして、倭と手を切る前にミキシンを帰国させようとしたのである。

だが、倭に朝貢に来た使者のシチは、事の真意をミキシンには告げなかった。彼は秘密が洩れるのを恐れたし、ミキシンの生活ぶりを見て、共に語るに足らず、と思ったのである。彼は、ただ、次のように語り、ミキシンの帰国を勧めた。
「貴方は倭の朝廷に頼んで、一度新羅に帰国させてもらった方が良い。貴方の財産の問題なのです。ホリチカン王は、貴方にはもう新羅での土地等の財産は必要ではないだろうと申しておりますが、如何なのですか。一度帰国して、つぶさに父君の王と話し合う必要があると思います」

ミキシンが一時帰国願いを出すと、倭の女王に呼び出された。女王は三十の半ばを越え、相変わらず肥っていたが、色艶は衰えず、むしろ妖しい色っぽさを増していた。ミキシンと采女との関係を知っていて、その興味からミキシンに会ってみる気になったのでもある。
ミキシンは十九歳の青年になっていた。滞日中のほとんどを女との閨の中で過ごしてきた彼は、さすがに宮中の采女が可愛がっただけはある色男であったが、凄麗とも表現し得る、暗い美と悪の匂いを持った魅力を全身に漂わせていた。女に対する自信のなせる業か、女王の前でもおじけず、形の良い鼻をつんと上向きにして、澄ましていたのみならず、采女との話が出たとき、意味ありげな眼差しと言葉を投げかけ、女王は咄嗟に食指を動かしてしまった。

「ミキシン、お前の願いを聞き入れて、一時帰国を許可しよう。けれども、その前にお前に個人的な用事もあるので、奥に来てもらおうか」

大和盆地を出たミキシンらは一カ月ほどして対馬に着いた。同行者として、新羅側はシチ以下数名、倭側からは十数名が付き従っていた。

対馬北端の港から翌日新羅に渡るというとき、シチはこっそりミキシンを新羅に向けて逃がした。というのは、対馬に渡ってきてから、倭の付き人たちは、島人からの新羅に関する悪い情報、つまり、新羅はミキシンを帰国させると同時に倭と手を切る腹だ、という話を耳にしていて、ミキシンを今帰国させるのは疑問だ、という意見が彼らの間で強まっていたのである。

ミキシンは真実を知らされていなかった。明け方、シチに突然起こされ、裏口から手引きされて外に出て、小舟に乗せられた。シチが宿に残ったので不審に思っていると、舟に乗った者が、

「ミキシンさまだけ先に新羅に逃げるのですよ。倭人には内緒で」

と囁いた。

ミキシンは最初意味が分からなかった。そんなことをして良いのだろうか、と思って不安になった。

しかし、舟は未だ暗い海面を新羅の方向へ静かに漕ぎ出していた。

「何故、逃げるのか？　何故？　そんな必要があるのか？　女王さまも認めての帰国だ。それとも何かあったのか？」

ミキシンはその問を繰り返したが、舟に乗った男は、

「シチさまの命令ですので」

と答えるのみで、押し黙って櫓を漕ぎ続けるのだった。


シチは、藁人形をミキシンの床に横たわらせ、倭人たちには、

「ミキシンさまは体の具合が悪く、一緒に朝食を取ることができない」

と弁明した。

倭人たちは一旦は騙されたが、しばらくして不審な気配を感じ、ミキシンの様子を見に行った。そして、大騒ぎになった。

シチ以下の新羅人は浜沿いに舟を求めて逃げ回ったが、結局は全員捕まり、檻の中に閉じ込められ、火を放たれ、焼き殺されてしまった。

(11)

倭人は新羅の人間を決して対等に扱おうとはしない。彼らにとって新羅とは、彼らの征服欲や物質欲や残虐性を満たすための対象に過ぎないのだ。奴隷化だけが目的なのだ。自分が王である間は二度と倭と手は結ばないであろう。

ミキシンの無事な帰国を喜びながらも、ホリチカンは、シチの死の有様を聞き、今さらながら倭人への怒りを覚えざるをえなかった。

ミキシンの倭における生活ぶりも、ホリチカンにはうとましかった。倭の女を可愛がるというより倭の女に可愛がられたという話は、自分自身の恥辱に思えてならなかった。ましてや、最後に倭の女王に弄ばれたという噂はホリチカンを立腹させるものであった。

「お前は、四年間、倭で学問や武道にに励み、もっと賢い人間になるべきであった。また、先王の魂を弔い、倭の女王を刺すくらいの気持を持つべきだったのである」

ホリチカンは忌々しげにミキシンに言った。ミキシンは頭を下げたまま顔を上げることができなかった。

脇から三歳年上の長兄、トキ(訥祇)が慰めた。

「ミキシンは、人質として、そういう生活や行いを選ぶ他なかったのでしょう。お父上、ミキシンを責めることはできませんよ。可哀相です」

トキは、後に新羅十九代目の王、訥祇王となり、名君としても知られるようになったが、彼に従ってミキシンはハサムキンの墓を見舞った。

四年前と変わらず、兄のトキには暗さというものがなかった。明るくて真っ直ぐな上、力強さというものも身につけているようだった。その兄の後ろから歩いていくミキシンは、我ながら暗い人間になっているのに気がつかざるをえなかったが、同時に精神や肉体が病人のそれのように活力を失っているようだった。

「お前は明日から体を鍛えなおした方がいい。毎日でも、野山を走ってみるといいのだ」

とトキは言った。

ハサムキンと河津姫の墓は夕陽を浴びた海を見下ろす丘陵に在り、北風が枯葉を飛ばしていた。そこにひざまずいて供養をした後、二人は赤みを帯びて金色に光る海原を見つめていた。

「やがて冬が来て」

とトキは語っていた。

「もっと寒い風が吹き、降る雪が海原の視界を妨げるようになり、辺りは鈍い光が漂うだけになる。長い冬。しかし、やがて春が来る。きらきらと光る潮の匂いが春を知らせ、陽光が野や山に満ちてくる。そして、そのとき、倭の大軍も寄せてくる。間違いなくやって来る。やって来るがいい。今度は負けない。戦うのだ」

トキは大声になっていた。

「徹底的に戦うのだ」

叫んでいた。

ミキシンも体を前に出して、拳を突き上げ、海に向かって叫んでいた。

「戦うのだ」

涙を滲ませていた。


冬は半島全土を凍結させた。高句麗は北方にあって動かず、百済もその南西にあって休息し、新羅は朝鮮半島を抜けて日本海を渡っていく北風をじっと聞いていた。

ホリチカンたちはオンドルの部屋で歌留多遊びをし、酒を飲み、談笑したりして時を過ごしていた。晴れて暖かい日には慶州の地を廻り、穏やかな丘陵の間に点在する平野の村々の平和を確かめていた。

倭人は居なかった。ホリチカンたちが武力を行使する前に、断交の言い渡しと同時に彼らは本国に逃げてしまったのである。逃げ遅れた数人が捕虜となって監禁されていた。


倭を怖れてはいなかった。高句麗に居る実聖を通じて、高句麗の支援を確認していたのである。広開土王の君臨する高句麗が支援してくれれば、倭も怖れるに足りないと思われた。

数年前から高句麗に人質として送っていた従弟の実聖は、ホリチカンより十歳下の男であったが、彼は高句麗にあって非常に自由な生活を与えられていた。彼は、彼自身の希望によって広開土王の軍に加わり、沿海州等への遠征にも参加させてもらったりしていて、軍の幹部から一兵卒に到るまでの多くの人間と親しく接していた。彼の好戦的な性格が、高句麗の人間、なかんずく軍人たちに好意をもって迎えられていたのだが、彼はいつか人質というより気の置けない客分として広開土王の軍の中で扱われていた。そして、実際、彼は高句麗の正規の軍兵にも劣らない武勲を立てたりしていたのである。

冬の或る日、彼は遠路馬を駆って慶州のホリチカンの所へやって来た。高句麗の兵が二人、護衛兵として付いてきた。

実聖は大声で語り、快活に笑った。

「倭の軍など敵するに価しないぐらいだ」

と彼は言った。

「倭が来たら、私も真っ先に駆けつけよう」

ホリチカンは実聖を頼もしく思った。もっとも、以前から粗暴の気があったのだが、高句麗に行き軍で働いている間にそれが増長された感じがしないでもなく、気にはなった。

彼は監禁していた倭人を見たがり、その内の一人を外へ連れ出すと、いきなり、分厚い靴で蹴り上げ、首を切り落としてしまったのである。

ホリチカンはその場に居合わせていなかったが、後から報告を聞いて暗い顔をした。そして、それとなく実聖に注意を促した。

「実聖、王というものは強いだけではやっていけないものだ。広開土王がその領地を広め、多くの民をその配下に治め得るというのも、ただ軍が強いというだけではない。広開土王の人徳が軍と国を支えているのだ。お前は広開土王のもとに親しく侍っているのだから、そのことを学ぶべきだ。捕虜にも一滴の水の情けは与えてやれ」

それから、ごく秘密のことだがと声をひそめて語った。

「私は不治の病にかかってしまったらしい。肺の病だ。私の寿命は長くはないだろう。ここ一、二年の命だ。私の後、お前に王になってもらうより他にない。私の子供たちは未だ若過ぎるし、高句麗を知らない。お前は広開土王を知っているし、高句麗と仲良くやっていくのに適していると思う。このことは子供たちにも良く言い聞かせておく。だから、実聖よ、自愛してくれ」

実聖は五日間新羅の慶州に居て、それから遥か北方の平壌にまで馬に乗って帰っていった。雪の降る中を物ともせず、短躯で肩幅の広い体を馬の背で反らせ、幾分野卑な笑い顔を作り、ホリチカンたちに別れの手を振った。

(12)

倭の歴史をホリチカンは良くは知らなかった。

朝鮮半島では二百年以上前から、高句麗と新羅と百済の三国が相争い、あるいは結んできていたのだが、倭の力を認識したのは、十数年前、隣接する任那地方を新羅が併合しようとしたときのことであった。

倭人らが任那と呼ぶことになったその土地は、ホリチカン等の新羅人が大伽耶《だいかや》とか大駕洛《だいからく》とか言っていた場所で、そこには前述の三国とは別に六つ程の小国家が在ったことは在ったが、半島の南部に寄ったそれ等の諸国は、三国が独立国としては認めていないくらいに弱小で、いわば、半島人や倭人の雑多な寄せ集まりの集落と言おうか、吹き溜まりと言おうかの集落群に過ぎなく思われていたのだが、そのうちの幾つかの集落があくまでも独立を主張し、新羅の圧迫に対して、倭に助けを求めたのだった。


海の彼方の倭に助けを求めた？

その頃、ホリチカンは任那が助けを求めた相手の倭なるものの正体をはっきりとは知らなかった。

倭は強いのか？　いや、そもそも何人の政府なのか？

ホリチカンは、半島から人間たちが海峡を渡っていったのも、逆に、島から人間たちがやって来たのも、幼いときから聞き知っている。それは、長い間に渡り、不定期に、断続的に行われてきたという。その往来の姿も多岐にわたり、集団が民族移動のように大規模に往来したこともあれば、食い詰めた一団の往来もあり、奴隷のように渡海させられた連中もあり、ごく少数消えるように海を渡ることもあったようである。

その島がどんな島なのか、情報は任那あたりからのものが多かったが、倭は不安定な政治情勢の模様であった。いや、それ以上に、子供の頃ホリチカンが教えられていたのは、そこには南北からの蛮族や倭人と呼ばれた流れ者たちの群が入り乱れて住み、統一された国はなく、国土の形が海と山で複雑に入り組んでいることもあって、何処に誰が住み、何処が誰の土地だか判然としない、無法に近い島、要するに未開の島ということなのであった。気候は温暖ではあるが、秋には決まって大風雨があり洪水を引き起こし、活火山が随所にあり、地震が絶えないという話であった。

その未開の島のはずの人間が、突如として神国という名を掲げ、任那に介入してきたのが十数年前のことであり、そのとき、ホリチカンの抱いていたその島への子供の頃からの先入観は消し飛んでしまったのである。

そこは最早《もはや》未開の島ではなく、無政府地帯でもなく、むしろ強い政府に支配された国家となっていた。一体、何処の誰が、何時その政府を創ったのか、判然としないまま、しかし、現実の倭は新羅をも支配しようとする強国としてホリチカンの前に在ったのである。

今や、彼らは、倭人という名を和人と変え、その政府の名も大和朝廷と命名していた。誰かが東西南北の倭人たち他雑多な種族の大同団結を提唱し、和なるものを目指し、大倭なる大和政府を創り、それを政権の中心地の地名山戸（ヤマト）と重ねて、大和朝廷（ヤマト朝廷）と称するようになったのだろうとホリチカンは教えられたが、その朝廷の中核、つまりは倭人たちを従え、他種族をも併合して大倭を作り、やがて大和と命名した政府の最高権力者は、九州の地に降臨した神の末、天孫族の直系であると喧伝していた。

ホリチカンは春の訪れを間近にして浜辺を散策し、海の彼方から現れるであろう倭を思って、付き添いの長子トキに語った。

「トキよ、彼ら大和朝廷は、神の末裔の統治者などと名乗っているが、我らにとっては侵略者だということを忘れるな。彼らにこの半島の統治はできない。彼らにできることは、略奪、それのみなのだ。トキよ、お前は政治の根本原理を知れ。良く統治できる者は、統治される人間と一体になり得るものでなければならないということを。海の向こうに住む倭人たちが我らと辛苦を共にできるであろうか？ 否、否。倭は、この島を統治するにはまず地理的にその資格に欠けているのだ。彼らにできることは、せいぜい一時的で無責任な統治のみである。

彼らとてもそれを知っているだろう。神国とか、聖王とかいう旗印は、海賊行為を誤魔化すための口実に過ぎない。

海の彼方からやって来るバッタの群のような海賊。彼らはそれ以外ではない。

倭を信じてはならぬ。和平は良い。しかし、心を許してはならぬ。ハッサム王の二の舞を踏むだけであろう」

ホリチカンの肺の病は進んでいた。トキに話をしている最中にも苦しそうに咳をしたり、息を継いだ。しかし、彼は愛する息子に語るのに懸命だった。

「海の向こうの人間や国より半島の人間や国を信じよ」

と彼は最後に今一度言った。

「わしが息子のお前を差し置いて、高句麗に信頼されている従弟の実聖を後継者にする意味も分かるだろう」


春三月、未だ寒い朝鮮海峡に、しかし、ホリチカンのいう倭の海賊バッタは蠢動し始めた。対馬、壱岐、北九州沿岸に住む者たちは、大和朝廷の意向を非公式に知っていて、今年は稼ぎの年と踏み、出番を待っていた。待っているだけでなく、一部の豪族は朝廷の命令をいち早く得るために、関係筋を突き上げたり、勝手に海を渡り、新羅の状況を報告したりしていた。

彼らが何故新羅への侵略に熱心だったかといえば、そこに金、銀、細工があったからでもあるが、それ以上に鉄器があったからである。

鉄の歴史は、中国では紀元前一〇〇〇年ぐらいに始まり、紀元後二〇〇年頃には大いに普及していて、大陸の技術を受けるのに容易だった朝鮮半島においても、その恩恵に浴し、新羅も砂鉄からの冶金技術を身につけ、優れた鉄器を製造していた。しかし、倭の島では、鉄器の製造は未だ始まったばかりだったし、生産地も山陰地方に限られている状況で、国内の需要を十分に満たすことができなかった。

農機具および武器としての鉄器を入手することは、そのまま彼ら自身の生活の飛躍につながるか、かけがいのない財を持つことであったから、彼らは鉄器が欲しかった。鉄の鍬一つでも入手できれば、生活が二倍楽になるようなものだったのである。木製の鍬とは比較にならない生産性であり、価値であった。

海を押し渡って新羅の鉄器を分捕りに行く、大和朝廷の発展にはそんな海賊的な一面があったと言えようか。

その年の四月初め、彼らは対馬での集結を終えた。三千人の軍勢であり、総大将は朝廷からの大臣、武内宿禰であった。順風を待ち、朝鮮海峡を渡り、新羅の海岸に上陸するのであった。

(13)

ホリチカンは、ハサムキンの墓前に座って海を見下ろしていた。四月に入ってから漸く暖かい東風が吹いていたが、彼は咳きをしていた。かなりの熱もある。しかし、彼の関心は自分の体になかった。倭がやって来るのだ。海原の彼方に何時船団が現れるか、それを待っているのだった。

そして、その日、昼近く、多数の点が水平線上に散って現れた。それは最初小さく、しかし、しばらくする間にみるみる大きくなってきた。

「来たな」

ホリチカンは立ち上がった。

一緒に来ていた息子のトキやミキシンや従者と共に、丘陵を下り、馬に乗り、慶州の王城へと走った。狼火が一つの丘から次の丘へと倭人の襲来を伝えた。

高句麗の援軍は未だ来ていなかった。しかし、人質の実聖は、新羅を援助する高句麗軍の副司令官として、何時でも出発できる体制を整えていた。そして、そのもとにも倭人来襲の知らせはすぐに届けられた。

倭の軍は新羅の浜に上陸すると、慶州への侵入を前にして、ホリチカンに使者を二度ほど送ってきた。

「賢明な貴下は我らが軍の来訪の意味を存じておろう。人質のミキシンを勝手に連れ去った由縁を説明するべく直ちに参られよ。また、断交を当政府に告げたという真偽を明らかにせよ。そして、貴下のわが朝廷に対する忠節を改めてしめすために、親族一同、出てこられよ。さもなくば、貴国は血の海と山に化すであろう」

だが、ホリチカンはその使者たちを捕らえて牢に入れる一方、返事を出さなかった。ホリチカンには武内宿禰の怒りと焦りの顔が眼に浮かぶようであった。

武内宿禰は、新羅に高句麗の援軍が来つつあるのを聞いて、それを阻止するべく、高句麗の広開土王へ何度も手紙を送り、友好を保とうとしていたが、高句麗へ出かけた使者は、実聖に斬られ、一人も戻ってこなかった。

広開土王の軍の手強さを知っている武内宿禰は、高句麗軍との正面衝突を避けようとして慎重に様子を探っていたが、高句麗の軍が未だ北の遠方にいると確認すると、慶州に向かって進撃してきた。

ホリチカンは部隊千人と人民を五十に分割し、遊撃戦を展開した。そして、首府の王城は少数の部下に任せ、自分は移動する司令部となって近衛部隊と共に行動した。

したがって、倭の軍は慶州に到る幾つかの砦は簡単に落とすことができたが、その砦は本隊との連絡を断たれがちで、孤立し、或いは新羅側に奪回された。

武内宿禰が本隊と共に慶州に入り、王城を取囲んだときも、新羅の兵は少なく、突入すると、新羅の兵は全く抵抗することなく姿を消したのだが、夜中に倭の軍の陣営の幾つかは、新羅の小部隊に襲われ混乱し、少なからぬ犠牲者を出した。のみならず、王城の奥の武内宿禰の寝所にも新羅の遊撃隊は忽然として現れ、武内宿禰は寝不足に陥った。

とはいえ、倭の軍の略奪は徹底していた。人民は家を離れ、北方に避難していたため、倭の兵による殺戮や暴行は案外少なかったが、倭の軍は自分たちの食料を得るために、大は食料倉庫から小は人家の台所の米びつに到るまで、手当たり次第に引っ掻き回し、一方、鉄器その他のめぼしいものについては各自が土産品として勝手に持ち去った。

武内宿禰はその行為を許した。というより奨励した。というのも、食料はそんな（現地調達）という形でしか手に入らなかったし、略奪品を得ることこそが彼らの遠征目的であり、戦いのエネルギーの源であることを知っていたからである。そして、武内宿禰自身、倭の女王の気に入る金、銀、細工等を持ち帰るために王城の中を隈なく探し回ったし、一方では、来襲に際して特別に編成していた馬調達組の部隊を近郷に飛ばし、倭に連れ帰る優秀な軍馬を求めさせていた。

王城を占拠して十日間、高句麗の援軍一千が慶州の北方百キロの地点に達したと知ると、武内宿禰は全軍を新羅の浜に退去させた。そこで作戦会議を開いたのだが、軍兵たちは新羅での分捕り品に満足していたし、かつ新羅の遊撃隊に悩まされていた上、高句麗軍の恐ろしさを聞かされていたので、多くの者が帰国を主張し、結局、馬調達組や一部の者が西方に移動し、そこで友好関係にあった百済国や従来から百済や新羅の統治には属さなかった任那とも呼ばれていた大伽耶地方の小集落群の協力を得て、安全な渡海の手段を講じる他は、全員が新羅浜から直接帰国することになった。

一方、武内宿禰としてはこの機会に大伽耶地方との因縁を深めておこうと、新羅からの略奪品をその土地の人々に与える算段や人事に関する作戦、そして将来的展望をも練っていたのである。日本への優秀な騎馬の調達地としての足がかりも作っておきたかった。

後年に於ける日本政府のワタノミヤツケ（海外の屯倉）の設置つまりは任那統治、それはこのときに始まったといえようか。

——ここで、武内宿禰について少々述べておこう。この人物については、前掲「天の子地の子」でも一寸触れたが、大和タケルの挫折に関わっていたと筆者は述べた。影のように関わっていたと述べた。が、更に筆者は、歴史の流れの中で、実の所、大和タケルの息子つまり第十四代天皇の仲哀天皇の死に関してもその関与を感じるものなのである。そして、その影のような犯罪について感じていたのが、仲哀天皇と神功皇后との間にできた第十五代天皇の応神ではなかったか、と思うのである。

応神天皇の九年目、順調そのものに思えた宿禰は自分の弟の讒言により、天皇の位を狙う者としての疑いをかけられ、くかたち（探湯）という神託を受けることにもなる。宿禰はその神託でかろうじて白となり、無事だったのだが、そのときの疑いの内容として、三韓の国を率いて大和を征服しようとしている、との由が伝えられているのは、彼の新羅征伐における半島での実力を裏付けている、と同時に、大和たける以来の隠れた皇室内での因縁をも窺わせる話だ。

この人物、次の天皇仁徳にも仕えることになる——

閑話休題。

(14)

その日は春の東風が吹いていた。海を見下ろす丘陵に照る陽光は暖かかったが、時折風がひどく強く吹きつけ、土埃が舞い上がった。

ホリチカンは、短い草の上に横たわりながら、きらきらと光る海面と騒ぐ波音の中を遠ざかっていく何十艘もの倭の船を眺めていた。

一カ月ほどで倭の軍を退却させることができたのは成功であったが、遊撃活動はさすがにホリチカンの体にはきつく、彼は二度に渡って喀血していた。

また、その間の倭の軍による破壊、略奪は想像以上ものがあり、そしてそれゆえに新羅の人民の怒りは大きく、今も海岸に集まり、去っていく船団に矢を仕掛けたり、一丁の鉄鍬でも置いていかせようと小競り合いを続けていたのだが、それがずっと早朝からのことで、もう太陽が中天を過ぎても終わらないのだった。

「今、何《なん》どきだ？」

とホリチカンは聞いた。

「もういいだろう。弓矢は無駄にできない」

答える者が居なかった。皆、下へ降りていってしまっていたのである。

体を少し持ち上げて後ろを振り向き、ハサムキンと河津姫の墓を仰いだ。むくげの木の枝がその影を墓にも落として揺れているのを眺めながら、ホリチカンは微笑して立ち上がり、戦勝の報告をしようとした。が、はっと体を伏せた。嫌な予感が急激に胸元から伝わってきたのだった。

「トキ」

彼は息子の名を呼んだ。と同時におびただしい血を吐いていた。

「トキ……」

それは声にならなかった。

呼吸が困難になっていた。心臓が破裂しそうになり、意識が遠のいたり、急にはっきりしたりした。

(もう終わりか)

ホリチカンは仰向けになり眼を閉じた。

トキ……彼は今一度だけトキの元気な顔を見ておきたかった。愛する息子の顔を。それは新羅の未来の顔でもあった。トキに会い、最後の言葉を言いたかった。それは何であったか。忍耐、という言葉だったか、勇気という言葉だったか、独立ということだったか、愛ということだったか、和ということだったか、或いは、朝鮮半島の統一ということだったか、言い残したいことは沢山あった。

それらの多くをトキはもう既に知っているだろう、だが、今一度語りたかった。

老雄ホリチカン、新羅十七代目の王、奈忽王死す。

ときに西暦五世紀の初頭、四月、朝鮮海峡を渡る風はようやく暖かく、だが、新羅の歴史は未だ苦難に満ちていた。

（15）

人々は、生前のホリチカンが常日頃から語っていたように、その死後、墓をハサムキンの脇に建て、後継者を従弟の実聖と定めた。

実聖が後継者に選ばれたのは高句麗との関係からだったと言える。事実、半月後、正式に王位に就いたときの式典に於いても、多くの高句麗の人間が客人として上席に列し、広開土王からの祝いの手紙がまるで実聖に対する信任状のような形で披露された。実聖は高句麗から完全に支持されているかの如くに新羅の人々の眼には映った。と同時に、今や高句麗の広開土王の臣下のようになった自分たちの立場も感じていた。

だが、実聖が高句麗から新羅の王として本当に信頼されていたかと言うと、かならずしもそうではなかった。確かに、実聖は高句麗の多くの人間と親しかった。しかし、新羅の王としての器については、新羅の人間にとってそうであったように、高句麗にとっても未知数だったのである。

「あの男を長にして本当に新羅人はやっていくつもりか」

表面的な祝いの言葉とは裏腹に広開土王自身が考えていた。

「あの男を故ホリチカンすなわち故奈忽王が新羅の王に立てたのは、余に対する礼儀、そして国としての安全性を考慮して決めたことではないのか。その礼儀心と国策としての配慮は一応是としよう。しかしながら、王は器量人でなければならない。それは高句麗にとっても同じことなのだ。新羅人が嫌う王を高句麗がどうして心から祝い、敬し、信頼することができるだろうか」

広開土王は自分の近衛兵の中でも一番信用できる男を選んで新羅に送り、実聖の護衛兵の一人としたが、身分上では低いこの護衛兵を使って、密かに実聖の様子を広開土王の最高幹部に逐一報告させた。


実聖は悪い人間ではなかった。しかし、高句麗の軍の前線で働いているうちに生来の粗暴性が増長されてしまっていた。彼に政治家としての狡知性を感じることができても、英知性を見出すことは難しかった。酒色にしても品の悪さが目立った。

彼から高句麗という後ろ盾を除くと、一人の野蛮な下司の男に過ぎなくも感じられ、しばらくすると新羅の人々は、王としての実聖に失望せざるをえなかった。


実聖は王となり権力を握ると、彼の妃と子供たちに特権を与え、自身も横暴に振舞った。そして、野蛮な酒色を愛したが、それは高句麗での野戦時代の延長であり、それを贅沢にしたようなものであり、露骨な猥雑さが特色だった。

「男たるもの、夜は酒色を嗜み、昼は果敢に働けばいい」

という信念を語り、昼夜精力的であったが、出費が嵩み、一方、判断力の的確さ、頭の明晰さ、緻密さに欠け、何よりも品格の欠如が目立ちすぎた。

実聖も人々の軽侮の視線を感じていた。と同時に、ホリチカンの子のトキとミキシンの存在が気になり続けた。この二人は実聖に対する批判勢力の中心になっていきつつあった。王になって三年経ったとき、実聖は自分の妃とも相談して、二人の力が強くなりすぎる前に先手を打つことにした。

或る日、実聖はミキシンを呼び寄せ、高句麗の人質となって高句麗に行くように言い渡した。

「高句麗の女も情が深くて良いぞ。倭の女に可愛がられたように可愛がられたらいい」

と実聖は言った。

ミキシンは青ざめたままものが言えなかった。

ミキシンが自分のように高句麗の軍の中で手柄を立て、力を得るとは考えられないことだと実聖は思った。高句麗の女に食い殺されたらいいのだ、と思った。そして、高句麗滞在時に知り合った女の中でも一番の悪女に手紙を書き、ミキシンを慰めてやるようけしかけたりした。

トキはミキシンの高句麗行きに反対した。しかし、国の為だと実聖に言われ、どうすることもできなかった。

「ミキシン」

トキは別れるに際して言った。

「お前は高句麗で良い娘を得るようにしなければならない。素人の女性と仲良くなると国に迷惑がかかるだろう、などと思わないことだ。私が解決してやる。だから、良い娘と結婚しろ。悪い女の誘惑には乗るな」

実聖にとっては誰よりもトキが邪魔だった。人心が自分を離れていくのに反してトキへの信頼が強くなっていくようだった。会議などでトキが発言すると多くの者が同調するのだった。

「若造め」

実聖は苦々しく思った。

実聖にも若い息子が居て、その息子を皇太子にして後継者として公認させていきたかったのだが、トキの存在が人々の気を引いているのだった。

実聖がトキの殺害の実行にとりかかったのは、ミキシンを高句麗に送り込んでから間もなくのことであった。

彼は慎重にその方法を考えた末、後のトラブルを避けるため、高句麗から来ていた護衛兵に手を下させることにした。トキを殺させた後、充分な報奨金を与え、密かに高句麗に逃がす手はずも整えた。

（16）

その日は朝から強い陽が照りつける夏の半ばのことであった。月初めの日でもあるので、トキは恒例の墓参りに出かけた。

丘陵の下方の木陰に馬を留め置き、坂を登っていこうとすると、路から少し離れた場所で、中年の高句麗の護衛兵が一人、石に腰かけ、トキの方を眺めているのに気がついた。トキは気軽に手を挙げて挨拶したが、口をきいたこともない相手なので、それきり話をせず、日照りのためにパサパサしている坂道を登り続けていった。今日あたり夕立でも降ってくれないとすべてが乾き切り、耐え難い、と思いつつ、汗をぬぐい、時折、海を眺めた。海は照りつける陽を反射し、ぎらぎらと輝き、彼方には入道雲が姿を現していた。

ホリチカンの墓の近くにまで来ると、また別の見たこともない男が木の下で腰を下ろしていた。これはかなりの年齢に到った男であった。その前を過ぎようとすると呼び止められた。

「お若いの」

トキははっとした。新羅の皇子の一人であり、前王の長子である自分をこのように呼ぶのは何者であるのか、不遜の輩か、無知な男か、他国の者か……トキは微笑みながらも相手を見返し、その男が何者であるのかを知ろうとした。相手もトキの顔をじっと覗き込みながら言った。

「水が何処かにないかな」

遠方から来た男だ、水の在り場所を知らない、とトキは思いつつ、自分の歩いていく方向を指した。

「すぐそこに有りますよ」

その老人、というには未だ若いであろう男は、トキが歩き始めると、やや距離を置いて後からついてきた。


水はホリチカンの墓のすぐ下に湧き出ていて、石造りの大きな水受けに落ちていた。トキは、桶に水を汲んで、上方のハサムキンと河津姫の墓の花挿しに水をそそぎ、下方のホリチカンの墓にも同じようにした。それから、紫色の花のついたむくげの小枝を四つ折り取り、一枝ずつ三つの墓前に供えた。そして、手を合わせて拝み終わると、その様子を座って眺めていた男のところまで降りてきて、花のついた一枝を差し出しつつ言った。

「あげます。綺麗でしょう。かすかな良い匂いもしますよ」

男は照れたように笑いながらそれを手にした。

「貴方は何処から来られたのですか」

トキは、この男が新羅の者ではないことを最早確信していた。

男は、日に焼けて皺の目立つ顔を人なつこく微笑させ、答えた。

「高句麗」

やっぱり、と思いながら、トキは男の顔を眺めなおした。身分の高い者ではなかろうか、という気がした。水に手を出していないようなので、岩陰から竹の椀を取り出し、軽く水で濯いだ後、水を注ぎ、それを与えると、男は美味そうに飲み干した。

「貴方は」

とトキは不思議な気がしてきて尋ねた。

「どなたなのですか？」

男は微笑したまま答えなかった。

トキの顔を仰ぎつつじっと見つめ、観察している様子ですらあった。そして、ゆっくりと立ち上がると、去りながら、

「いや、有難う、花と水を有難う」

と言った。

少し離れてから振り返り、

「いずれ、お礼をさせてもらうよ」

と言うと、急に足を速め、坂を下っていってしまった。


（お礼をさせてもらうとは大げさな。そして、いずれ、とは何だ？）

そんなことを考えながら、男が右に左にくねる坂道をしっかりした足取りで下りていくのを眺めていると、突然、にわか雨が降り始めた。明るい陽の中で大粒の雨が落ちてきたと思う間もなく、辺りは夜のように暗くなり、雨脚が激しく地面を打ち始めた。トキは林を目指して走り出した。しかし、雨はまた、嘘のようにすぐ止んだ。そして、見る見る内に陽が強くなったかと思うと、眼前には、雨

に濡れて鮮やかになった丘陵の緑の風景が広がり、彼方に海原が輝いていた。

トキはうっとりとしてその世界を眺めていた。すると、大きな虹が浮かび出てきていた。海の上の薄青暗い空から虹は迫り出てきていて、七色に光り、黄金色の炎に包まれ、トキの頭を越え、慶州の王城の方向へと渡っていた。トキは異変を感じていた、と同時に、その虹は間違いなく自分のために美しい姿を見せてくれているのだ、思った。

何が起こったのだろう、何の知らせだろう？

海を渡る虹は何時か消えていたが、棒状の虹の柱が残り、それは王城に突き刺さって長い間立っていた。


その日、実聖が高句麗からの護衛兵に殺された。護衛兵はトキを殺すように実聖に頼まれていたが、トキこそ新羅の王に相応しいと思い、逆に実聖を殺したという。

高句麗から広開土王の側近の一人の長老が来ていて指図した、と伝えられる。広開土王自身であったという噂も飛んだ。


かくしてトキは、新羅十九代目の王、訥祇王となったのである。

彼の時代に高句麗から墨胡子《ぼくこし》という旅の僧侶が来て、民間ベースでの仏教が広がったとされている。

聖徳太子が新羅からの弥勒菩薩像を尊重し、太秦《うずまさ》の秦氏の手で広隆寺にそれが収められることになるのは、このときから百五十年ほど後のことであった。

編集部註／本書掲載四作品の文中の一部に差別用語と思われる表現がありますが、当時の時代背景を鑑み、また文学的価値を損なわないようあえてそのままの表現としています。

あとがき

ヒミコ、出雲（神武）、大和たける、そして新羅侵略にかかわる日本国黎明期での物語。（凡そ西暦二五〇―四〇〇年）それがこの「あけぼのの紀」です。

二年前にやはり古代ロマン小説集として「雄略の青たける島」を出し、雄略、継体天皇そして聖徳太子、蘇我氏等の姿を追いました。併せて購読願えれば幸甚です。

本書を出すに当たってお世話くださった郁朋社の佐藤社長およびスタッフの方々、そして巻頭の挿絵を提供してくれた写真家の竹田武史氏に深謝いたす次第です。

半井　肇

【著者プロフィール】

半井　肇（なからい　はじめ）

1938年北海道札幌市生　早大卒
著書に
「初夏の光」（中央公論事業出版）
「新護国女太平記」（新風舎）
「エアポートホスピタル」（郁朋社）コスモス文学出版文化賞受賞
「幕末出帆アジア早春賦　―近史アジア黄白紅漂流記序幕―」（郁朋社）
コスモス文学出版文化賞受賞
「地焼け　天落つ　―近史アジア黄白紅漂流記―」（テン・ブックス）
「白か紅か　―近史アジア黄白紅漂流記最終幕―」（テン・ブックス）
「雄略の青たける島」（郁朋社）第14回歴史浪漫文学賞 創作部門 優秀賞受賞　等

あけぼの紀《き》　―古代《こだい》ロマン小説《しょうせつ》　黎明篇《れいめいへん》―

2016年5月26日　第1刷発行

著　者 ― 半井《なからい》 肇《はじめ》

発行者 ― 佐藤　聡

発行所 ― 株式会社 郁朋社《いくほうしゃ》

〒101-0061　東京都千代田区三崎町2-20-4
電　話　03（3234）8923（代表）
ＦＡＸ　03（3234）3948
振　替　00160-5-100328

印刷・製本 ― 日本ハイコム株式会社

落丁、乱丁本はお取り替え致します。

郁朋社ホームページアドレス　http://www.ikuhousha.com
この本に関するご意見・ご感想をメールでお寄せいただく際は、
comment@ikuhousha.com までお願い致します。

 ISBN978-4-87302-618-3 C0093